南宁师范大学博士科研启动基金项目成果

英美学界小说研究

（1945—2000）

江玉娥　著

English and American Academic Novels

(1945-2000)

WUHAN UNIVERSITY PRESS
武汉大学出版社

图书在版编目(CIP)数据

英美学界小说研究:1945—2000/江玉娥著.—武汉:武汉大学出版社,2023.11

ISBN 978-7-307-24034-6

Ⅰ.英… Ⅱ.江… Ⅲ.①小说研究—英国—1945-2000 ②小说研究—美国—1945-2000 Ⅳ.①I516.074 ②I712.074

中国国家版本馆 CIP 数据核字(2023)第 188254 号

责任编辑:罗晓华   责任校对:汪欣怡   版式设计:马　佳

出版发行:**武汉大学出版社** （430072　武昌　珞珈山）

（电子邮箱:cbs22@whu.edu.cn　网址:www.wdp.com.cn）

印刷:武汉邮科印务有限公司

开本:720×1000　1/16　印张:13.25　字数:188 千字　插页:1

版次:2023 年 11 月第 1 版　　2023 年 11 月第 1 次印刷

ISBN 978-7-307-24034-6　　定价:65.00 元

目　　录

绪　　论

　　学者作家大量涌现与学界小说繁盛并逐渐成为文学中的一个亚类，是20世纪英美文坛一个值得注意的文化现象。20世纪两次世界大战后，英美文坛涌现出诸多学者作家，他们为英美当代文坛带来了大批优秀文学作品。以知识分子，尤其是以大学教授或作家等人文知识分子为叙事对象，以个体生活反映社会尤其是高校这一特殊空间的变迁，是这些作品引起读者关注的一大共同点。学界小说对人文知识分子生活的书写，并不仅仅局限于知识分子生存状态本身，也反映了20世纪战后英美国家社会生活的其他方面。作品所书写的知识分子生活，有其学术圈的种种挣扎，亦有他们在社会生活中为承担自己责任而付出的努力。作品反映的知识分子生活一方面与现实中知识分子的生存状态极度相似，几近其生活的真实写照；另一方面，作为深谙学者生活的学者作家们，又在学界小说中暴露了知识分子生活鲜为人知的一面，这与普通人眼中光鲜亮丽的知识分子身份形成莫大反差。处于战后时期的学者作家如何借文学文本书写当代知识分子生活，反思并批判知识分子过去及当下生活，言说知识分子对个体及社会的责任？生活于20世纪两次大战之后的知识分子与之前的知识分子相比，无论是时间还是空间方面均显现出不同，文学文本中又会呈现出哪些不同？文本中反映的这些问题都值得学界深究。

第一节　知识分子

　　知识分子群体在社会发展中享有特殊地位，有关这一群体的话题自古就从未中断过，及至 20 世纪，"知识分子"研究已成为各学术领域讨论的重点之一，文学领域也不例外。战后，以知识分子为主要书写对象的作品层出不穷，其中最引人注目的当属战后日益繁盛起来的学界小说。什么是"知识分子"？什么类型的作品可称之为"学界小说"？作品中的知识分子具体是哪类群体？

作为社会中一个特殊的群体，知识分子的身份直到 19 世纪晚期才得以确立。从词源角度来分析，知识分子（"intellectual"）一词经历了一些变迁。"intellectual"一词源于拉丁语的 intellegere，最初的意思为知道、理解。后经流传为中古法语中的 intellectuel，直到 14 世纪"intellectual"一词才出现在英语中。在俄国，19 世纪 60 年代"intelligenty"（知识人）开始出现，指的是一群受过良好教育、爱批判现状的自觉的精英；不过，知识分子群体直到 19 世纪末期才开始受到社会的注意。1898 年，法国德雷福斯（Dreiffus）冤案后，爱弥尔·左拉（Emile Zola）在致法兰西共和国总统的公开信中使用"intellectual"（知识分子），由此，这个词开始出现在公众视野中。登载这封信的《文学之光》杂志在"1 月 23 日那一期中，编辑乔治·克莱孟梭（Georges Clomenceau）宣布一个新的、强大的政治力量已经诞生"①，自此知识分子的群体身份得到社会确认。

从历史发展来看，在西方，一般认为最早的知识分子可以追溯到苏格拉底，但与现代意义最接近的知识分子何时出现，学界一直有争议；同样，学者们对"什么人是知识分子"的认识也不同。从德国的马克斯·韦伯（Max Weber）、法国的朱利安·班达（Julien Benda）、意大利的安东尼奥·葛兰西（Antonio Gramsci），到英国的以赛亚·伯林（Isaiah Berlin）和齐格蒙特·鲍曼（Zygmunt Bauman）、美国的刘易斯·科塞（Lewis Coser）、理查德·波斯纳（Richard A. Posner）、爱德华·萨义德（Edward Said），20 世纪不同时期不同领域的大师们结合各自研究，对知识分子论述的侧重点亦有

---

① 齐格蒙特·鲍曼. 生活在碎片之中——论后现代道德［M］. 郁建兴，等译. 上海：学林出版社，2002：257.

所不同。

雅克·勒戈夫(Jacques Le Goff)认为"知识分子"这一特殊阶层群体直到中世纪才开始真正出现。知识分子随着城市的出现而诞生。12世纪，随着城市工商业的繁荣，一个有别于其他阶层的群体出现在城市中。他们是"以写作或教学，或同时以写作和教学为职业的人，以教授与学者身份进行专业活动的人"①。在中世纪，知识分子"这个词确切表明一个轮廓清楚的群体：学校老师的群体……它指的是以思想和传授其思想为职业的人"②。阿尔文·古尔德纳(Alvin W. Gouldner)并不认可这种说法，他认为中世纪那些尚需依附于教会的知识阶层基本还停留于技术层面，因此只能算作"知识匠"，而那些"兴趣基本上是在批评、解放、解释因而也就经常是在政治方面的"③人士才算得上知识分子。保罗·约翰逊(Paul Johnson)认为"知识分子开始是指教士、书记员，还有占卜者"④。而刘易斯·科赛(Lewis Coser)则提出，"作为一个有自我意识的群体，知识分子只是在17世纪才产生的。他们是一种近代现象，他们是随着近代史的开端而登场的"⑤，并且"不是所有学术界的人或所有专业人员都是知识分子"⑥。安·兰德(Ayn Rand)同样指出，"职业知识分子是一种非常晚近的现象：从工业革命之后才开始出现"⑦。

---

① [法]雅克·勒戈夫. 中世纪的知识分子[M]. 张弘, 译. 北京：商务印书馆, 1996：1.
② [法]雅克·勒戈夫. 中世纪的知识分子[M]. 张弘, 译. 北京：商务印书馆, 1996：1.
③ [美]阿尔文·古尔德纳. 新阶级与知识分子的未来[M]. 杜维真, 等译. 北京：人民文学出版社, 2001：49.
④ [英]保罗·约翰逊. 知识分子[M]. 杨正润, 等译. 南京：江苏人民出版社, 1999：1.
⑤ [美]刘易斯·科赛. 理念人[M]. 郭方, 等译. 北京：中央编译出版社, 2001：5.
⑥ [美]刘易斯·科赛. 理念人[M]. 郭方, 等译. 北京：中央编译出版社, 2001：2.
⑦ [美]安·兰德. 致新知识分子[M]. 冯涛, 译. 北京：新星出版社, 2005：7.

　　知识分子是一个开放的群体。安东尼奥·葛兰西(Antonio Gramsci)在《狱中札记》中做了这样的分类，"从拥有知识、使用知识的意义上来说，所有人都是潜在的知识分子，但从社会作用的角度来说，并非所有的人都能成为知识分子。从作用角度来说，知识分子可以分成两类，第一类是传统职业知识分子，文学的，科学的，等等；第二类是'有机的'知识分子"①。第一类主要包括教士、教师、律师等；第二类主要指工业技术人员，政治经济专家学者，新文化、新法律等的组织者，这类新型知识分子更有活力。齐格蒙·鲍曼认为知识分子群体并没有预设一个界线，"成为知识分子"的标准是，个体是否能够"超越对自身所属专业或所属艺术门类的局部性关怀，参与到对真理(truth)、判断(judgement)和时代之趣味(taste)等这样一些全球性问题的探讨中来"②。朱利安·班达认为的知识分子是"以捍卫诸如正义和理性等永恒不变的和大公无私的价值为己任的"③人。安·兰德强调"职业知识分子就是一种文化的喉舌，因此，也就是那种文化的领导者、整合者以及捍卫者"④。

　　我国学者郑也夫认为，知识分子是那些"在其社会生活中，在其工作、交往和表达时，比其社会中多数成员更频繁地使用符号象征体系和'一般性'的概念、范畴，即运用一种特殊的'语言'"⑤的人。他还从操作主义思想出发，根据上述理论给出了知识分子的操作定义，"现今的知识分子是受过高等教育(本科、大专)以及具有同等学力的人"⑥。并将知识分子分成四种类型，即：非文化型、传授与应用型、创造型，以及批判型。他认

---

　　① Gramsci, Antonio. *Selections from the Prison Notebooks*[M]. London：The Electric Book Company Ltd., 1999：131.
　　② ［英］齐格蒙·鲍曼. 立法者与阐释者[M]. 洪涛，译. 上海：上海人民出版社，2000：2.
　　③ ［法］朱利安·班达. 知识分子的背叛[M]. 佘碧平，译. 上海：上海人民出版社，2005：5.
　　④ 安·兰德. 致新知识分子[M]. 冯涛，译. 北京：新星出版社，2005：4.
　　⑤ 郑也夫. 知识分子研究[M]. 北京：中国青年出版社，2004：3.
　　⑥ 郑也夫. 知识分子研究[M]. 北京：中国青年出版社，2004：3-4.

为"这四种类型均是一个健全社会所必须具备的"①。王增进给知识分子下的定义是，"指那些智力水平较高、对自然或社会问题怀有一贯而浓厚的探索兴趣并有所创新的人"②。

尽管对知识分子的定义各有不同，但这些定义中一个不争的共识是：知识分子属于文化精英阶层，具备普通人所不具备的独特知识，是各自专业领域走在最前沿的人，是由于自身的专长而获得特别信任与尊重的人。也正因为如此，知识分子是"超越了任何个别专长和特殊社会功能的普遍文化价值准则的专家"③。从知识分子的职业取向来看，大致可分为两类，即技术型知识分子和文化型知识分子。与技术型知识分子相比较，文化型知识分子的一个突出特点是，在社会问题及自身人性方面具有较强的自觉批判与反思意识。

20 世纪英美学界小说(1945—2000)正是以文化型知识分子为主要书写对象，本书将主要研究 20 世纪战后英美学者作家作品中的这类知识分子。具体而言，是以 20 世纪英美战后学者作家作品为主，研究在大学从事人文社会领域教学或研究的教师学者，或以写作为生的作家的作品。

第二节 学界小说

"学界小说"，英文名 Academic Novel(Fiction)，是 20 世纪兴起的一种类型小说，这一术语初见于 20 世纪 60 年代之前的美国书评杂志(*The Book Review Digest*)中。由于作品场景大多为校园，主人公常为大学教授或学生，学者们也常称其为 College Novel (Fiction)，Campus Novel(Fiction)，University Novel(Fiction)，即"校园小说"。为便于行文及区分广义校园小

---

① 郑也夫. 知识分子研究[M]. 北京：中国青年出版社，2004：10.

② 王增进. 后现代与知识分子社会位置[M]. 北京：中国社会科学出版社，2003：33.

③ 齐格蒙特·鲍曼. 生活在碎片之中——论后现代道德[M]. 郁建兴，等译. 上海：学林出版社，2002：258.

说与本书所指小说的细微差别，本书采用"大学小说"的译名指称 College/University Novel(Fiction)，采用"学界小说"的译名指称 Academic Novel (Fiction)。

莫蒂默·R. 普罗克特(Mortimer R. Proctor)是最早研究大学小说的学者。但他在第一部研究大学小说的著作《英国大学小说》(*The English University Novel*，1957)中，并未对大学小说给出十分明确的定义，不过他提出判断一部作品是否为大学小说的依据是大学主题是否占据主导地位①。依据这一标准，在他的研究著作中，大学小说既包括反映大学生生活的作品，也涵盖反映大学教育的作品。1958 年，第一部研究学界小说的博士论文《1940—1957 年小说中的大学教授》(*The College Professor in the Novel 1940-1957*)中，迈克·威克多·贝洛克(Michael Victor Belok)指出学界小说"是常常以学院为场景，主要人物为教职人员、他们的妻子及其他教员的一类小说"②。

约翰·里昂(John Lyons)1962 年出版的《美国大学小说》(*The College Novel in America*)是影响力最大的学界小说研究著作，他将学界小说(a novel of academic life)定义为"那些严肃对待高等教育，其主要人物为学生或教授的小说"③。为了强调学界小说的严肃性，里昂还进一步限定了他所研究的文本范围，排除了那些教导青年男女学生行为举止的校园小说，以及以取乐为目的的校园喜剧小说。里昂的这一定义为其后许多学界小说研究者所沿用。此后，里昂于 1974 年将学界小说目录更新至 1974 年。另一位对学界小说研究产生重要影响的学者是约翰·克瑞玛(John Kramer)，他在两版《美国大学小说：注释文献目录》(1981，2004)中，不只限定了学界

①　Proctor, M. R. *The English University Novel* [M]. California：University of California Press，1957：3.

②　Belok, M. V. The College Professor in the Novel 1940-1957 [D]. California：University of Southern California，1960：25.

③　Lyons, John. *The College Novel in America* [M]. Carbondale：Southern Illinois University Press，1962：Introduction xviii.

小说范围，还将学界小说目录更新至 2002 年。其间 1995 年丽莎·约翰逊（Lisa Johnson）将 1980—1994 年的 198 部作品增加至学界小说目录中。

威廉姆·杰弗瑞（William Jeffrey，2012）在论及"学界小说的兴起"时，指出学界小说与校园小说的区别在于，学界小说是以那些从事学术研究、尽管行为很少限定在校园内的成年人为主人公，以表现他们在工作、家庭中的困境，尤其是中年危机情节的作品。①

在中国，这类小说的译名并不统一。有些学者根据小说发生的场景为校园且人物为学生及教师，将其称为"校园小说"或"学界小说"；宋艳芳采用"学院派小说"的译名，"学院派小说是由受过高等教育、熟悉学界生活和小说创作技巧、具有较强自我意识的学院派作家创作的，以大学校园或高等教育、科研机构为背景，以大学生、教职工、教授、研究员等为主要人物，以讽刺的笔调讨论高等教育、学术研究、知识分子境遇等话题，在滑稽幽默的表象下揭示学院生活百态的一类小说"②。这几种译名存在着一定笼统性，校园小说涵盖面过广，既指反映大学师生生活的作品，亦指反映中小学生活的作品；而采纳学院派小说这一译名的学者，多是从小说作家出自学院的身份考虑，并不限定作品内容是否反映了知识分子生活。

本书采用"学界小说"这一译名主要基于以下原因：一是本书所涉及英美作家的社会身份均为大学教授；二是所涉及的文本都是以大学教授或作家为主人公，且在叙事中体现出了作家本人作为学者的学术性特点。因此，结合研究对象，本书的"学界小说"指：大学教授创作的，以反映大学教授或作家生活为主要内容，且小说具有某学术领域特点的小说。

基于这一定义，本书主要涉及的英美学者作家有：英国作家 C. P. 斯诺（C. P. Snow，1905—1981），艾丽丝·默多克（Iris Murdoch，1919—1999），金斯利·艾米斯（Kingsley Amis，1922—1995），约翰·韦恩（John Wain，1925—1994），安妮塔·布鲁克纳（Anita Brookner，1928— ），马尔

① Jeffrey, William. The Rise of Academic Novel[J]. *American Literary History*, 2012 (24)：561-589.

② 宋艳芳. 学院派小说[J]. 外国文学, 2013(6)：85-93.

科姆·布雷德伯里（Malcolm Bradbury，1932—2000），安·苏·拜厄特（A. S. Byatt，1936— ），戴维·洛奇（David Lodge，1937— ）；美国作家包括弗拉基米尔·纳博科夫（Vladimir Nabokov，1899—1977），索尔·贝娄（Saul Bellow，1915—2005），伯拉德·马拉默德（Bernard Malamud，1914—1986），菲利普·罗斯（Philip Roth，1933—2018），詹姆斯·海因斯（James Hynes，1955— ），丹·布朗（Dan Brown，1964— ）等。此外，由于有些作家的部分作品也属于学界小说之列，如霍华德·雅各布森（Howard Jacobson，1942— ）、伊什梅尔·里德（Ishmael Reed，1938— ）等的作品，也在研究范围之内。

需要说明的是，尽管英美当代还有一些重要作家是教授作家，但由于其作品题材方面的原因，如弗兰克·迈考特（Frank McCourt，1930— ）的《安琪拉的灰烬》系列及其他作品主要反映中小学校园生活，故未将其纳入本研究中。同样，上文提到的教授作家的作品也并不全是本书的研究对象，仅选取其主人公为作家或教授的作品，而其他作品并不在本研究所考虑的范围，如索尔·贝娄的重要作品《奥吉·马奇历险记》《雨王汉德森》等就不属本研究之列。而乔伊斯·卡罗尔·欧茨（Joyce Carol Oates，1938— ）的大部分作品也同样不属于本研究之列。

第三节　知识分子书写的变迁

知识分子书写由来已久。西方文学作品中，知识分子经历了从高于普通人的智慧化身到世俗社会中普通人的身份变化。从《理想国》中为众人指引光明的智者到堂·吉诃德、浮士德博士，再到现代社会中迷茫彷徨的赫索格，学术小世界中享受人生的扎普、史沃娄，再到游走于欲望与理智之间的大卫·凯普什，文学作品中的知识分子书写历经变迁。这种变化从知识分子生活的多个方面表现出来，譬如形象塑造、学术生活、高等教育等。

知识分子形象模式化。英美文学中，自乔叟至20世纪两次大战以前的文学作品中，知识分子形象体现出模式化的倾向。"保守""胆小""自以为是""学究气浓""不谙世事""书呆子"等词语与知识分子形象紧密相连。尽管在部分作家笔下，知识分子表现出追求自由平等、反抗压迫的品质，但总体来看，知识分子是人们嘲笑、贬低的对象。贝洛克①统计了1940年至1957年出版的学界小说，分别从性格、外貌、成就、从教原因、社会生活等多个方面分析了作品中的男女教师形象，他指出作品中无论男教师还是女教师形象都呈现出较为僵化的模式。里昂②同样指出早期的大学小说中人物形象刻板。大学教授的形象常常以英语教师身份出现在文本中，并被贴上讽刺、可笑的标签。

即便是在20世纪晚期，学界小说中的教师形象依然没有太大变化。韦罗内③从终身教职、职位升迁、教师作用、女教授形象、学术与生活等方面，较全面地分析了1980年至1997年美国学界小说中的教授形象。他指出这一时期学界小说中的教授形象尽管其个性特征已然分明，但依然存在着形象模式化、人物脸谱化等同质性的倾向。文学作品中这种对知识分子略带偏见的书写固然是作家浓缩了众多知识分子缺点于一身的结果，也一定程度上反映了社会，尤其是美国社会中长期存在的反智主义倾向。

学界小说中的女教师形象发人深思。早期学界小说中的女教师与学者品质相去甚远。里昂指出学界小说中的女教师大多不思进取，为小事斤斤计较，渴望放弃教职回归家庭妇女生活。伊莱恩·肖瓦尔特（Elaine Showalter）作为著名女性主义批评家，特别关注20世纪战后数十年间学界小说中女性教师形象或男教师太太们形象的建构。在其著作《学院大厦——学界小说及其不满》（*Faculty Towers: Academic Novel and Its*

---

①　Belok, Michael Victor. The College Professor in the Novel 1940-1957 [D]. Los Angeles: University of Southern California, 1958.

②　Lyons, J. O. *The College Novel in America* [M]. Carbondale: Southern Illinois University Press, 1962.

③　Verrone, Patricia Barber. The Image of the Professor in American Academic Fiction 1980-1997[D]. South Orange: Seton Hall University, 1999.

Discontent，2005）中，肖瓦尔特写道："1980 年代，文学理论和女性研究几乎同时在大学里得以制度化"①，20 世纪 80 年代被她称之为"女性主义大厦"，但这并不意味着自此之后女教师在大学中已有一席之地。肖瓦尔特的研究表明，随后的一二十年间及至 21 世纪，学界小说中的女学者对于学术生活的态度都是游移不定，始终徘徊于乐观地坚持学术理想信念与悲观地看待个人前途之间。女性学者如其他女性一样，"在社会中的位置，总是男人给她们指定的"②。

学术生活逐渐成为学界小说书写的一个重要方面。学术生活是知识分子生活不可或缺且十分重要的方面，但是早期学界小说中缺乏这方面的书写。里昂认为其主要原因在于早期大多数美国校园小说家由于自身并未在大学学习或工作过，对学术圈并不了解，因此主人公也多以学生为主。缘于此，里昂不无调侃地说，正如文学常规破坏了学术文学形象一样，教育教条也破坏了许多学界小说的知识分子内容。③ 不过，他同时也关注到一些变化，如 1925 年以后，大学小说的主要人物开始由教授取代之前的学生。之后研究学界小说的学者，如克瑞玛、约翰逊等基本同意里昂有关作品主人公及学界小说质量的观点。

20 世纪 80 年代之后的学界小说更注重学术生活与外部社会的勾连。韦罗内④认为 1980—1997 年的学界小说开始更多地书写与学术生活息息相关的问题。如学院在外部社会的影响下，学术自主性逐渐丧失，学院或大学机构更多地参与社会生活，大学管理模式、教职体制、教师构成等变化，都对教授们的生活产生了深远影响。为了获得终身教职，男女教授们

① ［美］伊莱恩·肖瓦尔特. 学院大厦——学界小说及其不满［M］. 吴燕莛，译. 上海：上海三联书店，2012：79.

② ［法］西蒙娜·德·波伏瓦. 第二性 I［M］. 郑克鲁，译. 上海：上海译文出版社，2011：104.

③ Lyons, J. O. *The College Novel in America*［M］. Carbondale：Southern Illinois University Press，1962：187.

④ Verrone, Patricia Barber. The Image of the Professor in American Academic Fiction 1980-1997［D］. South Orange：Seton Hall University，1999.

不得不面对出版著作的压力等。弗勒提①在《英美学界小说：教授罗曼史——喜剧校园，悲剧个体》中指出，学界小说有一种特别的洞察力。通过看似虚构的教授生活，以表面的戏谑来掩盖其严肃性。将人类关系、生存危机、身份等严肃问题，通过教授个体及大学的生存与外部世界之间存在的张力，从不同侧面分析了外部世界对校园机构及校园内外对教授群体的影响，并开始触及学界小说中的权力关系问题。

高等教育现状也是学界小说试图书写的重要方面。普罗克特②分析维多利亚时期以来的英国大学小说时指出，这些作品十分真实地反映了英国大学改革的历程，很大程度上具有大学教育纪录片的性质。韦罗内③认为学界小说有关终身教职问题凸显了高等教育中的一些问题，也促使了教学机构分化，滋长了彼此的不信任感，并导致大学权力的腐蚀。约翰逊④研究 1980—1994 年的学界小说时，也同样指出学界小说中的几个主题再现了美国高等教育的现状。范德梅尔（B. G. VanderMeer）甚至认为学界小说中所反映的高等教育比一些教育研究材料更真实。⑤ 社会学家伊恩·卡特（Ian Carter）⑥以 204 部英国小说为引子，抨击撒切尔执政期间教育经费紧缩导致英国大学人文学科式微的严重后果。他认为学界小说家充当了撒切尔政

①　Fullerty, Matthew H. G. The British and American Academic Novel—The Professor-romane: The Comic Campus, the Tragic Self[D]. Washington D. C.: The George Washington University, 2008.

②　Proctor, M. R. *The English University Novel* [M]. California: University of California Press, 1957.

③　Verrone, Patricia Barber. The Image of the Professor in American Academic Fiction 1980-1997[D]. South Orange: Seton Hall University, 1999.

④　Johnson, Lisa. The Life of the Mind: American Academia Reflected Through Contemporary Fiction[J]. *Reference Services Review*, 1995(Fall): 23-43.

⑤　VanderMeer, B. G. The Academic Novel as a Resource in the Study of Higher Education[D]. Alabama University: Alabama University, 1982.

⑥　Carter, Ian. *Ancient Cultures of Conceit: British University Fiction in the Post-War Years*[M]. New York: Routledge, 1990.

府的帮凶，一定程度上加剧了高等教育人文学科的衰落。噶保尔（Gabauer）①以新历史主义方法研究了 1950—2000 年的大学小说，在他看来，校园小说比其他学者出版物更深刻地反映了美国校园政治图景。学术陈规、校园力量乃至社会政治力量等都会影响到大学校园，学界小说家们则在作品中将这些冲突推向极致。

第四节　作为一种小说类别的学界小说

学界小说在 20 世纪战后开始繁盛，尽管学界小说并非传统意义上的"伟大的"作品，但"在美国，学界小说一直位列畅销书单""20 世纪许多知名作家，如约翰·厄普代克、约翰·巴斯等，都曾为这一体裁贡献过此类作品。"②学者作家们为读者掀起了长期蒙在知识分子头上的面纱，还原了知识分子作为学者及普通人的真实面貌，也使知识分子书写更加贴近真实。作为一种小说类别，学界小说从两方面体现出知识分子作家对传统的继承：一是文学传统，二是知识分子传统。

文学传统上，幽默讽刺是学界小说最常见的写作特点。值得一提的是 1998 年，内尔·约翰逊（Neill Johnson）③甚至提出战后金斯利·艾米斯、戴维·洛奇等学者作家在学界小说中运用幽默的方式将文学主流从其精英式的、女性化的、早期同性恋及欧洲特点的频道带回到了更加流行、男子汉气的、明显是异性恋特征的英语传统。

肯尼思·沃玛克（Kenneth Wamack）④指出，战后学者作家借作品中的学者表达其个人伦理诉求。通过书写知识分子符合或者有悖伦理的行为，

①　Gabauer, C. L. Campus Politics and the College Novel[D]. New York：University of Rochester, 2005.

②　Johnson, Lisa. The Life of the Mind：American Academia Reflected Through Contemporary Fiction[J]. *Reference Services Review*, 1995(Fall)：23-43.

③　Johnson, Neil. Mainstreams and Margins in the Postwar British Comic Novel[D]. PA：The Pennsylvania State University, 1998.

④　Womack, Kenneth. *Postwar Academic Fiction* [M]. New York：Palgrave, 2002.

运用讽刺这种含蓄方式，用以宣扬知识分子所强调的积极价值体系中的美德，或用作评价学术界或学院政治机制。学者作家以幽默的方式抨击学术界，同时，以斯威夫特式的讽刺引领读者关注知识分子的行为，即他们的智力目标是背离大学追求知识的目的。从文学传统来看，学界小说的叙事特色体现了作家对英语文学传统的传承，其叙事内容上对学者行为的书写恰恰也是知识分子对自身所处群体行为传统的反思。

就知识分子这一群体而言，从诞生之时起，他们就是一个独立于社会其他阶层，同时又与社会生活保持着千丝万缕联系的群体。这种独立性赋予了知识分子特有的自由精神与深入思考能力。通过洞察社会的细微变化，他们能够更理性地思考社会问题，能在社会变革的紧要关头成为先进思想的代表、普通人的引路者。因而，知识分子一度被认为是照亮公共空间的火焰。然而"二战"期间诸多知识精英与纳粹之间的合作现象又发人深省。战后，许多知识分子从政治舞台上悄然退出，回到大学校园及个人书斋中，对个体伦理道德、欲望及其所应承担的社会责任的反思也部分地表现于学界小说中。

从某种意义上说，在战后知识分子受到社会批评指责的语境中，借助小说这种更加容易表达个体思想的体裁，许多学者力图表达其个人价值取向，及其对世界对人性的深刻理解。通过学界小说这一途径，学者作家从不同角度反思自身问题，以不同方式再次参与公共生活，为自身寻找出路。学界小说正是从不同侧面反映了西方社会知识分子的生存状况及精神状态，更深刻地表现出战后知识分子群体在公共生活中发挥的作用。

学界小说本身的独特性使其在战后文坛上占据一席之地。战后，随着消费文化的兴起，文学作品成为大众文化消费的重要商品之一。在市场利益至上、读者选择多元化形势下，这一时期的学界小说为什么仍然能够在通俗文学泛滥、严肃文学少人问津的文学市场上受到普通读者青睐，成为当代文坛一种重要的文类？学界小说的魅力应该不止于其主人公的学者身份可以满足读者对学术界的好奇心，也不会停留于学界小说独特的叙事风格。

尽管战后学界小说仍然保留着早期学院派小说的一些特色，如大量地引经据典等，但与20世纪初期学院派作品相比，战后学界小说的学院派特色巧妙地融入了大众文化的成分。譬如，战后学界小说叙事手法具有后现代的诸多特点，如大量运用拼贴、戏仿、蒙太奇等手法；叙事内容更贴近普通人生活，更加通俗易懂，故事可读性强，容易引起普通读者的情感共鸣等。

当然，学界小说中闪烁的学者智慧光芒是其他作品难以比拟的，其思想性、学术性等方面更远非寻常通俗文学可以企及。当今重视知识、重视人才已经成为社会共识，然而，在实用主义思想的影响下，无论是人文知识分子自身，还是社会其他阶层，却屡屡质疑人文学科的存在价值，以致整个社会人文精神衰落、人文学科受到冷遇，反智主义思想大行其道。"二战"后人文知识分子大多进入大学校园里，在雅各比看来，正是他们这种只能面对自己的"专业同行，而别人既不知道他们，也无法接近他们"①的现状，导致一种隐患，即"公共文化的贫困"。据此，雅各比发出了知识分子渐渐消失且一去不复返的哀叹。

今天，人文知识分子是否真的已经不存在了？作为当事人，如何走出自身困惑，并以正确的态度应对社会质疑，为自身存在的合法性找到根基？学界小说以通俗面貌进入公众视野中，在戏谑表象下书写着严肃的人生困惑，必将对大众消费群体产生积极影响。因此，无论是从战后文学创作走向，还是文学中知识分子书写来看，学界小说研究都十分必要。

---

①　拉塞尔·雅各比. 最后的知识分子[M]. 洪洁，译. 南京：江苏人民出版社，2002：前言2.

第一章 创新与回归：后现代语境中的英美学界小说

从《理想国》中引领众人走出黑暗的智者到堂·吉诃德、浮士德博士，再到现代社会中迷茫彷徨的赫索格，学术会议中享受人生的扎普、史沃娄，以及在大学教授身份掩护下以激情感受人生虚无的凯普什，文学作品中学者的形象历经变迁。知识分子不再是古希腊时期高于普通人的智慧化身，或是生活在象牙塔中不理世事的特殊群体。随着时代的变迁，知识分子早已渐渐融入现代社会的芸芸众生中，成为普罗大众。与此境况对应，专门书写知识分子的学界小说也在此过程中历经变化。

英美文学中，自乔叟至20世纪两次大战以前的文学作品中，知识分子形象模式化现象较突出。保守、胆小、自以为是、学究气浓、不谙世事等是诸多文学作品中书写的知识分子形象。尽管在部分作家笔下，知识分子表现出了追求自由平等、反抗压迫的品质，但总体来看，知识分子是人们嘲笑、反抗的对象。对知识分子这种略带偏见的书写固然是作家浓缩了众多知识分子的缺点于一身的结果，也一定程度上反映了社会中一直存在的反智主义倾向。

20世纪战后学界小说中，学者作家们在还原知识分子作为学者及普通人的真实面貌的同时，也通过不同的学者形象，让读者更客观地认识知识分子。英美战后学界小说中，知识分子形象呈现出多面性。知识分子既会在学术会议上侃侃而谈，也同样饱受中年危机折磨；既是学术圈里叱咤风云的学界大佬，或者为了学术理想奋斗不息的青年学者，也同样是为了生计焦虑不安的普通人。

第一节　战后学界小说溯源

一、学界小说发展历程

在西方文学中，把学者作为叙事对象的作品，最早可以追溯到柏拉图《理想国》中受过教育的人。受过教育的人就像那原本处于黑暗的洞穴、第一个解脱了桎梏、看到洞外火光的人。而没有受教育的人就像是身处黑暗洞穴中的被囚禁者。走出洞穴会让受过教育的人经历一阵痛苦，但他是"宁愿忍受任何苦楚也不愿再过囚徒生活的"①。《理想国》里的学者是追求知识与自由人格的完整的人的化身。

英国文学作品中，最早出现学者形象的书写可以追溯到乔叟（Geoffrey Chaucer，约 1343—1400）的《坎特伯雷故事》（*Canterbury Tales*，约 1387—1400）。故事中最引人注目的学者是巴斯夫人的第五任丈夫荆金和讲述格丽西达故事的牛津学者。荆金未能经受住富有的有夫之妇巴斯夫人的诱惑，成为她的第五任丈夫，婚后荆金企图像书中故事那样制服妻子，最终却被巴斯夫人制服；而牛津学者则借格丽西达盲目服从丈夫的故事，宣扬服从是女性最大美德的观念。二人互为参照地形成了乔叟故事中受众人奚落揶揄的学者形象：学究气十足、迂腐、自以为是、男性独尊思想严重。

文艺复兴时期，欧洲著名知识分子托马斯·莫尔（Thomas More，约1477—1535）《乌托邦》中的知识分子是进入公职生活，将为联邦服务当作其最高职责的人文学者。罗杰·阿谢姆（Roger Ascham，1515—1568）在《教师》（*The Scholemaster*，1563）中，通过阿谢姆与他人的对话，试图传播自由人文主义思想，即知识就意味着自由，教育在其中发挥着重要作用。托马斯·纳什（Thomas Nashe，1567—1601）的《穷光蛋皮尔斯向魔鬼乞求》

---

① 柏拉图. 理想国［M］. 郭斌和，张竹明，译. 北京：商务印书馆，1986：275.

（*Pierce Pennilesse His Supplication to the Divell*，1592）①中，专业作家皮尔斯是供养人制度衰落时期处于矛盾中的知识分子代表，他们既支持社会的发展，又念念不忘旧时代供养机制下的优裕生活。莎士比亚戏剧中的知识分子是资本主义上升时期的人文主义者，哈姆雷特是充满忧患意识的人文学者代表。

17、18世纪，教师或知识分子开始较多地出现在作品中。乔纳森·斯威夫特（Jonathan Swift，1667—1745）作品中对知识分子种种不端行为的冷嘲热讽及毫不留情的剖析，使他成为20世纪战后学界小说家们的先驱。斯威夫特犀利的笔锋直指自己也身处其中的知识界，《书之战》（*The Battle of the Books*）中古代书与现代书争论的寓言，更像是时代转型期作家个人矛盾心理的写照。而《木桶的故事》（*A Tale of Tub*，1704）与《格列佛游记》（*Gulliver's Travels*，1726）中，夸夸其谈的哲学家之类的人文学者，飞岛上不切实际的科技知识分子，都是他辛辣嘲讽的对象。而他在描写这些知识分子时所采用的讽刺手法则对后世产生了深远的影响。

《鲁滨逊漂流记》（*The Life and Surprising Adventures of Robinson Crusoe, of York，Mariner*，1720）中海员鲁滨逊以一种有别于社会通常认知的知识分子形象出现在读者的视野中。鲁滨逊出生于一个体面家庭，受过良好教育但却"没有学过什么行业"②。在他孤独的荒岛生活中唯一留下了知识分子印记的就是其生活日记。然而也恰恰是通过这一日记，人们才得以了解这一离奇事件。丹尼尔·笛福（Daniel Defoe，1660—1731）通过鲁滨逊的故事从不同角度诠释了他对知识分子社会作用的思考：以意志同异己环境作斗争，同时在力所能及的范围内，以理智实际地控制环境。

塞缪尔·理查逊（Samuel Richardson，1689—1761）笔下帕梅拉的父亲是一个在《帕梅拉》（*Pamela*，1700）中看似无足轻重、无所作为的教师，但

---

① ［英］桑德斯．牛津简明英国文学史［M］．高万隆，等译．北京：人民文学出版社，2000：178.

② ［英］丹尼尔·笛福．鲁滨逊漂流记［M］．徐霞村，梁遇春，译．北京：人民文学出版社，1997：5.

少女帕梅拉维护自身贞洁时表现出的诚实与正直，很显然源于其所受的家庭教育及父母对其精神及行为的极力支持。通过帕梅拉在面对种种武力胁迫或金钱、地位诱惑时表现的反抗行为，从一个侧面曲折地表达了知识分子的精神诉求，即人的高贵在于其精神层面，而非社会地位。

亨利·菲尔丁（Henry Fielding，1707—1754）笔下的知识分子则表现各有不同。在《弃儿汤姆·琼斯》（*The History of Tom Jones a Foundling*，1749）中塑造了几位不同品性的知识分子：奥尔华绥先生生性善良、品格高尚但又易受蒙蔽；塾师巴特利奇胆小怕事、唯唯诺诺；斯奎尔与屠瓦孔则是打着神学家、哲学家旗号，冒充宗教及道德捍卫者的伪君子。

这一时期，美国文学尚处于起步阶段，以知识分子为主要人物的作品并不多，但对待知识分子的态度却已经开始在文学作品中初露端倪。美国独立后，作为实现了美国梦的代表人物之一，本杰明·富兰克林（Benjamin Franklin，1706—1790）对美国人影响深远。他在《自传》（*The Autobiography*，1771—1790）中，较少有对具体知识分子的书写，但却较详细地记载了哪些书籍对他影响较大。同时，值得一提的是，富兰克林通过回忆父亲反对他成为诗人一事，从一个侧面反映出美国社会轻视人文知识分子的反智倾向。而这种反智倾向也反映在华盛顿·欧文（Washington Irving，1783—1859）对知识分子形象的书写上。"睡谷的传说"中那位伊卡包德·克莱恩爱讲鬼故事，却被假扮的大头鬼吓破了胆的教师，无论是对其外貌，还是对其行为的叙述，都表现出美国社会对教师这类知识分子的一种蔑视态度。

维多利亚时期，文学大家辈出，反映教师或教区牧师生活的作品大量涌现。查尔斯·狄更斯在其作品中塑造了不同类型的知识分子形象。《匹克威克外传》（*The Posthumous Papers of the Pickwick Club*，1836—1837）中的匹克威克天真淳朴、慷慨宽厚。《艰难时世》（*Hard Times*）中的汤玛士·葛擂硬先生（Mr. Thomas Gradgrind）是打着科学口号，扼杀儿童想象力的、推崇僵化教育模式的学校校长，而按照他的标准聘任的教师麦却孔掐孩先生（Mr. M'Choakum Child）和其他一百四十位小学教师，是工业革命初期社会经济发展中推崇实用主义的产物，因此，学校更像是工厂，儿童在那里接受的教育以社会需要为出发点，而教师发挥着制造社会需要产品的作用。《远大前程》(*Great Expectation*，1864)中的朴凯特先生是一位碌碌无为、郁郁不得志但却能坚持承担家庭责任的教师。而半自传体作品《大卫·考坡菲》(*The Personal History of David Copperfield*，1849—1850)中的大卫可以看作狄更斯所塑造的近于完美的知识分子形象。大卫正是具有人道主义、资产阶级民主主义思想的知识分子正面典型，在他身上集中体现出资产阶级知识分子仁爱、正直、勤奋、进取、务实的精神品质。

真正以教师这类知识分子为主人公的作品也在这一时期出现，安东尼·特罗洛普(Anthony Trollop，1815—1882)、勃朗特姐妹、乔治·艾略特(George Eliot，1819—1880)等维多利亚时期作家笔下的教士、教师都可以看作当代学界小说中教授们的前辈。特罗洛普的"巴塞特郡纪事"以巴彻斯特大教堂镇为故事发生背景，主要叙述了围绕海拉姆养老院院长高薪闲职，以及即将空缺的主教职位而发生的一系列事件。从《养老院》(*The Warden*，1855)中性情和善、诚实正直的塞浦蒂麦斯·哈定牧师在舆论中选择辞去院长职位，到《巴彻斯特大教堂》(*Barchester Towers*，1857)中老格伦雷博士离世后空缺的主教职位，各路人物在嫉妒、觊觎教职中表现出人性的种种丑恶。肖瓦尔特认为特罗洛普的《巴彻斯特大教堂》是"最早的描述学术政治的一部优秀作品"①，她认为特罗洛普笔下那些争吵不休、互不相让的神职人员与当代学者十分相似。

夏洛蒂·勃朗特(Charlotte Bronte，1816—1855)的《教师》(*Professor*，1846)可以算作英国最早的学界小说。作品中夏洛蒂·勃朗特刻画了众多教师形象：傲慢且自以为是的佐蕾薇·罗特及狡猾的佩尔特先生夫妇，出身低微贫寒、依然坚强努力奋斗、最终取得事业成功的威廉·克里姆斯沃思与弗朗西丝·亨利夫妇，而女主人公弗朗西丝·亨利几乎就是具有聪明

---

① 伊莱恩·肖瓦尔特．学院大厦——学界小说及其不满[M]．吴燕莛，译．上海：上海三联书店，2012：7.

好学、坚强温柔等美好品质的完美女性化身。《教师》也同样对学院政治有所涉及，譬如弗朗西丝被辞退与其教学能力并无关系。尽管《教师》是夏洛蒂·勃朗特的处女作，在人物形象、情节设计上尚显稚嫩，但在克里姆斯沃思夫妇身上已经可以看到夏洛蒂·勃朗特代表作《简·爱》（*Jane Eyre*，1847）中家庭女教师自强不息的影子。在简·爱这一平凡的家庭女教师身上体现出的一些优秀精神品格，如地位卑微但不卑不亢、身处困境却依然保持自尊自强、勤奋努力、善待他人等优秀品质，都是作者心目中理想知识分子"贫贱不能移，富贵不能屈"高贵气节的呈现。

乔治·艾略特的《米德尔马契》（*Middlemarch*，1871—1872）中最引人注意的知识分子莫过于卡苏朋先生，他是一位冷酷、贫乏、黑暗的学者。整日"埋在古书堆里，有些不问世事"①，狂妄自大、固步自封地活在自己的世界中，他终生从事着神话研究，却始终一无所成，也根本不知道他所谓的理论创见早已有人做出。无论是他空洞的博学，还是人性中自私、冷酷的一面，都让他成为一个让人生厌的学者。

塞缪尔·巴特勒《众生之路》（*The Way of All Flesh*，1885）中，通过叙述同样毕业于剑桥大学的西奥博尔德·庞蒂费克斯与欧内斯特·庞蒂费克斯父子两代人经历，呈现学者理想与现实悖谬的生活。从小温驯懦弱的父亲迫于经济压力从事自己不喜欢的牧师职业，在外他是受人称道的神职人员，在家却是对子女异常严苛的父亲。在严苛教育下成长起来的儿子不时以某种叛逆行为反抗父亲，脱离父亲管制，经历种种坎坷后，成为享有一定声誉的作家。作品中另一位给读者留下深刻印象的是以棍棒教育著称的中学校长斯金纳博士。结局部分，父与子、师与生两代学者表面的和解带给读者有关人生的更多思考。

托马斯·哈代以婚姻、家庭为出发点，书写了知识分子徘徊于遵从传统道德伦理与追求个人自由之间的挣扎与痛苦。《德伯家的苔丝》（*Tess of*

---

① 乔治·艾略特. 米德尔马契[M]. 项星耀，译. 北京：人民文学出版社，1987：44.

the D' Urbervilles，1891）中的安玑是具有一定民主意识的新型知识分子，但当有悖传统伦理道德观的行为发生在自己妻子身上时，他却无法接受现实。从某种意义上说，苔丝的悲剧根源是他在对待苔丝及个人荒唐行为时所持的双重道德标准。《无名的裘德》（*Jude the Obscure*，1896）中性格温和的小学教师菲洛特桑在对待妻子淑的背叛行为中表现的宽容既可以说是思想高尚的行为，也未尝不是其懦弱的一种显现。而淑与裘德在各自的婚姻与爱情中始终处于试图挑战传统宗教家庭道德观，但精神上却又无力摆脱伦理束缚的痛苦境地。个人自由于他们而言，始终是可望而不可即的奢侈品。

20 世纪第二次世界大战前，英国出自学院派作家之手的一些优秀学界小说开始出现。阿道司·赫胥黎（Aldous Huxley，1894—1963）的《旋律的配合》（*Point Counter Point*，1928）可以看作 1928 年伦敦知识精英界的缩影。通过不同知识精英人物，作者反思了那个时代的种种问题：社会、政治、经济危机，科技发展带来的危害，及随之而来的知识分子个人情感生活与理性生活的分裂，物质与精神的不平衡等。通过这部作品，作者试图传达的理念是：个体身心的全面发展需要理性生活和情感生活各得其所、相互协调。

伊夫林·沃（Evelyn Waugh，1903—1966）早期作品《衰落》（*Decline and Fall*，1928）中，沿着保罗·潘尼费瑟近乎圆形的生活轨迹，20 世纪早期知识分子生活被逐一呈现。他无端被大学开除，到小学教书谋生，又被富孀诱惑，参与白奴交易而被捕入狱，情妇设计助其逃跑，化名重回大学读书。经过这样的轮回，保罗这个不谙世事、对生活充满憧憬的天真青年，从中感受到生活的不合逻辑、人生意义的虚无。作品中保罗、费根博士、阿拉斯泰、格莱姆斯，以及曾经的社会学教授新典狱长威尔弗雷德爵士等，展现的就是活脱脱的知识分子众生相。通过这幅众生相，作家揭露了教育机构、监狱组织等的伪善。撇开时代背景不同的因素，保罗的经历与战后学者作家约翰·韦恩《每况愈下》中历史系毕业生查尔斯·兰姆利的遭遇有不少相似之处。

此外，弗吉尼亚·伍尔夫（Virginia Woolf，1882—1941）同期涉及知识

分子的作品是从女性心理出发对男性中心社会及家庭的反思。《到灯塔去》
(*To the Lighthouse*，1928）中，拉姆齐先生是一个遨游在知识王国里的勤奋
学者，他有着卓越的脑袋，因其学识而受到妻子和青年们崇敬，他身上体
现着道德价值、知识构成和刻苦工作。然而他却是个冷酷、暴躁的父亲，
完全不顾及孩子的感受，漠视孩子的情感到了近乎残酷的程度。伍尔夫塑
造的这一以其父亲为原型的知识分子，一定程度上反映了当时男性知识分
子在社会及家庭尤其是女性心目中的典型形象。

　　和前期相比，这一时期英国学界小说中的学者不仅仅局限于描写某一
位知识分子，而是借形形色色的学者形象开始触及整个知识界，而知识界
的黑暗不过是社会现实的一个缩影。无论是不学无术者忝居高位，学院内
部对天真学生的欺压，还是初涉人世的青年学子的无奈妥协，20 世纪战前
英国学界小说中，知识分子都不过是社会大背景下的芸芸众生之一而已，
因此，他们的生活同样也反映了其他普通人的命运。

　　如前文所述，美国文学起步较晚，美国专门书写学者生活的作品最早
出现于 19 世纪，不过不同于英国小说的地方是，美国学界小说肇始于反映
学生生活的校园小说（College Novel）。里昂认为纳撒尼尔·霍桑（Nathaniel
Hawthorne，1804—1864）的《范肖》（*Fanshawe*，1828）是美国第一部学界小
说。主人公范肖是"哈里学院"的一名学生，"是个渊博的学者和高贵的人
物"①。作品中除了直接描写外貌以表现其贵族气概之外，进一步通过他与
院长麦尔莫思博士的养女埃伦·朗顿交往，及帮助她从骗子手中脱险等事
件，显示其力量和胆识。在他身上表现出一些圣人特质，而这些特质使他
远离世俗生活。作品中麦尔莫思博士要他每天到树林中骑马以谋求健康，
也正是在自然中他见到了埃伦，并对她产生爱慕之情。借这一情节，霍桑
意图说明：沉浸于书斋中的学者必须在自然与爱中才能获得更长久的力
量，而品格高尚的范肖年仅二十就不幸早殇是由于他长期沉浸于非世俗的

---

① 霍桑. 霍桑小说全集·范肖［M］. 胡允桓，译. 合肥：安徽文艺出版社，
2000：13.

书斋生活的结果。《范肖》中其他人物形象也成为后来文学作品中学者的常见模式：范肖的同学爱德华·沃尔科特是大学校园中爱出风头的人物；麦尔莫思博士是无所建树、怕老婆的学者。

19世纪末期，美国文坛上涌现出大量描写大学生生活的校园小说。这些作品多以大学生为主人公，故事情节可与英国反映吵吵嚷嚷牛津生活的校园小说相类比。其基本模式是：单纯的青年学子初入大学倍感孤独迷茫，历经种种诱惑，包括不良道德行为的诱惑、不安心学业等，最终几经挫折以不同于当初的样子走出校门。这类作品中，以"威尔登特·格林先生"系列（*Mr. Verdant Green* Series，1853—1857）与《汤姆·布朗在牛津》（*Tom Brown at Oxford*，1861）影响最大。"直到世纪之交，每一部新出现的反映学术生活的小说都可以与库斯伯特·贝德（Cuthbert Bede）的'威尔登特·格林先生'系列，或与托马斯·休斯（Thomas Hughes）的《汤姆·布朗在牛津》相对照，且汤姆·布朗的故事甚至更加受到推崇，成为所有这类小说最成功的模版。"①作为美国最早的高等学府，哈佛大学不可避免地成为作家最青睐的地方，作为故事主要场景出现在作品中。从最早的哈利·哈兹尔（Harry Hazel）的《波士顿美女：或剑桥学生的对手》（*The Belle of Boston：or the Rival Students of Cambridge*，1844），威廉姆·沃思伯恩（William Washburn）的《美好的哈佛》（*Fair Harvard*，1869），弗雷德里克·朗瑞（Frederick Loring）的《两个大学朋友》（*Two College Friends*，1871），到乔治·特瑞普（George Tripp）的《哈佛的学生生活》（*Student-life at Harvard*，1876），最受读者欢迎的校园小说当属查尔斯·麦考姆·弗兰佐（Charles Macomb Flandrau）的《哈佛经历》（*Harvard Episodes*，1897）。这类反映青年学子大学生活的校园小说，具有明显的成长小说的特点。

20世纪美国校园小说以《星期六晚邮报》（*The Saturday Evening Post*，1900）上连载的弗兰佐另一个校园系列小说《一个哈佛新生的日记》拉开序

---

① Lyons，John. *The College Novel in America*［M］. Carbondale：Southern Illinois University Press，1962：7-8.

幕。次年，小说以《一个新生的日记》(*The Diary of a Freshman*，1901)之名出版发行，进一步促进了校园小说系列的市场繁荣，校园小说成为世纪之交"家庭杂志中最受喜爱的部分"①。《一个新生的日记》的新颖之处在于作者塑造了一名新型的教师形象。与之前乏味严肃的老学究们不同，主人公的导师福里特伍德懂得尊重学生，肯定学生成绩。此后，1903 年欧文·威斯特的《哲学四》(*Philosophy Four*)成为当年最著名的小说。由于弗兰佐与威斯特自小都受到过良好的文学熏陶，其作品的文采无人可比，从而在众多的校园小说中脱颖而出。二人笔耕不辍，为 20 世纪初的文坛贡献了不少校园小说佳作，他们作品主人公对浪漫的信仰也始终与校园小说的传统相一致。

此后数年，美国校园小说开始触及对学校教育的反思与教师能力问题。比较引人注目的校园小说是欧文·约翰逊(Irving Johnson)、司克特·菲茨杰拉德(F. S. Fitzgerald)和珀西·马克(Percy Mark)分别以耶鲁大学、普林斯顿大学及达特茅斯大学为背景的《斯多尔在耶鲁》(*Stover at Yale*，1912)、《人间天堂》(*This Side of Paradise*，1920)和《塑料时代》(*The Plastic Age*，1924)。"一战"后，随着美国大学入学政策的改革，一批退伍军人进入大学学习，他们的大学生活也在这一时期校园小说中有所反映，如约翰·韦利(John Wiley)的《彼特的教育》(*The Education of Peter*，1924)。另外，乔治·威勒(George Weller)的《不吃，不为爱》(*Not to Eat*，*Not for Love*，1933)因为在叙事方法上学习了现代主义文学的实验技巧而一度受到批评界青睐。

这一时期的校园小说作家大多在这些名校学习过，他们的作品比较真实地再现了学生生活，也带有强烈的时代特色。"这些小说最打动人心的是它们那种严肃的绝望感"②，校园内社会阶层消失与学生生活堕落等现象

① Lyons, John. *The College Novel in America* [M]. Carbondale：Southern Illinois University Press, 1962：11.

② Lyons, John. *The College Novel in America* [M]. Carbondale：Southern Illinois University Press, 1962：45.

都让主人公深感不安，但矛盾的是他们又沉迷于学生的周末狂欢中。这一时期的校园小说作家对待教育机构与教师的态度同样矛盾。反智主义倾向明确地表现在他们的作品中，作家借助作品人物表达了自己对高等教育的批评——"教育是一个乏味的过程，它之所以幸存下来只是因为它紧跟时尚而已"①，与此同时他们又认识到教育在个体发展过程中发挥着重要作用。而教师多数以令人乏味、心不在焉的形象出现，也常常是学生们不喜欢且会背后模仿取笑的对象。

从 20 世纪 30 年代开始，以女学生为主人公的校园小说开始出现。这类作品有两种常见模式：一是浪漫爱情模式，家庭贫困的女学生努力学习，以个人的美德得到了教授或某人的爱情；二是反叛学校模式，女学生故意以各种违反校规的行为挑战当时学校苛刻的管理。他们也会揭露教育管理部门的邪恶，指责当时陈旧乏味的教育大纲，但"对于教学大纲应该是怎么样的，该如何改善等，并没有一位小说家有一个明确的概念"②。这些作品中，教授也同样是两种类型，一类是与女主人公产生了爱情的教授，另一类教授则是些贪婪无度或心胸狭隘的讨厌家伙，他们向学生收费或出于怨恨给学生打低分等。

20 世纪二三十年代美国文坛十分繁荣，然而除了前文中提到的《人间天堂》外，活跃在文坛上的主要作家并没有创作多少反映学者生活的作品，一个原因是许多严肃作家认为与反映外部世界的小说相比，学院小说显得过于单薄苍白，但里昂认为也不排除另一个原因，即"20 世纪初期许多美国主要作家并没有大学学习经历或者中途放弃了大学学习"③，如西奥多·德莱塞(Theodore Dreiser，1871—1945)、舍伍德·安德森(Sherwood

①　Lyons, John. *The College Novel in America* [M]. Carbondale：Southern Illinois University Press, 1962：38.

②　Lyons, John. *The College Novel in America* [M]. Carbondale：Southern Illinois University Press, 1962：62.

③　Lyons, John. *The College Novel in America* [M]. Carbondale：Southern Illinois University Press, 1962：xvi.

Anderson，1876—1941）、威廉·福克纳（William Faulkner，1897—1962）、欧内斯特·海明威（Ernest Hemingway，1899—1961）等作家都没有完成他们的大学学业。

即便如此，在一些文坛大家的作品中，依然可以看到一些令人无法忘记的知识分子形象。舍伍德·安德森的《小城畸人》（*Winesburg, Ohio*，1919）中，青年记者乔治·威拉德是唯一同情那些逐渐被工业文明挤出社会的小人物的知识分子，也是小城畸人们与外界保持联系的纽带，乔治带给了他们一丝温情的希望。美国第一位获得诺贝尔文学奖的作家辛克莱·刘易斯（Sinclair Lewis，1885—1951）旨在揭露医学界腐败的作品《阿罗史密斯》（*Arrowsmith*，1925）中，潜心研究新药的医学院教授麦克斯·戈特利布博士生活不拘小节、脾气古怪，一心想建立起科学研究的理想王国。凭着对医药科学的执著与献身精神，他一度成为激励马丁·阿罗史密斯从事医学研究工作的定心丸。海明威的《太阳照样升起》（*The Sun Also Rises*，1926）中的杰克·巴恩斯等人是经历过残酷战争、对生活厌倦失望的"迷惘的一代"的知识分子，他们的精神状态是两次世界大战期间青年一代的写照。

世界文学史上，许多学者形象同样给读者留下了深刻印象。堂·吉诃德是思想固执、不切实际、耽于幻想的，同时又是为了理想勇往直前，坚持正义、嫉恶如仇的学者。歌德笔下的浮士德博士是有着远大理想、富有人道主义精神、追求个性自由解放的知识分子化身。于连是来自社会中下层，但却具有平等观念、反抗精神，幻想挤入上层社会，有着野心和强烈自我意识的知识分子。大学生拉斯科尔尼科夫是从小市民阶层走出来，渴望飞黄腾达的知识分子。古希腊语教师别里科夫是性格孤僻、思想守旧、胆小怯懦、在现实社会中苟且偷安的"套中人"。约翰·克利斯朵夫是勇敢反抗、信奉精神独立的知识分子。大学生汉斯·卡斯托普在"魔山"疗养院七年的时间里，身体与精神的种种变化反映了两次世界大战期间欧洲知识分子的成长历程。

总体来看，战前作品中学者书写存在着一些共同点。不同时代背景下，知识分子思想基本保持着一贯性。无论是英美文学中，还是欧洲其他国家(除英国外)的作品中，许多知识分子都把追求自由平等和个性解放作为自己的行动准则。因此，许多作品中呈现的主要冲突存在于个体自由诉求与外部社会束缚这一不可调和的矛盾对峙中。另外，对知识分子的书写已开始形成一些范式，这些范式包括对学者外貌及性格的描写，包括书呆子、沉迷于故纸堆、热衷于读书、性格严肃、胆小怯懦、优柔寡断、势利等。

内容上，两次世界大战前，与本书定义的学界小说相似的作品还较少。早期英国文学中以教师或学者为主人公的作品并不多，即使是以知识分子为主人公，情节也主要反映知识分子的家庭、婚姻、爱情等日常世俗生活，并通过他们在世俗生活中的言行体现出模式化的学者形象特点。而早期美国校园小说多以大学生为主人公，主要反映学生生活中可能面临的众多问题，如学习内容、学校校规、师生交往、同学关系等。世纪之交的英美文学开始出现集中反映学术界的作品，但更多是书写知识分子在大的社会背景下的生存状况。他们的活动空间主要在学院外，其学院内的学术生活在作品中反映得并不多，学院生活更像是外部世界的一个小小缩影，知识分子目光更多地投向外部世界，关注社会变迁对个体的影响。

形式上，两次世界大战前学界小说的叙事方式经历了遵循现实主义创作传统，到现代主义实验性写作的逐步演变。像乔伊斯、伍尔夫等现代主义作家，他们在作品中运用意识流、时空倒错、心理独白、引经据典等特色都凸显鲜明的学院派特点。

毋庸置疑，早期学界小说尽管尚未大量涌现，但在内容与形式上都开始表现出不同于其他题材作品的一些特质，如学界状况、学者生活、学者风格等，这些都为战后学界小说的蓬勃发展打下了良好基础，也为战后学者作家更深刻地书写知识界诸现象提供了许多成功范例。随着大学教育普及化，战后，学界小说迎来全面开花的繁荣局面。

二、战后学界小说兴起的原因

文学与现实之间向来关系密切，战后学界小说的兴起是多方面原因促成的结果。其中两个主要因素是：知识分子自身生存状况的变化与战后日益壮大的读者群体及大众阅读趣味的变化。

学界小说是伴随着战后高等教育的发展而兴起的。"二战"前后，英美国家高等教育高速发展，英国于 1944 年通过教育法案，改造公办教育，"首次不考虑学生的社会背景，为许多中下层青年提供了接受文法学校免费学术教育的机会"①。在美国，由于战争的影响，国家先后制定一系列教育政策，改变教育计划，吸纳更多人进入大学。1944 年颁布军人权利法案，许多退伍老兵进入高校学习，进一步使美国高校学生人数骤增，"美国的高等教育约在 1953—1954 年开始步入大众化阶段"②。急骤增加的学生也意味着大学教师人数激增。战后，为了吸引更多人才从事高等教育，教师的工资待遇大幅提高，随着高校教师经济地位的稳步提高及相对宽松的工作环境，大学吸引了许多战争期间活跃在社会各战线的知识分子，他们纷纷进入大学成为高校教授。无论是教授还是学生，他们都是战后高等教育发展的受益者，也是高校发展过程中最直接的见证人。大学师生是战后增长人群最快、生活变化最大的群体，书写他们、反映他们的生活，是文学创作的必然反应，在这样的背景下更多的学界小说应运而生。

不同年代的学界小说反映了社会运动对校园的影响。校园并非与世隔绝的桃花源，而是社会的一个重要组成部分，因此，社会的任何变迁都会对其产生一定影响。战后数十年间，英美国家的各种社会运动冲击着校园，影响着大学校园里的师生生活，改变着他们的思想观念与行为模式。

20 世纪 50 年代，英美国家高等教育已经实现了大众化，这一代青年却被称为"愤怒的一代"。他们大多是来自社会中下层，战后上过大学、带着梦想走入社会的一代。高等教育看似可以满足来自中下层阶级青年们出人头地的愿望，但社会现实却无情地粉碎了他们的梦想。旧有的社会体制和价值观念、阶级壁垒和等级观念战后依然存在，走出校门的中下层青年

---

① Sanders, Andrew. *The Short Oxford History of English Literature* [M]. Oxford: Oxford University Press, 2000: 586.

② 陈学飞. 美国高等教育发展史[M]. 成都：四川大学出版社，1989：161.

根本无力改变固有的社会结构，不可能突破自身阶层。在这些人看来，教育并没有改变他们的处境，反而让他们变得无所适从。教育还让他们失去了原有的锋芒，无力在社会中闯荡。20世纪50年代的大学生，尤其是人文学科的毕业生，无法在社会中找到自己的位置，前途渺茫，既无法跻身上层，又不愿回到自己原有的阶层。战后肇始于20世纪50年代的学界小说就是这一时代青年生存处境的真实写照。

20世纪60年代，妇女问题、种族歧视问题、战争等社会问题集中暴发。20世纪50年代末期沉寂下来的大学校园再次活跃起来，反叛是这一时代的主要特征：反暴力、反战、反一切压抑个性的大型组织。他们或以游行示威等左派激进行为，或以性解放、摇滚乐、群居村等嬉皮士运动等方式反主流文化。传统道德价值观遭到质疑，艾丽丝·默多克等人的作品中对"善"的倡导与追求，反映了学者作家对这一时期社会道德问题的隐忧与思考。20世纪70年代，英国撒切尔时代一系列紧缩银根的政策对高校影响巨大，而美国越战则将战争的阴影再次带到普通人心头，让他们在战争的创伤记忆中一遍遍地体味恐惧。马尔科姆·布雷德伯里的《历史人》（*The History Man*，1975）、戴维·洛奇的《大英博物馆在倒塌》（*The British Museum Is Falling Down*，1981）、《好工作》（*Nice Work*，1984），菲利普·罗斯的《美国牧歌》（*The American Pastoral*，1997）等作品即分别从不同角度反映了社会动荡对学术界、对普通个体人生的影响。20世纪80年代以后，随着社会大环境的渐趋稳定，学者作家把目光更多地投向自身，对自身学术生活及个人道德问题的反思、对普通个体的关注成为20世纪80年代直至21世纪学界小说的主题。

学界小说是知识分子借以表达自身生存状况的方式。知识分子进入大学校园后，与外界接触减少，他们最熟悉的环境莫过于校园。与外部世界相比，校园是一个相对封闭的空间，同时又是一个五脏俱全的小世界，有各种各样的人物及错综复杂的人际关系，也有不同机构之间的权力制衡。换言之，校园为小说家们提供了取之不尽、用之不竭的素材。对学者作家来说，通过文学来书写个人生活，反映时代最强音，是其文学创作的必然选择。小说中的学术世界既是虚构的，又是他们所熟悉的真实生活，学者作家正是借学界小说表达自我的精神诉求与知识分子对普遍人生的思考。

战后学界小说常被文学评论者定性为后现代主义作品，原因或许在于学界小说产生于后工业时代，但更重要的原因在于其叙事方面表现出对现代主义文学的反动及与大众文化的契合。

战后，随着消费社会大众文化的兴起，现代主义文学逐渐失去读者，走向凋零。现代主义小说的兴起与当时的社会环境有着密不可分的关系，不适应工业化社会，心理学中有关意识、潜意识等理论发展对文学创作产生的影响，也使作家把笔触转向个体的内心，更关注个体的孤独，或者说孤独的人，等等。但是，他们的这种实验性写作在战后遭到冷遇。以 20 世纪最杰出的作家之一 T. S. 艾略特的长诗《荒原》为例，这首诗卷首引用了莎士比亚、鲍蒙特、弗莱彻、埃斯库罗斯等人的格言，以表现秩序与破碎、传统的存续与崩溃。最后一部分又以一系列晦涩难懂的典故结束。作者试图以此来隐喻摇摇欲坠的西方文明，但对于普通读者而言，这首诗一直是支离破碎且难以理解的。

战后小说摒弃了现代主义实验性小说的写作方式，避免运用宏大的象征画面，而是精心描绘平实生活。短小精悍、就事论事、全力探讨对象本身的意义、反对阐释、反对深度成为小说创作的口号。同时，读者成为创作必须要考虑的重要因素，作品适应读者阅读趣味的变化，这也是学界小说繁荣的主要原因之一。

大众文化背景下，相对通俗的学界小说满足了读者的阅读需求。"二战"后，各国国民生产总值大幅上升，丰富的物质从生理、心理层面刺激着人们的消费需求。刚刚走出经济危机和战争阴影的大众渴望安定轻松的生活，整个社会弥漫着随遇而安、享乐主义、布尔乔亚的情绪。在文化艺术领域，这种情绪导致的一个最直接后果是文化艺术的平民化、大众化与作家创作自由度的提高。借助现代工业技术，原本为精英阶层所享有的文化艺术品被大量复制，并进入市场成为大众消费的商品。市场使作家拥有了前所未有的创作自由，但市场的运作机制决定了商品化的文化艺术必须满足大众的文化需求。文学作品作为文化艺术中十分重要的一个环节，其商品属性也促使作者要把大众需求纳入创作中。"人们不是因为选择说出某些事情，而是因为选择用某种方式说出这些事情才成为作家的"①，在大众阅读需求改变的文化背景下，学者作家将传统与创新、通俗与严肃相融合，使学界小说在读者阅读选择多样化的文学市场上异军突起，受到读者欢迎。

学界小说的叙事内容或贴近普通人实际生活，或满足大众对学术界的好奇心，也是其战后繁荣的原因。学界小说借幽默讽刺故事批判战后教育体制与社会现实。战后英美社会表现出一定的同质性，一面是占据社会主流的保守主义与享乐主义，代表着中产阶级的满足，另一面是来自下层受过高等教育青年的愤懑与反叛。具有敏锐洞察力的学者作家们适时地把握住了时代的特色，并自觉地把谴责社会现实、表现个人奋斗无奈作为自己创作的指引。中下阶层出身的青年试图通过教育改变个人命运的愿望与变幻莫测而又等级森严的社会现实之间的矛盾成为学界小说中着重书写的主题。或以身体狂欢表达对人类生存的严肃思考。当传统道德伦理观念遭遇挑战时，理性学者会如何应对这种变化？学者作家借助身体写作、侦探小说等通俗方式揭示出人情人性中的善与恶，同样对当代读者具有吸引力。至于以揭发知识界种种学术腐败行径为主要内容的学界小说，无疑大大满足了大众窥探学术界隐私的好奇心。

读者群体的壮大也促进了学界小说的繁荣。文学创作与读者群体变化同样关系密切，读者会选择哪一个文本阅读，这之中存在着极大的偶然性。但从读者阅读心理来看，在众多作品中，读者常常会无意识地选择那些关注自身生活是如何被书写的文本。以校园为主要叙事场景，集中反映学生或教授学习、工作及学术生活的这一部分学界小说，对学生群体的吸引力正在于此。一方面，战后高等教育的飞速发展提高了整个社会的文化素养，大学生人数的急骤增加也扩大了学界小说的阅读群体；另一方面，

① ［法］萨特.什么是文学？［M］//萨特文论.施康强，译.北京：人民文学出版社，2000：108.

社会对象牙塔的好奇，以及学界小说的通俗性等，也吸引着社会普通读者加入学界小说的阅读群。

学界小说的兴起与繁荣是高等教育发展、读者阅读趣味和阅读需求改变、读者群体构成发生变化等外部各方面因素共同促成的结果，但也与学者自身因素有着更密切的关系。

第二节　后现代语境中的学者

一、身处两难之境的学者

提到"后现代"，首先绕不开的便是何为后现代的问题。从政治、经济角度来看，后现代可以指一个时期的概念。从文化角度来说，后现代是一种态度。在音乐、绘画、电影等艺术领域，后现代是一种特定的风格，是一种指向纯粹审美自主及纯粹形式的行动，是一个时期。而在文学领域，后现代却常用来指称一种具有某些叙事手法的特定风格。战后学界小说常被人冠以后现代之名，原因多是由于其叙事技巧具有某些特征。与20世纪初的现代文学作品相比较，学界小说叙事内容与风格转变的直接原因是战后文学创作对大众文化兴起做出的直接反应，而导致这些转变的深层根源却在于知识分子对自身社会定位的深刻反思。

知识分子的职责。知识分子从诞生之时起，就是一个特殊的群体，这一群体是由文人、教士、哲学家、艺术家组成的社会文化精英阶层。"他们的活动本质上不追求实践的目的，只希望在艺术的、科学的或形而上学沉思的活动中获得快乐，简言之，他们旨在拥有非现世的善。"①他们将人类生存方式的最高价值作为自己的追求，是人类文明的重要传承者，不遗余力地推动着人类文明的发展。他们强调人性的善与社会的正义，推崇人类普遍价值，在历史发展中，以人性与正义为指南，不断批判反思人类利

---

① ［法］朱利安·班达. 知识分子的背叛［M］. 佘碧平，译. 上海：上海人民出版社，2005：78.

己主义行为，以"面对各个民族及其以世俗宗教之名做出的不义之事，树立起信仰正义和真理的崇拜"①为职责。正是由于知识分子在文化上的先进性、思想上的批判精神，在各个历史转折关头，他们的言行会成为大众行为的风向标。然而，20世纪的两次大战中，部分知名知识分子无论是在技术层面，还是在理论层面，在纳粹的法西斯暴行中起到了推波助澜的作用，一定程度上使知识分子群体陷入两难的处境。

知识分子影响着权力集团和大众。从古希腊苏格拉底时代起，知识分子的社会地位就是决定性的。知识分子所代表的知识权威地位使他们在社会、政治、文化生活中发挥着重要作用，他们的思想影响着权力阶层政策制定，他们的言行影响着普通人的思想观念。在每一个社会变革时代，他们都是不可缺少的历史性参与者，知识分子对待权力集团的不同态度导致其内部的分裂：一部分知识分子活跃于追求权力与反对权力的两大阵营中，成为权力核心的智囊团。权力为知识提供庇佑，知识则通过改造旧思想或创立新观念的方式为权力合法化寻找理论依据。而另一部分知识分子则把追求知识、自由、个性等普遍价值作为自己的人生追求。他们相对独立于权力之外，以多元的方式，而不是完全按照某一阶级利益的单一模式思考问题，以知识分子特有的理性批判精神对社会或权力集团行为进行深刻反思。无论处于权力中心，还是游离于边缘地带，知识分子的任何言论都可能对大众产生极大影响。

既然知识分子推崇的普遍抽象价值与现实社会制度之间的冲突不可避免，知识分子在面对冲突时，就应当勇敢地承担起维护正义与真理的职责。然而，两次世界大战期间知识分子们的表现发人深省。正如20世纪初朱利安·班达在《知识分子的背叛》中痛心地提出，知识分子已经"为了实际利益而背叛了自己的使命"②。他指出第一次世界大战前夕，许多知识分

---

① ［法］朱利安·班达. 知识分子的背叛［M］. 佘碧平，译. 上海：上海人民出版社，2005：85.

② ［法］朱利安·班达. 知识分子的背叛［M］. 佘碧平，译. 上海：上海人民出版社，2005：5.

子在不同场合的言论在法西斯主义猖獗中起到了推波助澜的作用，对战争发生负有不可推卸的责任，他们以秩序为名公然地背叛了知识分子"尊重正义、人格和真理的价值"①的传统。"一战"前，许多知识分子"认为战争是根治社会失范、精神飘零的良方"②，战争可以净化灵魂。"这种狂热的战争精神对于促成战争的爆发有很大作用。"③许多知识分子更是踊跃地投入战争，以行动将自己推入人类对立面的深渊。

在紧接着爆发的"二战"中，知识分子的表现同样差强人意。以20世纪最著名的哲学家海德格尔为例，在当时德国国家社会主义运动盛行之际，海德格尔认为德国的民族精神深深植根于它的语言与知识传统之中，而国家社会主义只会把德国引向毁灭。他的这种观点在当时的德国得到许多知识人士的支持。海德格尔自认为可以担当起精神领袖的重任，因此他接任纳粹校长一职，目的是希望能够引导希特勒唤起德国民众的再觉醒。然而，事与愿违，知识精英们力图挽救世界的梦想破灭，还在无意中沦为独裁者的帮凶。还有那些从事科学实验研究的技术知识分子们，他们为纳粹发明出各种惨绝人寰的刑具，成为屠戮无辜平民的刽子手，他们被永远地钉在历史的耻辱柱上受人唾弃。在这重要的历史时期，"这种狂热的知识分子都背叛了他们的职责"④。

战争让知识分子的梦想破灭，也让他们重新审视自己在社会中应当承担的责任。知识分子应当是独立的观察者，应当在保持自身道德均衡感的前提下，有节制地履行自己作为公民和舆论领袖的义务。知识分子真正能够证明自身价值的选择是用自己的专业知识推进自由民主，教育无疑是实

---

① [法]朱利安·班达．知识分子的背叛[M]．余碧平，译．上海：上海人民出版社，2005：6.
② 罗兰·斯特龙伯格．西方现代思想史[M]．刘北成，赵国新，译．北京：中央编译出版社，2004：430.
③ 罗兰·斯特龙伯格．西方现代思想史[M]．刘北成，赵国新，译．北京：中央编译出版社，2004：431.
④ [法]朱利安·班达．知识分子的背叛[M]．余碧平，译．上海：上海人民出版社，2005：85.

现这一目标的最佳途径。战后英美国家大力发展高等教育的举措进一步促成了知识分子进入大学的行动。包括一些作家在内的许多知名学者战后退出政治舞台，回归大学校园，再次成为专做学问的学者。战后最早的学者作家就产生于这批学者之中，学者自身在战争前后的生活经历常常成为小说表现的重要题材，英国作家伊夫林·沃的《旧地重游》(*Brideshead Revisited*，1945) 即是其中较有名的作品。

除了外部困境，知识分子还必须承受社会变化给他们带来的精神痛苦。大学为知识分子提供庇护，使他们可以继续"保护和发展学院的文化遗产，努力确定适合于绅士的优秀道德的标准"①，他们作为文化精英的地位似乎并未动摇。表面上看，知识分子回归大学只表现为职业的变化，对其精神生活并不会产生巨大的影响。但事实上，后现代社会在文化领域的巨变远远超出人们的预想。

后现代已经不只是一个简单的时间概念，而是代表着新的思想观念的崛起。在政治上遭受打击的知识分子不得不接受另一个现实：在后现代这个众声喧哗的时代，他们也逐渐丧失了大众精神领袖的中心地位，不再代表着文化的新向标。即使是在他们擅长的文化艺术领域，他们所感受的"文化休克(Culture Shock)"丝毫不亚于那些努力想进入上层文化精英阶层的新兴知识分子。那些曾经被他们认作高级现代主义作品，曾经占据着博物馆、美术馆等中心位置的艺术品，代表着高雅的古典音乐，已经"成为要创新就必须摧毁的具体化的标志"②，取而代之的是朋克、摇滚等流行音乐，是经过合成的照相写实主义，是新小说等艺术形式。可以说"有多少不同形式的高级现代主义就会有多少相应的后现代主义"③。

文化精英们极力维护的高雅文化与大众文化的分野消失。"这在学院

---

① 科塞.理念人[M].郭方，等译.北京：中央编译出版社，2001：304.

② 詹姆逊.文化转向：后现代论文选[M].胡亚敏，等译.北京：中国社会科学出版社，2000：2.

③ 詹姆逊.文化转向：后现代论文选[M].胡亚敏，等译.北京：中国社会科学出版社，2000：2.

派看来也许是最令人沮丧的发展"①。就像《米德尔马契》中的卡苏朋一样，传统知识分子习惯将文化活动复杂化、高深化以维持个人文化上的优越感，及其在大众中的特殊地位。文化精英将代表精英阶层趣味的文学艺术标榜为高雅文化，而将来自大众的文化贴上庸俗、廉价、媚俗的标签，并极力在二者之间划出界线，以此将自己与普罗大众分隔开。然而，随着高等教育的普及，文化精英与普通大众之间的分界逐渐模糊，曾经被文化精英抵制的通俗文化已开始与他们所极力推行的高雅文化分庭抗礼。当然，为了保持自己与大众的距离，精英们可以选择成为一名自由职业知识分子，让自己仍然生活在公共文化边缘，从局外人角度，以批判眼光看待甚嚣尘上的大众文化。但现实情况如科塞所说，"要抵御一种如同我们的文化一样有吸引力的文化，确实不是件容易事"②。在商品经济盛行的消费时代，文化消费也同样要市场来决定，知识分子的文化创造活动与市场的关系前所未有地密切起来，要像早期居住在格林威治村的前辈们那样孤独地生活更不可能。战后商品经济的发展已经大大提高了他们的日常生活成本，即便是之前受到青年们推崇的波西米亚式生活方式也不是一般知识分子能够承担的。

　　战后女性知识分子群体也同样面临着前所未有的压力。长期以来，人们普遍认为女性作为妻子和母亲应当待在家中。女子接受高等教育的历史已有一个多世纪，但直到20世纪早期，女子接受高等教育的主要目的仍然是提高个人修养以服务家庭，因此女子高等教育内容还局限于文学、绘画、音乐等怡情课程，或家政服务等短期培训。战争期间，由于缺乏劳动力，女性开始走出家庭，进入社会，承担更多的社会工作。在这种环境中，女性知识分子逐渐成长起来，进入以前一直由男性占据的工作场所并承担相应工作。尽管如此，整个社会氛围仍然是男性的，如何平衡家庭与

---

①　詹姆逊. 文化转向：后现代论文选[M]. 胡亚敏，等译. 北京：中国社会科学出版社，2000：2.

②　科塞. 理念人[M]. 郭方，等译. 北京：中央编译出版社，2001：301.

社会工作的关系依然是困扰着女性知识分子的大问题。如何发挥自身的特长，在知识分子群体中为自己争得一席之地，是女性知识分子需要思考的问题。

社会重大变革时期，面对新形势下文化领域的各种挑战，知识分子必须在负隅抵抗与适应接受之间做出抉择。面对大众文化的兴起，知识分子能否在不贬低他人生活的情况下为自己创造生活的意义？学者们必须走出这一困境。

二、走出困境的学者

面对这种两难的生存境遇，知识分子必须走出自身困境，继续承担起文化传承者的重任。战后开始繁荣的学界小说正是学者们摆脱自身困境的途径之一。作为学者，他们依然希望借助文学作品，将后现代社会的问题反映出来，并尽力提出一些解决办法，以尽到自己作为知识分子的责任。因此，在学者作家创作中表现出了对大众文化的接受、对读者的关注。

大众文化对学界小说创作影响巨大。大众文化（Mass Culture）的源头可以追溯到民间文化（Folk Culture）。不过，"民间文化来自社会底层"①，是普通民众闲暇时自发组织创作的休闲娱乐文化，以休憩娱乐为主要目的，因此从内容到形式都具有民众日常生活特点。以文学为例，其创作者来自民间，熟悉普通民众生活及艺术趣味。因此其内容与民众生产劳动及日常生活息息相关，以喜闻乐见的方式反映小人物日常生活的酸甜苦辣为主，语言通俗易懂且多具有一定的地方特色和民族特色。反映民众精神诉求，以劳动者的审美趣味为主旨，以娱乐为目的等都是民间文化的重要特点。民间文化的这些特点在现代大众文化中得以继续，是大众文化发展的内在活力。但大众文化又不同于民间文化，它的兴起伴随工业革命而来，因此与民间文化有着明显的差别，具有一些机器化大生产时代的特征，譬如大众文化的受众、文化内部呈现统一性等。

---

① Macdonald, Dwight. A Theory of Mass Culture[J]. *Diogenes*, 1953(1): 1-17.

大众文化的繁荣与现代工业发展密不可分。随着消费社会的来临，文化也成为工业的一部分，成为一种可以被生产的特殊商品。大众文化是在商业利益的驱使下被精英们改造创造出来的，盈利是其最主要的目的。可以说，现代社会的大众文化一开始就是披着大众外衣的精英文化幻象。从大众方面看，随着物质生活水平的提高，他们开始有了提高自身文化素养的精神诉求。在现代技术的帮助下，曾经为精英阶层所独享的文学艺术品，如大师们的绘画、音乐厅表演的高雅音乐等被引进流水线，被大批量地生产复制，通过报刊、书籍、音像制品等商品形式进入大众生活。借助这些廉价的赝品，普通大众很容易进入文化精英们极力维护的高端文化领域。从精英方面来看，他们一度独霸的文化领域虽然受到侵犯，但可以引以为傲的是，他们依然主导着现代大众文化的走向。精英阶层设计并决定了什么样的文化产品能够进入市场，借助不同的媒介，精英阶层以其文化品位影响着大众。

不过，大众也并不是完全被动地接受市场提供给他们的文化产品。现代社会的大众文化是一股富有生机和活力的革命力量。它会打破阶级、传统、品位的壁垒，消解掉所有文化的不同。尽管精英时时以自己阶层的文化品位影响大众，但是一旦文化产品进入市场，通过选择购买自己喜爱的文化商品这种方式，大众调整着文化的走向。是阅读《战争与和平》等经典，还是看一本悬念迭起的侦探小说；是花费高价到美术馆欣赏抽象派画作，还是到电影院看一场笑点不断的电影，大众的个人选择同样改变着文化走向。那些被精英认可为有品位的文化产品在大众那里遭到冷遇，而一些被他们看作低劣庸俗的作品却受到大众的追捧。面对大众这一有史以来最庞大的文化消费群体，在追求市场利润的前提下，精英们不得不放下身段，放弃或改造自己的某些特色，接受大众影响，以满足大众文化的需求。事实上，精英阶层大可不必为此感觉失落，精英文化与大众文化的融合使二者之间原有的边界模糊，原本存在于二者之间的差异消失，精英文化与大众文化朝着同质化的方向发展。文学创作内容与形式的变化即体现出了这种同质化的趋势，战后繁荣起来的学界小说也是这一趋势的一种表现。

文学创作有其自身规律。任何时期，作家的丰富知识及写作技巧都是创作优秀作品的先决条件，而只有那些对现实具有敏锐洞察力的作家才能在作品中反映社会的重大变化。20世纪的两次世界大战导致人们普遍质疑启蒙时代以来统治西方数百年的理性。理性并不能把人类带往幸福，反而可能会毁灭人类。回归个体感性生活，关注真实的人的存在，满足个体感性欲望的思想成为战后西方社会的一大特点。只有个体才是实实在在的，个人日常生活是文学可以表现的永不枯竭的源泉。战后学者作家们无疑适应了这种变化，善于从学者个人生活中挖掘素材。学界小说中的主人公大多是籍籍无名的小知识分子，他们在学术界及日常生活中的生存状态及思想状况就是战后知识分子群体的真实写照。

文学作品最能表现一个时代的精神。后现代社会，文学艺术的最终走向是回归自我，直面只是感受和关注真实的个人存在。在大众文化繁荣的后现代社会，大众阅读的目的是为了放松消遣、身心愉悦，而不是为了追求真理和知识。人们所推崇的享乐主义的文化方式是流行艺术，它的美学原则是消解传统的关于艺术与生活的界限，扩大艺术的边界，消除高雅文化与大众文化之间的差异，把以前被排除在外的东西，如赝品、幽默等也囊括进来。赝品、大杂烩、反讽、戏谑等都服务于一个准则：快乐。以学界小说家金斯利·艾米斯为代表，"他们歌颂着反浪漫主义、反现代化和反放纵主义的审美观……在1954年出版的《幸运的吉姆》（*Lucky Jim*）里面，阿密斯（即金斯利·艾米斯）用传统型的道德喜剧和社会现实主义来警戒知识阶层的挂羊头卖狗肉，祝贺人生的简单乐趣。他向50年代知足常乐的人们说，小说是供欣赏取乐的"[①]。学界小说以幽默讽刺的笔墨书写学者生活，辛辣风趣的叙述中揭开学者生活中不为大众所知的另一面。带给大众读者的不仅是会心一笑，还有大众文化冲击下代表精英阶层的象牙塔的坍塌。

文艺理论与哲学思潮同样影响着小说创作。20世纪是文艺理论层出不

①　[美]戴维·罗伯兹. 英国史：1688年至今[M]. 鲁光桓，译. 广州：中山大学出版社，1990：536.

穷、异常繁荣的时代，从 20 世纪初的现代心理学文艺理论，到六七十年代的读者接受反应批评理论，文学理论研究的中心经历了"作者—文本—读者"的变化。后现代主义时期尽管否定某一理论的权威性，否定二元对立的模式，反对统一，消解传统，但对作家而言，文艺理论及哲学思潮还是极大地影响了他们的文学创作。对学界小说产生最大影响的主要来自两个方面：读者接受反应批评理论与存在主义哲学思潮。

　　读者接受反应批评理论虽然兴起于 20 世纪 60 年代末期，但其理论渊源可以追溯到 30 年代的现象学理论，而文学创作对读者关注的历史则更悠久。在西方文学研究的历史发展中，读者地位变迁经历了从边缘到中心的漫长过程。

　　从古希腊时期到近现代，文学研究经历了以作者为中心到以文本为中心的转换，作者的灵感、情感、理性或审美体验，以及文本的语言、形式等相继成为研究的中心。在文学艺术从创作到阅读欣赏、"作者—文本—读者"的一系列环节中，读者总是被遗忘或被忽视。文学批评更是合法地排除了读者的参与，即便是在 20 世纪众多的文学理论，如俄国形式主义、英美新批评、精神分析学、结构主义等理论中，文本的创作与阐释只涉及作者与文本，与读者无关。尽管历史上有理论家，如中世纪的皮特·阿伯拉（Peter Abelard，1079—1142）、文艺复兴时期的卢多维科·卡斯特尔维屈罗（Lodovico Castelvetro，1505—1571）曾关注过读者的需求，发出过文学创作世俗化的呼声，但在文学活动中，读者依然处于边缘状态。

　　读者在理解中的地位开始引起注意。1927 年，马丁·海德格尔（Martin Heidegger，1889—1976）在《存在与时间》（*Being and Time*，1953）中提出，只有此在（人）才是关心自己存在的存在者，才会去追问存在的意义。"此在（人）"与其他存在者的不同之处在于，此在"以领会着存在的方式存在着""对存在的领悟本身就是此在的存在规定"①。海德格尔把读者的理解活动提升到了本体论高度。同时，他还肯定了读者已有经验在阐释中的作

---

　　① ［德］马丁·海德格尔. 存在与时间［M］. 陈嘉映，等译. 北京：生活·读书·新知三联书店，1987：16.

用，指出存在于时间之中的此在"一切解释都有其先行具有、先行视见和先行掌握"①，换言之，读者已有经验是其理解的前提。随后，汉斯-格奥尔格·伽达默尔（Hans-Georg Gadamer，1900—2002）进一步发挥海德格尔的观点，认同读者作为阐释者在理解中的地位。认为读者与文本都存在于历史之中，并提出要以更加开放的心态对待读者的个人前见，理解实际上是读者现在视界与过去视界的"视界交融"，进而形成一个新的视界，完成理解，理解"始终是一种创造性的行为"②。遗憾的是，读者依旧处于隶属于作者或文本的地位，读者对文本的解读必须从作者和文本出发，围绕它们进行阐释活动。譬如，现象学观点认为文本是作者意识的产物。读者要想更加客观地解读文本，必须排除自身已有的各种经验或偏见，"本真地投入作品世界中，再次体验和思考别人已经体验过的经验和观念"③。而前期解释学则提出，解释要奉文本为圭臬，读者必须努力克服自己与文本间的距离，重建文本的具体情境，进而更客观地解释文本。在众多研究者的推动下，读者从边缘走入人们的视野，逐步为自己在文学研究活动中争取到一席之地。而这些理论观点都在一定程度上影响了后来的接受美学创始人尧斯。

读者中心地位确立。20世纪40年代萨特在《什么是文学？》中指出，写作行动与阅读行动是密不可分的相互依存关系。"精神产品这个既是具体的又是想象出来的客体只有在作者和读者的联合努力之下才能出现。"④60年代接受美学理论中，读者在"作者—文本—读者"三者间的中心地位终于确立。接受美学的两位创始人尧斯、伊瑟尔都分别指出读者的积极参与对于作品的作用。尧斯认为在作者、作品、读者构成的三角关系中，读者"自身就是历史的一个能动的构成。一部文学作品的历史生命如果没有接

---

① ［德］马丁·海德格尔．存在与时间［M］．陈嘉映，等译．北京：生活·读书·新知三联书店，1987：279．

② ［德］汉斯-格奥尔格·伽达默尔．真理与方法［M］．洪汉鼎，译．上海：上海译文出版社，1999：380．

③ 王岳川．现象学与解释学文论［M］．济南：山东教育出版社，1999：143．

④ 萨特．萨特文集·文论［M］．施康强，选译．北京：人民文学出版社，2005：124．

受者的积极参与是不可思议的"①。伊瑟尔谈到"隐在读者（implied reader）"这一概念时，指出它"既包含了本书潜在意义的预告构成作用，又体现了读者通过阅读过程对这种潜在性的实现"②。同一时期，美国读者反应批评理论的代表斯坦利·费什也同样指出"所有的诗歌（包括小说和戏剧作品）在某种意义上，不能排除读者的参与"③。读者自身的经验是阅读效果的保障，文本"意义的产生与否取决于读者的头脑"④。

读者接受反应理论无疑对学界小说的创作产生了极大影响。第一，文学创作必须重视读者的期待视野。自小说兴起时起，作家在创作中就会考虑读者反应。"狄更斯往往只比正在印刷的文稿提前写出两三部分，这样他可以在写作后面章节时，把公众对前面内容的反应考虑进去。"⑤"二战"后，随着现代工业技术的进步，通过复制，过去原本为精英阶层所独享的文化艺术品也开始成为大众消费的商品。在市场运作机制作用下，作为商品的文化艺术品必须适应大众品位。同样，文学作为一种重要的文化艺术品，其商品属性也促使作者要把大众需求纳入创作中，文学平民化、大众化成为作家创作的一种导向。换言之，作者必须将读者期待视野对象化，将个人的创作与读者期待视野相契合，才能赢得读者、满足市场需求。

学者作家对读者期待视野做出了积极回应。学者作家首先注重挖掘西方文学宝库中的传统。从传统中流传下来的，并一直受到读者喜爱的文学范式及文学表现手法是其主要借鉴的对象。"现代文化的特征就是极其自由地搜检世界文化仓库，贪婪吞食任何一种被抓到手的艺术形式。这种自

① 尧斯，霍拉勃. 接受美学与接受理论［M］. 金元浦，周宁，译. 沈阳：辽宁人民出版社，1987：24.

② Iser, Wolfgang. *The Implied Reader*［M］. London：The Johns Hopkins University Press，1974：xii.

③ ［美］斯坦利·费什. 读者反应批评：理论与实践［M］. 文楚安，译. 北京：中国社会科学出版社，1998：131.

④ ［美］斯坦利·费什. 读者反应批评：理论与实践［M］. 文楚安，译. 北京：中国社会科学出版社，1998：150.

⑤ 科塞. 理念人［M］. 郭方，等译. 北京：中央编译出版社，2001：68.

由来自它的轴心原则，就是要不断表现并再造出‘自我’，以达到自我实现和自我满足。"①譬如，学界小说中有不少以"罗曼司"为名的作品，就是由于罗曼司文学可读性强，长期以来都拥有庞大的读者群。尧斯认为一部新的文学作品出现时，它早已通过各种不同的途径，如预告、暗示、读者熟悉的特点等，"预先为读者揭示一种特殊的接受"②。这种特殊的接受也就是读者的期待视野，它产生于读者对已有文学类型、作品形式和主题及语言等已有的先在经验。已有的先在经验在读者阅读过程中更容易激发读者的情感，情感是"小说结构本身的内在部分，是文学形式引起读者注意力的方式"③。

正是由于意识到罗曼司文学在读者中的影响，学界小说家借助传统建构起自己的作品。对罗曼司文学的已有经验会唤醒读者之前的阅读记忆，进入对学界小说本文的期待情感中。另外，文学史上学者作家惯用的幽默讽刺写作手法也成为后现代学者作家继续的传统。读者对喜剧的喜爱促使作家在创作中加入更多喜剧元素。通过幽默讽刺的语言、戏仿戏拟喜剧的场景、无意的巧合、漫画式的外表及夸张的行为等不同方式，既表现出理性学者们性格诙谐幽默及生活中不为人知的一面，又通过对作品中小人物无奈的戏谑博得读者会心一笑，也实现了后现代文学供欣赏取乐的娱乐功能。因此，尽管"所谓可读性就是空白，就是最贫乏的文本"④，文本会为了可读性而省略掉某些东西，在阅读活动开始时，"一个更细心、更善于分析、更具有批判性'读者'，将其暴露出来"⑤，披着通俗文学外衣的

①　[美]丹尼尔·贝尔. 资本主义文化矛盾[M]. 赵一凡，蒲隆，任晓晋，译. 北京：生活·读者·新知三联书店，1989：59.

②　尧斯，霍拉勃. 接受美学与接受理论[M]. 金元浦，周宁，译. 沈阳：辽宁人民出版社，1987：29.

③　努斯鲍姆. 诗性正义：文学想象与公共生活[M]. 丁晓东，译. 北京：北京大学出版社，2010：84.

④　[法]勒菲弗. 空间与政治(第2版)[M]. 李春，译. 上海：上海人民出版社，2008：13.

⑤　[法]勒菲弗. 空间与政治(第2版)[M]. 李春，译. 上海：上海人民出版社，2008：14.

学界小说也正是在读者阅读的过程中体现出其严肃性的一面。

第二，重视"隐在读者"是学者作家重要的创作原则。伊瑟尔在提出"隐在读者"概念的时候指出，隐在读者"并不是指类型学意义上的读者"①。后来，伊瑟尔对其做了进一步阐述。隐在读者是一种本文结构。"它有两个基本的相互关联的方面：作为本文结构的读者的角色和作为结构活动的读者的角色。"②这其中的"本文结构的读者"就是指参与了作者创作的隐在读者。事实上，在这个术语出现之前，许多作家早已将隐在读者的理念内化为个人的创作原则。隐在读者看似不在现实中存在，却时时存在于现实中。他不是作者凭空捏造、想象出来的，而是从现实读者转化而来。读者对于文本的要求会通过各种途径传递给作者，譬如通过了解他人作品引起的或批评、或赞扬的读者反应（readers response），各种运动在社会中的影响等。作者通过概括这些读者反应及社会运动思潮的信息，可以感受到现实读者的阅读需求，在心中形成其个人的隐在读者，最终通过文本对这些读者反应做出回应。由于现实读者的需求与社会是动态变化的，作者心中的隐在读者也会不时发生变化。从英美当代学界小说内容与形式上几十年的发展变化，可以看出隐在读者与读者反应在学者作家创作中所发挥的作用。

学界小说辛辣批判战后教育体制与社会现实的内容是作家对隐在读者反应的回应。战后的英美两国表现出一定的同质性，一面是占据社会主流的保守主义与享乐主义，代表着中产阶级的满足，另一面是来自下层而受过高等教育的青年的愤懑与反叛。具有敏锐洞察力的学者作家们适时地把握住了时代的特色，并自觉地把谴责社会现实、表现个人奋斗无奈作为自己创作的指引。中下阶层出身的青年试图通过教育改变个人命运的愿望与变幻莫测而又等级森严的社会现实之间的矛盾成为学界小说中着重书写的

---

① Iser, Wolfgang. *The Implied Reader* [M]. London: The Johns Hopkins University Press, 1974: xii.

② ［德］沃尔夫冈·伊瑟尔. 阅读活动——审美反应理论［M］. 金元浦，周宁，译. 北京：中国社会科学出版社，1991.

主题。金斯利·艾米斯的《幸运的吉姆》、约翰·韦恩（John Wain，1925—
1994）的《每况愈下》（*Hurry On Down*，1953）及《打死父亲》（*Strike the Father
Death*，1967）中吉姆、兰姆利和杰里米的遭遇，正是当时刚刚走出校园的
青年学子的亲身遭遇。脱离实际的大学教育、顽固的社会等级观念，让进
入社会的青年人一次次感到愤怒，然而无论是吉姆、兰姆利还是杰里米，
最终却又带着教育赋予他们的心灵镣铐进入或回归到那个他们力图反叛的
阶层中。吉姆最后在哈哈大笑中离开了校园，小说喜剧的结尾与现实中知
识分子个体在面对社会时感受到的令人窒息的无力感和无奈感形成巨大反
差，更添小说的悲剧感与社会的悲剧性。

　　学界小说中大量存在的身体写作与读者接受反应同样关系密切。身体
写作自古有之，20 世纪 60 年代以后性话题在文学作品中呈泛滥之势。60
年代以来，在与精英文化对抗中逐渐强大的大众文化，性解放、女权主义
及反种族歧视等如火如荼展开的各项运动，都成为文学创作中身体写作的
助推器。身体原本是个体最个人化的部分，个体在狂欢节中用身体表现快
感，享受身体带来的快乐。其更深的意味是身体的自由表达着个体对既有
道德、规训及社会控制的对抗与反叛。"身体既是激进政治重要的深化过
程中的焦点，也是激进政治的一种绝望的移置。"①大众文化对身体的青睐
更多地源于身体代替语言成为他们表达自我诉求的有效方式。如伊格尔顿
所说，"身体提供了一种比现在已经饱受责难的启蒙主义理性更亲切、更
内在的认知方式"②。因此借由身体这一被精英阶层认定为鄙俗的物质来进
行防御，通过身体来谈论人的主体，谈论受压抑的状态，成为学界小说创
作的另一主题。可以说，学界小说中的身体"不仅在一个愈益抽象的世界
里给我们以一些感性的踏实感，它更是一种精心的编码，投合知识分子追

---

① ［英］伊格尔顿. 历史中的政治、哲学、爱欲［M］. 马海良，译. 北京：中国
社会科学出版社，1999：200.
② ［英］伊格尔顿. 历史中的政治、哲学、爱欲［M］. 马海良，译. 北京：中国
社会科学出版社，1999：200.

求复杂性的激情"①。

借助身体写作，学者作家们在精英文化与大众文化之间找到了契合点，在满足大众阅读需求的同时，又表达了作为知识分子个体的精神诉求。身体是具体的物质，但当它成为表达的语言时，其抽象性凸显学者们对现代人生存境遇的深层思考。而这种思考也正是学界小说超越一般通俗小说之处。菲利普·罗斯笔下凯普什教授变形为一只女性乳房(《乳房》*The Breast*，1972)，通过对其经历卡夫卡式身体变形的心理剖析，深刻反思生活在这个充满欲望的世界中现代人的精神状态。而艾丽丝·默多克则通过《钟》(*The Bell*，1958)、《好与善》(*The Nice and the Good*，1968)、《独角兽》(*The Unicorn*，1963)、《沙堡》(*The Sandcastle*，1979)等作品，表达了作家对婚姻、家庭、伦理、道德等与身体密切相关问题的思考，传递出作者对美与善追求的愿望。

存在主义哲学对学者作家创作影响深远。存在主义(Existentialism)是20世纪战后对社会及文坛影响最大的哲学思潮。萨特有关作家为何写作、为谁写作的思想对学者作家的影响是十分明显的。他对个体自由与责任的论述成为学者作家介入个体生活及社会生活的理论依据。而其他存在主义哲学家有关个体伦理的思考也是学者作家思想的源泉。

在创作学界小说的过程中，学者作家逐步地适应了新的时代文化氛围，也进一步明确了知识分子在社会中应当承担的责任。通过学界小说的创作，作家在虚构的文本中表达着自我，走出了自身心灵的困境。

第三节　回归传统的战后学界小说

一、回归文学传统

传统(tradition)存在于人类生活的方方面面，指人类社会发展过程中

---

① ［英］伊格尔顿.历史中的政治、哲学、爱欲[M].马海良，译.北京：中国社会科学出版社，1999：200.

世代相传被保持或保存下来的东西，既可以指某种实实在在的物质，也可以指人们共同遵守的风俗习惯、信仰、仪式、制度等。传统是围绕被接受和相传的主题的时间链上的一系列变体。这些变体间的联系在于它们的共同主题，在于其相近性及同源性。因此传统属于过去，也属于现在，联结着过去和现在的是传统中包含的那些不变的、最基本的因素。如希尔斯所说，"它是现存的过去，但它又与任何新事物一样，是现在的一部分"①，传统由人们创造，随社会发展发生相应变化，包含的内容也会不断地丰富增加。在文学领域，西方文学的传统，除了被奉为两大源头——古希腊-罗马文学和希伯来-基督教文学的"两希"传统，还包括那些历经数代流传下来的经典作品。这些被纳入文学宝库中的传统为后世作家提供了取之不尽的素材，成为他们创作的无尽源泉。

后现代主义文学回归传统式的反叛。20世纪是一个社会动荡不安的世纪，文学艺术领域也经历着重大变化，文坛流派众多，社会思潮迭起，多元化、复杂化是20世纪文坛最突出的特点。"二战"后，在文学创作中曾经高举反传统旗帜、进行大刀阔斧写作实验的现代主义作家们，也一样难逃被反叛的命运。随着战后后工业时代的来临，文学成为大众的一种文化消费品，雄霸欧美文坛数十年的现代主义文学逐渐式微。大众以娱乐为目的的文化需求要求文学作品更加通俗明白、晓畅易懂，后现代主义作品正是在这样的社会背景下逐步发展壮大。后现代作家同样以创新为名，宣扬摒弃现代主义文学传统束缚，开始在文学创作中展开新一轮反叛。他们抛弃了现代主义文学推崇的象征、隐喻、意识流、超现实等艺术手法，后现代主义作家以回归更古老文学传统的方式反叛现代主义文学，如作家们开始重新拾起现实主义文学创作手法即是一例。

战后学者作家在不同层面都表现出对文学传统的回归。首先表现为回归传统的叙事题材与叙事结构。罗曼司（Romance）是西方文学史上最受欢

---

① ［美］E. 希尔斯. 论传统［M］. 傅铿，吕乐，译. 上海：上海人民出版社，1991：16.

迎的文学传统之一，学者作家们对它同样青眼有加。从戴维·洛奇的《小世界——一部学界罗曼司》(*Small World—An Academic Romance*, 1984)、安·苏·拜厄特(A. S. Byatt, 1936—　　)的《隐之书》(*Possession—A Romance*, 1990)，到安妮塔·布鲁克娜(Anita Brookner, 1928—　　)的《家庭罗曼司》(*A Family Romance*, 又名 *Dolly*, 1993)、乔伊斯·卡罗尔·欧茨(Joyce Carol Oates, 1938—　　)的《中年——浪漫之旅》(*Middle Age—A Romance*, 2001)，"罗曼司"是学者作家们反复书写的文学样式。戴维·洛奇说自己"是个自觉意识很强的小说家"①，在谈到自己的《小世界》时，他毫不讳言自己对罗曼司传统的运用，"与其说它是一部学术小说，还不如说是一部学术罗曼司——学术(Academic)在此有双重含义，不仅指它涉及学者们，而且指它吸收了罗曼司传统的，而不是当代的概念作为一种文学样式"②。学者作家们青睐罗曼司的原因除了罗曼司文学的叙事结构有利于学者作家表现自我，还因为罗曼司文学表面看来讲述的人生的悲欢离合、关于爱情友情忠贞的故事契合了大众日常生活，符合大众审美情趣，因此长期以来都拥有着庞大的读者群。正是由于意识到罗曼司文学在读者中的影响，学界小说家借助这一传统样式建构起自己的作品。另外，正如戴维·洛奇总结的那样，"现代学者好比古代的游侠骑士，漫游世界，寻求冒险与光荣"③。

如希尔斯所言，"作为时间链，传统是围绕被接受和相传的主题的一系列变体。这些变体间的联系在于它们的共同主题，在于其表现出什么和偏离什么的相近性，在于它们同出一源"④。传统罗曼司文学中弥漫的浪漫气息在学界小说中化为学者在学术活动或日常生活中的精神追求，也使罗曼司文学具有了强烈的时代气息。

"圣杯"(Holy Grail)故事是学界小说另一个常出现的传统母题。圣杯

---

① ［英］戴维·洛奇. 小世界［M］. 罗贻荣，译. 重庆：重庆出版社，1992：7.
② ［英］戴维·洛奇. 小世界［M］. 罗贻荣，译. 重庆：重庆出版社，1992：7.
③ ［英］戴维·洛奇. 小世界［M］. 罗贻荣，译. 重庆：重庆出版社，1992：107.
④ E. 希尔斯. 论传统［M］. 傅铿，吕乐，译. 上海：上海人民出版社，1991：17.

故事起源于骑士文学经典《亚瑟王传奇》(*The Legend of Arthur*)，亚瑟王及其圆桌骑士(the Knights of the Round Table)的传奇故事从出现开始就是大众最喜爱的故事之一。圆桌骑士郎世乐(Lancelot)、珀斯瓦尔(Perceval)等在寻找圣杯的艰辛旅程中，表现出的为了国家或人民利益，不顾前途艰难险阻，勇敢踏上征途的大无畏精神，以及圣杯所代表的人生意义，比起找到圣杯这个结果来，更能引发普通人情感的共鸣。而学界小说中的圣杯则被赋予更为丰富的形象和内涵。如果说传统中的骑士们所找寻的能够帮助渔王恢复生机的圣杯是唯一的话，学界小说中的圣杯已经有无数化身，每个现代人心中都有自己所追寻的圣杯。"当魔灵建立圆桌制度的时候，他曾这样说过，凡参加圆桌社的人，应该很会深切了解圣杯的真理。"①一旦被选为圆桌社员，追寻圣杯的骑士的人生目标就是成名。学界小说中的圣杯是青年学者渴望得到的教职或一份弥足珍贵的爱情；是中年学者希望拥有的学术成就；是作家期盼已久的创作灵感；是科学怪才编制的出奇制胜的破解密码；是孤独内心祈求的平静幸福生活。可以说，拯救渔王的圣杯在学界小说中被赋予了时代特色，因而具有更加普遍的意义。

战争摧毁了人们的物质世界，还进一步加剧了战前社会中弥漫的孤独迷茫、精神无所归依的情绪，割裂了人与自然、与社会、与他人及与自我之间的联系。"碎片化"的既是物质世界，也是人们的精神世界，对人生目的与意义的追问也是知识分子群体面对的最大难题。在这样的社会背景下，圣杯在学界小说中的出现本身就具有意义。"每一个人都在寻找他自己的圣杯。对于艾略特，它是宗教信仰，但对于别人，它可能是名誉，或者对一个美丽女人的爱。"②圣杯能否找到已经不重要，重要的是它代表着现代人为自己确立了生活的目标。在追寻各自圣杯的旅程中，现代人获得了个人心灵的成长与净化，为自己的生存找到意义，精神有所归依，能够以积极的态度坦然地面对变化多端的现代社会。在后现代社会，这一意义

---

① 马罗礼．亚瑟王之死[M]．黄素封，译．北京：人民文学出版社，1960：792.
② [英]戴维·洛奇．小世界[M]．罗贻荣，译．重庆：重庆出版社，1992：20.

已远远胜过了传统中寻找那个物质实体的意义。

神秘主义也深受学者作家喜爱。神秘主义用来指称那些无法言说、不可理解的事物或现象。在各国文化中，神秘主义都与宗教信仰紧密联系在一起。基督教文化中，神秘主义兴盛于中世纪的教父时代，启蒙时代以后逐渐走向衰落，但它却一直存在于不同时期不同类型的文学作品中。不同的学界小说作家都表现出对神秘主义的喜爱，或是可以与亡灵通话的通灵者，或是遭遇绝境时出现的超自然力，或是能洞察秘密的小动物，或是能念出咒语的学者，或是致力于精神研究的科学家，学界小说中对这些奇异现象的书写都表现出了学者对中世纪神秘主义的回归。不过，学界小说回归神秘主义传统则表现出对科技理性的质疑。施勒格尔说，"真正的神秘主义，是最崇高的道德"①。或许这个理由可以解释理性学者作家对神秘主义的青睐，只是这一"最崇高的道德"已经超越了个体道德的范畴，更趋于对整个人类道德的反思。启蒙时代之后，科学技术的发展让人类片面地夸大理性的力量。然而无论是两次世界大战，还是自然生态环境的恶化，都是人类理性行为引发的恶果。而发达的科学技术与精神世界依然存在的诸多理性无法解释的现象，也为作家们留下了自由想象的空间。学界小说中的神秘主义既有对人类理性的质疑，也有对精神世界奥秘的大胆想象。

其次，学界小说对传统的回归还表现在文学表现手法上。一是表现于回归现实主义文学传统。无论是 20 世纪 50 年代出版的《幸运的吉姆》《每况愈下》，还是八九十年代的《好工作》《出版与毁灭》，以及 20 世纪末的《人性的污秽》，学界小说立足于普通知识分子的日常生活，借他们的生活反映大学教育及社会现实。或冷静客观地呈现现代知识分子的生活困境，或以幽默夸张的手法讽刺学界现状，学界小说的表现手法都体现出了对文学现实主义传统的回归。

二是新古典主义文艺思想的回归。21 世纪崛起的学者作家中最引人注

① 施勒格尔. 雅典娜神殿断片集[M]. 李伯杰，译. 北京：生活·读书·新知三联书店，2003：102.

目的莫过于丹·布朗(Dan Brown, 1964—)，他在作品中充分体现出对新古典主义传统文艺思想的回归。相信理性的力量，在跌宕起伏的情节中凸显博学智慧学者的优雅与从容。遵从"三一律"原则，在高科技时代发达的交通通信工具的帮助下，世界不过是一个"地球村"，"一地、一天内完成一个故事"①的时空限制不再成为束缚作家想象力的桎梏。在高科技的帮助下，新古典主义文艺思想再次焕发出青春。

二、回归传统观念

学界小说的独特魅力不只存在于它的文学表现手法和文艺思想上，还存在于其对传统观念的回归。

回归传统家庭伦理。现代化进程中，传统与现代性的较量更多表现为人们对不同生活方式及道德观念的选择，传统伦理规范逐渐丧失其在人们生活中的地位，不再能够发挥约束个体行为的作用。而弗洛伊德心理学通过对传统道德规范压抑个体性欲、摧残人性的分析，提示人们传统道德伦理是个体精神的桎梏，束缚着个体的发展。在享乐主义、女权主义、性解放等的推动下，传统伦理道德遭到摒弃，追求个性解放以性自由的方式表现出来，婚外性行为、同性恋大量产生，离婚率急剧上升。在英国，私生子1955年占全部出生孩子的4.7%，到了1970年增加到8.4%。② 80年代，每3对结婚的英国人就有1对离婚。③ 然而，从20世纪50年代直至20世纪末，学者作家，如艾丽丝·默多克、安妮塔·布鲁克纳、马拉默德等，关于家庭婚姻、伦理道德的叙事，无疑是针对这股反对传统的思潮有力的回应。在他们的作品中男女主人公面对个人情感欲望的纠葛，并未一味地放任自己的情欲，或以世俗的眼光放纵他人的情欲。通过作品中人物

---

① 布瓦洛. 诗的艺术[M]. 任典，译. 北京：人民文学出版社，2009：32.

② [美]戴维·罗伯兹. 英国史：1688至今[M]. 鲁光桓，译. 广州：中山大学出版社，1990：516.

③ [美]戴维·罗伯兹. 英国史：1688至今[M]. 鲁光桓，译. 广州：中山大学出版社，1990：517.

的家庭婚姻、日常生活，作家们强调了传统伦理道德观、爱情观、家庭社会责任等在社会生活及个人发展中的重要作用，承认非理性的情感，但却更强调理性在现代生活中的作用。

回归传统道德责任。当追求个人自由成为现代人的一种精神诉求时，享受个人自由与承担社会责任之间看似一组不可调和的矛盾，学界小说则从另一角度诠释了自由与责任的辩证关系。学界小说中出现了诸多追求个人自由的学者，他们或者是历经艰辛百折不挠，只为追求自己喜爱的事业；或者特立独行，远离世俗目光，以保持艺术创造力；或者离群索居，在孤独静思中潜心研究。但自由并不意味着不承担责任，当他们殚精竭虑地创作出作品时，当他们以自己的学识解决难题时，追求自由的学者们是以个人的行动捍卫着传统道德责任，从不同角度诠释人生的意义。自由是个体努力奋斗的目标，它同样指向人生的终极目标。

回归信仰。希尔斯（1991）说，"传统是社会结构的一个向度"①。宗教信仰曾经是西方社会生活的重要组成部分，但随着理性时代的来临，科学逐渐取代宗教，科学理性将人类带入人力无所不能的虚幻中。在世俗化程度越来越高的现代社会，宗教早已失去其昔日的辉煌。当现代人陶醉于科学带来的物质生活时，科学技术却无法解决人们的精神问题。学界小说关于信仰、真、善、美的探讨，都在一定程度上体现了对现代主义作品的反动。现代主义不同体裁的作品中，作家们以不同方式表现了现代人由于对传统宗教、真、善、美的信念动摇，而感受到精神无处安放、无所皈依及爱的枯竭无助，处处弥漫着对未来及命运的悲观与绝望。经历了战后几十年生活后，学界小说家们开始重新审视传统宗教信仰对于个体的意义。无论是菲利普·罗斯笔下最终回归犹太传统的作家内森·祖克曼，还是艾丽丝·默多克笔下以人性之善作为行动准则的知识分子，或是戴维·洛奇笔下顿悟人生的电视剧作家，都以不同的方式重拾信仰。通过这些作品中人物对传统宗教信仰的回归，学者作家们试图在纷繁的现代社会中重新为人

---

① E. 希尔斯. 论传统［M］. 傅铿，吕乐，译. 上海：上海人民出版社，1991：9.

们找到心灵安放的处所。

回归传统中创新。学界小说回归传统并非毫无意义的重复，或依恋式的回归。在文学传统经典结构框架下，学界小说以创新的方式言说着别样的故事，从而为传统注入新的血液，赋予传统时代气息。战后学界小说的叙事风格较现代主义作品有了极大的变化，除了比其更通俗化大众化、运用现实主义表现手法以外，还表现在其他方面，如不同文体风格混搭于一个文本中。比如书信体、日记体、新闻报道、布告、广告词、剧本对白、电影蒙太奇等被糅合拼贴在一处；元小说的特点；开放性结尾表现出的不确定性理念等。这些叙事特色既服务于新的文本要求，又以这种文本形式呼应社会状况，从而使学界小说具有了浓厚的后现代主义特色。

质疑传统，挑战传统认知。传统为学者作家提供了素材，他们在发掘新切入点的同时也表现出对传统的质疑。一段人尽皆知的逸事趣闻，通过学界小说人物之口被重新讲述，其结果却大相径庭。无论是丹·布朗曾经引发基督教世界抗议的《达·芬奇密码》(*Da Vinci Code*, 2003)，还是戴维·洛奇书写的名作家亨利·詹姆斯的传记《作者，作者》(*Author, Author*, 2004)，他们看似大逆不道的解读都是在挑战人们的传统认知。当然真相到底是什么并非小说作家的职责，作家所做的是借传统之名，颠覆人们早已形成的原有认知。当把神圣诠释为世俗，把权威人士改造为普通常人时，不只是以不同的讲故事方式向人们提供另一种看问题的视角，还是以文学的方式表现了战后去中心化、去权威化的社会现状与思维模式。

当然，回归传统也是人文知识分子批判性的一种表现。战后学者作家不再通过宏大的叙事表达个人价值观，而是将笔触转向个体，转向个人内心世界，努力探索自我和生存的意义。通过作品人物之言行，重新评估一度被现代人摒弃的传统道德伦理，肯定传统道德中的真善美，是从正面再次树立起道德规范，以批判和反思现代人抛弃优秀传统价值观的行径。

后现代的学者作家们就像探险家一样，在回归传统的过程中，通过创新传统、重新阐释传统，赋予传统新的价值与意义。雅各比提出，知识分子退回到大学中意味着"他们不仅失去了传统的反叛性，而且，在某种程度上他们不再发挥知识分子的职能"①。但事实上，知识分子作家们通过个人的作品对社会学家的责难做出了回应。当学界小说受到广大读者喜爱之时，知识分子们的言说已超出了虚构文本的范围。知识分子或许只是大学校园里的一名教授，但其先进性决定了他们对社会动向的敏感把握，学界小说以文学方式将知识分子对社会的关注再次带入公共领域，进而对社会产生积极影响。

　　战后学界小说立足于知识分子生活，书写个体在现代社会普遍遭遇的困惑，如身份危机、欲望纠葛、个体自由与自我责任等，借助作品中他们解决这些问题时所采取的行动，表达了人文学者对这些普遍问题的思考。由此，学者作家们通过文学作品的形式，在新时期重新找到了自我存在的价值。

---

① 雅各比. 最后的知识分子[M]. 洪洁，译. 南京：江苏人民出版社，2002：73.

第二章 认同的批判：英美学界小说（1945—2000）中的身份意识

　　身份（Identity）是个体经验中最重要也最有意思的部分。作为社会的人，没有人可以摆脱身份而存在，且由于个体在社会不同语境中扮演着不同角色，每个个体就拥有了多重身份。学者作家及小说中的知识分子是拥有普通人及学者双重身份的个体。

　　知识分子作为社会中的一员，其最基本的个人身份是普通人。因此，他拥有与他人一样的国家、种族、性别等社会身份。少数族裔及流亡异乡的知识分子在进入主流社会时，在身份危机意识的驱动下，寻求身份认同是他们必然的选择。他们或在日常行为中通过改变外表、语言等寻求认同，或刻意与本民族传统拉开距离，也有人不惜直接抛弃自己的民族身份。当然，在新的环境中，也有人选择以坚守自己民族身份的方式彰显其独特性。

　　不同性别的学者作家从自我性别出发书写不同性别的知识分子。在这些知识分子身上既表现出了作家自己相应的身份意识，反映出不同性别的知识分子的生存状况，也通过他们的行为揭露了与知识分子理性不相符合的一面。

　　知识分子的学者身份体现为对自身的反思与批判。学者身份代表着理性与批判精神，其超越普通人的地方正是在于他们并不讳言自己的劣根性。学者作家通过书写不同族裔、性别的个体生活，表现个体的狭隘与偏执，表达了他们对于身份问题的思考，从而反思批判了自身的问题。也恰恰在这种反思批判过程中，反证了知识分子学者身份代表的包容性、批判性及理智性的一面。

第一节 学者身份

一、何为身份？

身份随个体出生而出现，伴随个体成长被逐步建构。诸多因素参与个体身份的建构过程：有个体无法改变的因素，如种群因素、历史因素、地理因素等，这些因素赋予个体的身份是从个体出生之时起自动拥有，且无法拒绝的，譬如种群身份、族裔身份、宗教身份等。有个体可以改变的因素，如权力机构因素、社会团体因素等，随着个体的成长发展，这些因素将一些身份加之予个体，如阶层身份、国家身份、职业身份等。这些身份与前面所说的不同之处在于，它们是社会权力强加于个体的，可以通过个体自身行动加以改变。个体的不同身份意味着差别、亲疏，甚至尊卑贵贱。

身份处于稳定与变化中。尽管个体身份具有多重性特点，但在前现代时期，传统生活相对更固定不变的方式也确立了个体比较固定的身份。由于客观条件的限制，个体活动范围局限于族群内，只能被动接受传统生活方式中社会或团体赋予自己的身份，及身份差异带来的个体差别。身份成为人与人之间的分水岭，人与人之间一切差别的总根源。进入"流动的现代时期，我们周围的世界被切割为不协调的碎片，而个体生活也被分裂成一系列缺乏连贯性的片断"①，有关身份的传统认知必然遭到个体的质疑和挑战。

身份危机(Identity Crisis)意识随着现代社会发展日趋强烈。按照西方身份理论有关身份分期的观点②，战后社会处于第二阶段末及第三阶段中，

---

① Bauman, Zygmunt, & Vecchi, Benedetto. *Identity* [M]. Cambridge：Polity Press，2004：12-13.

② Martin, Raymond, & Barresi, John. *Personal Identity* [M]. Oxford：Blackwell Publishing Ltd, 2003：1. 文中指出西方个体身份理论中，将个体身份的发展分为三个阶段：从柏拉图到洛克，从洛克到20世纪60年代末，以及从20世纪60年代末到现在。

这一阶段的首要特点是外部关系观取代了洛克的内在关系观，即个体在某两个时期是否为同一个人，取决于他以何种方式与其他事物，尤其是其他人相联系①。现代科学理性的发展推动着社会现代化进程，城市化摧毁了传统生活方式，也瓦解了传统中固化的社会体系。如果说传统社会中个体的身份体现在自我自身，那么，现代社会中个体身份更多地体现于自我与他者的关系之中。自我的确立依赖于他者对自己的观点。现代社会瞬息万变的特点使个体在不同时空中扮演着不同角色，他试图依赖的他者时刻处于变化之中，因而个体身份也随之发生变化。换言之，自我与他者时刻变化的关系造就了自我身份的不稳定。这种不稳定及变化为个体带来了两个问题，一方面，复杂多元的身份使个体得以摆脱传统中相对单一固定的身份，拥有了改变自身身份的自由；另一方面，复杂多元性也意味着身份的不确定性，从而唤醒了个体有关"我是谁"的身份危机意识。可以说，现代社会的人们挣扎于拥有选择自由，却又无从选择的矛盾状态中，感受着寻求身份认同与消除身份危机的双重焦虑。

个体保持身份独特性与渴望身份认同之间存在着矛盾。强调个人身份的动机之一就是要保持个体的独特性，拥有某一身份意味着可以享受这一身份所代表的权利，同时也必须承担这一身份的责任和义务。为了凸显其独特性，个体必须按照身份相应的要求行动，以体现这一身份的价值与意义。然而身份认同却是以融入环境、消除差异、实现平等为目的，将他者的标准作为自己的行动指南，以期消除自我与他者的差异，抹平二者之间的等级次序。面对这一难题，学界小说中的学者们必须做出相应抉择。

在战后学界小说中，作为知识分子的教授、作家们是具有种族、国家、宗教、性别等排他性身份的普通人，同时也是具有学者这种包容性身份的特殊群体。当前者的狂热与后者的理性遭遇时，知识分子个体会面临怎样的抉择？通过作品中知识分子个体的行动，学者作家们在一定程度上

① Martin, Raymond, & Barresi, John. *Personal Identity* [M]. Oxford：Blackwell Publishing Ltd，2003：1.

解答了这一难题。

二、学者身份

学者的最基本身份是普通人。尽管作为学者的知识分子从出现之始，就有着与普通人不一样的社会身份，但他们最本质的身份依然是普通人。作为普通人，他们拥有各自不同的种族身份、性别身份、宗教身份等，也必须承担和履行这些身份所代表的种种责任与义务。戴维·洛奇笔下的青年学子亚当·阿坡比是一位天主教教徒，在生活中要遵守天主教有关避孕的教义，不得不为妻子可能再次怀孕提心吊胆。菲利普·罗斯笔下的犹太作家内森·祖克曼尽管在小说中由于书写了本民族的劣根性而声名鹊起，也同样要承担本民族人认为他背叛了犹太人的心理重负。而内森的弟弟亨利深受传统犹太家庭观念影响与束缚，选择与卡萝尔结婚，这并不幸福的婚姻生活是他以服从民族传统的形式承担起自己的义务。纳博科夫《普宁》中的俄语教授普宁身处美国这一环境，他努力学习英语、模仿美国人的行为举止等，表现了普通人寻求宗主国身份认同的艰辛历程。而安妮塔·布鲁克纳《湖边旅店》中的浪漫爱情小说女作家艾迪丝·厚朴所遭遇的情感困扰也是现代女性在爱情、婚姻、家庭中需要面临的现实。当然，作为普通人的学者之所以有别于普通人，更重要的一点在于其另一个重要的身份——知识分子。

学者的最重要身份是知识分子。尽管雷蒙德·威廉斯（Raymond Williams，1921—1988）在《关键词》一书中强调："一直到 20 世纪中叶，英文中的知识分子（intellectuals）、知识主义（intellectualism）、知识阶层（intelligentsia）主要用于负面，而这种用法显然依旧持续。"[①]无可争议的事实是知识分子在人类历史发展中承担着重要的任务。他们除了在文化传承中发挥着他人无可替代的作用外，在普通大众眼中，知识分子还代表着真

---

　① 转引自：萨义德. 知识分子论[M]. 单德兴，译. 北京：生活·读书·新知三联书店，2002：2.

理、道德及审美价值判断的权威。知识分子对社会生活的贡献让他们享有了特殊权力，他们用自己掌握的知识提升社会生活品质，改变人们的思想观念。而知识者的知识性使他能够超越普通人的思维局限，更客观公正地对事物做出评判。正如鲍曼所说，他们"被赋予了对社会各界所持信念之有效性进行判断的权利和责任"，"'成为一个知识分子'的意向性意义在于，超越对自身所属专业或所属艺术门类的局部性关怀，参与到对真理（truth）、判断（judgment）和时代之趣味（taste）等这样一些全球性问题的探讨中来"。① 学者的这种知识分子身份使他与普通人在理解世界，尤其是社会生活方面存在差异，也使其与普通人有了本质的区别。

　　知识分子身份代表着理性。理性是知识分子思考问题过程中表现出的最突出特点，这一特点体现在技术知识分子以科技改变物质生活、推动社会进步层面，更体现在人文知识分子对社会变化的敏锐感受及批判精神上，"人文知识分子由于其强烈的批判性和前卫性而成为整个社会瞩目的焦点，占据了社会的中心位置"②。以英国为例，早在 18 世纪初学者作家斯威夫特就在《格列佛游记》中以寓言的形式批判英国统治阶层的明争暗斗与昏庸无能。19 世纪狄更斯的作品则通过全面展现英国社会生活，从政治、经济、文化和道德等方面反映了资本主义社会的矛盾与危机。20 世纪赫胥黎、奥威尔分别在《美妙新世界》（*New Brave World*，1946）与《一九八四》（*Nineteen Eighty-Four*，1948）中从不同角度预言了极权社会对人的控制与奴役。战后的学界小说家戴维·洛奇、布雷德伯里在各自的学界小说中所叙述的知识分子在大学校园、公共生活中的行为，既是对知识分子阶层行为的反思，也从一个侧面反映了社会变迁。正是通过这些文学作品，作家继承和发扬了知识分子对社会的批判传统。

　　战后学界小说还从另一角度诠释了知识分子身份的理性特点：包容

① 齐格蒙·鲍曼. 立法者与阐释者[M]. 洪涛，译. 上海：上海人民出版社，2000：2.

② 王增进. 后现代与知识分子社会位置[M]. 北京：中国社会科学出版社，2003：79.

性。正如萨义德所指出的，"知识分子的重任之一就是努力破除限制人类思想和沟通的刻板印象（stereotypes）和化约式的类别（reductive categories）"①。在后现代时期，人们信奉怀疑一切、质疑权威、知识相对主义等观念，不再盲目接受知识分子权威性的陈词滥调。然而，知识分子的先进性并不在于人们曾经赋予他们的权威性方面，而在于其能够率先接纳新事物。他们承认知识相对性，接受不同于自己的知识体系。如《好工作》中的英国文学讲师罗玢由开始的抵触到工厂做"影子"、对工厂持完全否定的批判，到接受工厂生产运作中的规则，并帮助铸造厂经理维克多洽谈合同。批判性与先进性兼收并蓄的包容性特点正是后现代社会知识分子独特性的最好体现。

第二节　学者与族裔宗教身份

一、族裔宗教身份

战后文学创作走向发生转变。第二次世界大战后，人们逐渐驱散了这场大规模杀戮笼罩在心头的阴霾，迅速在战争的废墟上重建起家园。战后作家们则逐渐抛弃了20世纪二三十年代经济萧条时期那种把文学当作社会艺术的观念，不再热衷于揭露社会问题，包括战争期间有关纳粹暴行的细节，及原子弹爆炸的可怕后果也不常出现在文学作品中。但沉默并不代表忘却，战争创伤已成为潜藏于整个时代及民族集体记忆的强劲暗流，在不同文学作品中时时涌动。战争让人们更懂得珍惜生命、尊重个体，作家们开始转向个人的内心世界，努力探索自我和生存的意义，而这些对某一个体的探索往往具有强烈的地方和种族色彩。在一些优秀的少数族裔学者作家，如俄裔美籍作家弗拉基米尔·纳博科夫，犹太作家索尔·贝娄、伯纳

_____

①　萨义德.知识分子论[M].单德兴，译.北京：生活·读书·新知三联书店，2002：2.

德·马拉穆德、菲利普·罗斯等人的作品中，对流亡者或少数族裔知识分子生活的书写就突出表现了这一特点。

流亡移民的生活是战后学界小说创作的重大主题。流亡是人类最悲惨的命运之一，战争、疾病、饥饿等非个人力量的因素是造成个体或群体流亡的主要原因。20 世纪两次世界大战让许多无辜的普通人流离失所。为了躲避战乱，许多人不得不逃离故土，流落他乡。对逃亡艰辛经历的描写、对故国的思念、对寄居国的复杂情感等都成为小说表现的主题。从地理环境角度来看，流亡切断了个体与原乡之地的联系，使个体处于无所归依、孤立无援的状态。马拉默德《德国流亡者》中那位流亡到美国的德国教授奥斯卡·加斯纳"背井离乡，情感上疏远，经济上无保障，既无亲友也无一种可以交谈的语言而客居异乡"[①]的悲惨境遇写尽了流亡者的凄凉。

然而，流亡无法切断对故国的感情。如萨义德所说，"对大多数流亡者来说，难处不只是在于被迫离开家乡，而是在当今世界中，生活里的许多东西都在提醒：你是在流亡，你的家乡其实并非那么遥远，当代生活的正常交通使你对故乡一直可望而不可即"[②]。《玛丽》(*Mary*，1970)中流亡的俄国青年加宁对少年时光的回忆，与其说在回忆恋人玛丽，不如说在回忆故土。尽管已离国多年，故国在回忆恋人的那一刻清晰地浮现在加宁脑海中：那桩子腐烂、玻璃残缺、蛛网绕梁的深谷小亭，长满绿色小草的小径，歪斜的长凳，摇摇晃晃的小船等。故国的一山一水、一草一木都像浪漫的爱情故事一样，永久地镌刻在流亡者的记忆中。就像和加宁同住在旅店的诗人波特亚金所强调的，"我们应该爱俄国，我们流亡在国外的人也应该爱俄国，每个人都应该爱俄国"[③]。

时时心怀故国忧思又一直试图进入移居国的矛盾心情折磨着流亡者，纳博科夫在《塞·奈特的真实生活》(*The Real Life of Sebastian Knight*，1941)

①　马拉默德. 银冠[M]. 欧阳基，选编. 武汉：长江文艺出版社，1986：173.
②　萨义德. 知识分子论[M]. 单德兴，译. 北京：生活·读书·新知三联书店，2002：45.
③　纳博科夫. 玛丽[M]. 王家湘，译. 长春：时代文艺出版社，1998：58.

中那位曾经移民俄国的瑞士老太太道出了所有流亡者的心声。一方面，他们对自己的出生地怀着非常纯洁的感情，对它魂牵梦萦，"悲叹自己背井离乡，抱怨自己受到人家的轻视和曲解，日夜思念着她的美好的故土"①，对还乡的情景心驰神往；另一方面，"当这些可怜的游子归来时，他们发现自己在一个面目全非的国家沦为生人了。……久违的俄国现在又一变成了一个失去的乐园，一个广袤、朦胧，然而催人频频回首的地方，一个友善之邦，其生民皆胸怀憧憬"②。正是这种与故国、与移居国若即若离的关系，使流亡者始终处于无法完全融入寄居环境与放弃故国的游离状态之中。

　　族裔问题是犹太学者作家不可回避的重大主题。通过某一个体生活，反映与其经历相似群体生存状况是少数族裔作家们的共同选择。对犹太民族而言，有史以来遭受的种种迫害，四处流亡的生活，尤其是"种族清洗"大屠杀的民族苦难，早已成为不可磨灭的集体记忆。曾经亲历过大屠杀的经历以不同方式存在于幸存下来的犹太民族记忆中，永远无法泯灭。"皮尤研究中心(Pew Research Center)"2020 年 1 月 20 日(国际大屠杀纪念日前一周)发布的报告显示，高达86%的美国犹太成年人能够正确地回答有关大屠杀的调查问题③，这一数据足以证明大屠杀对美国犹太人的深刻影响。

　　《解剖课》(*The Anatomy Lesson*，1983)中内森·祖克曼的母亲在记忆消退、即将走向生命终点时，准确无误地拼写出"大屠杀(Holocaust)"，尽管她一生中可能从来没写过这个词。《欲望教授》(*The Professor of Desire*，1977)中凯普什父亲的朋友巴拜特尼克先生凭着要活下来的坚定信念，在集中营中幸存下来。他最大的理想不过是做个普通人，然而纳粹却粉碎了

---

　　①　纳博科夫. 塞·奈特的真实生活[M]. 席亚兵，译. 长春：时代文艺出版社，1998：145.

　　②　纳博科夫. 塞·奈特的真实生活[M]. 席亚兵，译. 长春：时代文艺出版社，1998：145.

　　③　Pew Research Center. What Americans Know About the Holocaust [DB/OL]. Cham, SUI：Springer, 2019. [2023-06-15]. https：//www. jewishdatabank. org/databank/search-results? category=U. S. %20National#.

他这微不足道的愿望，在讲述那段经历时他那平静外表下掩藏着一个普通犹太人深深的愤怒。马拉默德在《湖畔女郎》中通过美丽少女伊莎贝拉之口说出了经历过黑暗岁月的犹太人的感受。伊莎贝拉并不隐瞒自己在集中营里遭受过纳粹折磨的经历，以及她犹太人的身份，"我是犹太人。我的过去对我很有意义。我十分珍视我以往所受到的苦难"①。为了记住自己民族的苦难，老一代人在日常生活中延续着犹太习俗、信奉犹太教，以此作为保持民族独特性的方式。然而，这些做法却不被自己的子孙理解，甚至可能遭到抵制。

美国是世界上犹太人聚居最多的国家，根据《美国犹太人年鉴2021》（*The American Jewish Year Book 2021*）②提供的数据，截至2021年，美国犹太人口为730多万，全世界2500万犹太人中，约1/4的犹太人生活在美国。美国犹太人拥有犹太人和美国人的双重身份，他们不可避免地处于同居住地文化既冲突又融合的关系中。有学者从犹太人与其他人的关系出发分析指出，在犹太文化与美国文化夹缝中的现实处境，使他们普遍有一种自我身份的困惑和非我意识，他们的这种身份自觉意识常表现为一种局外感和边缘感，反映在犹太文学中就成为一些无法融入美国主流社会的局外人或边缘人形象。但在学界小说中，作家们更加关注文化差异引起的本民族内部之间的矛盾冲突。

生活在美国的犹太人之间的冲突首先表现为家庭成员自我身份认知的分歧上。第一代移民认为自己只是来美国避难的犹太人，而第二代移民，他们的子女们，认为自己是民族身份为犹太族的美国人。第一代移民无法抹去大屠杀的创伤记忆，在最艰难的岁月是美国收留了他们，给他们提供了庇护所。尽管他们在美国已生活多年，但并不认为美国是自己的国家，

---

① 马拉默德. 马拉默德短篇小说集·湖畔女郎［M］. 吕俊，侯向群，译. 南京：译林出版社，2001：161.

② Sheskin, Ira M., & Dashefsky, Arnold. United States Jewish Population, 2021［M］//Dashefsky, Arnold, & Sheskin, Ira M.（Eds.）. *The American Jewish Year Book, 2021, Volume 121.* Cham, SUI：Springer，2021：207-297.

他们对美国的感情就是一种感激之情。然而在第二代犹太人眼中，自己与其他美国人并无两样，所谓的不同是父母硬塞给他们的。他们对美国的感情与其他美国人无异。至于父辈曾经经历过的大屠杀、犹太人的流亡、美国对犹太人的收容等只存在于历史课本上，他们知晓大屠杀的惨绝人寰，但对其所造成的心理创伤是他们所无法体会的。他们能够见证的是美国正在与其他国家发生战争，是美国将大批青年送上了战场。因此，在《美国牧歌》中，年仅16岁的梅丽会狂热地炸毁邮局以表达自己对美国发动越战的不满。

犹太文化与美国文化的冲突还表现为犹太民族内部的身份选择上。在美国主流文化背景下，是保持民族特性选择犹太人身份，还是认同美国文化做一个美国人，是所有犹太人必然面临的选择。犹太人对本民族传统习俗、宗教信仰的坚持既是文化传承的表现，也是以这种方式不断地提示自己的犹太人身份，以此捍卫自己的文化地位。然而，大多数美国犹太人选择了美国人身份以适应新的生存环境。他们放弃传统民族服饰，从外观上改变自己犹太人的形象；放弃本民族语言，学习并掌握了英语以跟其他人更好地交流。正如学者蒂莫西·帕里什(Timothy Parrish)提到的那样，罗斯等少数族裔作家坚持认为"是美国性，而不是民族性，建构起了他们的真正身份"①。他们认同美国文化，并自愿接受美国文化的同化，通过这些努力他们也得到了美国主流社会的认同。

身份抉择的难题是学界小说中反映的重点之一。《湖畔女郎》中亨利·利文因为渴望收获爱情而努力隐瞒自己的犹太人身份，而他钟情的伊丽莎白却因为同样的原因要强调自己的犹太人身份。二人分手正是犹太民族内部在自我民族身份上的不同选择。罗斯在小说集《再见吧，哥伦布》(*Goodbye, Columbus*, 1959)中更是集中探讨了犹太民族内部的这种文化冲突。《犹太人的改宗》(*The Conversion of the Jews*)中在美国出生的犹太儿童

---

① Parrish, Timothy L. Ralph Ellison: The Invisible Man in Philip Roth's 'The Human Stain'[J]. *Contemporary Literature*, 2004, 45(3): 421-459.

奥齐质疑并反抗犹太教拉比对《圣经》的解读，自小接受美国新教传统的第二代移民对父辈所坚持的信仰看似一种背叛，实则是对美国主流文化的皈依。《狂热者艾利》(*Eli，The Fanatic*)中伍登屯是一个犹太人聚居的小镇，但居民们却不愿意小镇上出现一所纯粹的犹太寄宿学校。当那个穿着传统犹太服装、只会说传统意第绪语的犹太人走出学校、到小镇上购买日用品时，他在小镇的频频现身引起极大的骚动，激起小镇居民们的不安与不满。在他们看来，这所传统犹太学校扰乱了他们"现代化的社区"的平静生活。尽管他们有着同样的民族身份，但二者的法律身份——利奥·图里夫校园内那些人的"德国难民"身份与"纳税"的小镇居民的美国人身份之间存在的差异是导致他们恐慌的根本原因。他们排斥犹太传统，接受美国文化，其实质是抵制传统犹太难民的流亡生活，渴望美国人身份代表的秩序与安全。犹太律师艾利·派克试图通过送西装给图里夫，以改变他们外部形象的方式调和校园中图里夫等与小镇居民的矛盾。但当艾利在无意识中穿上他们送回的传统服饰招摇过市时，他的行为所具有的深刻内涵是不言自明的：外部形象无法改变他们作为犹太人的本质。

同样，中篇小说《再见吧，哥伦布》中生活在传统犹太聚居区的尼尔与居住于高档社区的布兰达一家反映的就是两种不同生存状况的美国犹太人。布兰达一家热爱运动、布兰达进行面部整容等刻意地"去犹太化，趋美国化"的行为与无意识流露的犹太人传统思想共存于家庭之中。同时，尼尔一方面瞧不起布兰达一家的装腔做势，以故意与他们做对的方式表达对他们的鄙视；另一方面又向往布兰达一家优裕的生活，这与其舅舅家的生活形成十分鲜明的对照。无论是尼尔还是布兰达一家身上表现出的这种矛盾性，都反映出美国犹太人的真实心理及生活生存状态。

作家不只是通过作品中的虚构人物，还在非虚构的作品中表达自己对于民族态度的心态变化。《遗产：一个真实的故事》(*Patrimony：A True Story*，1991)中，作家罗斯对于父亲没将犹太教的经文护符匣留给自己而倍感遗憾，尽管他明白父亲可能以为留给他会遭到他的讥笑，而事实上，这时的罗斯"会很珍惜它们"①。尽管罗斯尽其一生都在试图摆脱犹太家族及社会习俗对自己的束缚，但在父亲分配遗产时，他却非常渴望父亲会给他分些遗产，不是因为金钱本身，而是因为"这是他必须给我的，也是他想给我的，按照传统习惯也应该给我"，在这个时刻，罗斯认识到"我过去决不让社会流俗左右我的行为，但自行其是之后我却发现，有时候，我的基本感觉比我坚定的道德承担更墨守成规"②。从背叛族人到回归传统，罗斯个人的经历也从另一角度诠释了美国犹太人的心路历程。

身份抉择的难题不只属于犹太人。《人性的污秽》(The Human Stain, 2000)反思了美国黑人面临的种族歧视问题，主人公古典文学教授科尔曼是"成也身份，败也身份"的悲剧典型。青年时代，科尔曼在学校学业出众，且是位优秀的拳击手，但上了大学之后，他却因为黑人身份而饱受歧视。为了改变命运，他利用入伍机会修改了自己的身份信息，成功地让自己"变"成了犹太人。退伍后他进入大学深造，毕业后，因为他深厚的学术功底，他顺利成为雅典娜学院古典文学教师。由于他在学院教学管理方面提出了诸多创新举措而受到学院院长的赏识，此后被提拔成为学院第一位"犹太人"院长。在任期间，他大胆改革，在学院"引入了竞争机制，使得这个地方充满竞争气氛"③，聘请了学院的第一位黑人教师赫伯特·基布尔。讽刺的是，多年后他却因为使用"spook"(有幽灵、黑人等多种意义)指代旷课学生，被学生投诉为种族歧视，最终不得不离开他生活了几乎一辈子的学院，并陷入旷日持久的怨怼情绪中。科尔曼从抛弃黑人身份，到聘请黑人教师，再到被投诉种族歧视的悲剧经历，从个人层面折射出美国社会种族问题对个体命运造成的巨大影响。

身份问题还以其他表现形式存在于学界小说中。"二战"后，美国政治、经济的稳定与繁荣进一步确立了美国的世界霸权地位，美国的自由、

---

① 菲利普·罗斯.遗产：一个真实的故事[M].彭伦，译.上海：上海译文出版社，2006：59.

② 菲利普·罗斯.遗产：一个真实的故事[M].彭伦，译.上海：上海译文出版社，2006：65.

③ 菲利普·罗斯.人性的污秽[M].刘珠还，译.南京：译林出版社，2003：9.

民主、富有使美国人这一身份具有了远超出普通国籍身份的意义。在学界小说中,这一国家形象借由不同学者形象或直接或间接地表现出来。

美国身份的优越性首先表现在美国学者形象上。在学界小说中,美国学者不仅把持着学术话语权,还是发现千里马的伯乐;不仅在学术界独领风骚,还是拯救世界的英雄;至于对异性的吸引力,不过是美国魅力无法抵挡的另一注解而已。在戴维·洛奇的"校园三部曲"中,美国是英国学者菲利普·史沃娄心向往之的乐土,曾经的留学经历成为他一生中最美好的记忆。美国学者莫里斯·扎普是研究简·奥斯汀的学界权威,也是能轻易俘获女人芳心的翩翩君子。更重要的是,他乐于提携青年学子,善于发现学界新人。研讨会上,他不怕得罪其他学界名流,支持英国青年学子柏斯·莫克加里格尔;之后,当扎普发现罗玢·彭罗斯的学术潜力后,主动帮助这位学界新人争取美国教职。美国的富裕、民主在他身上直接表现为出手阔绰、生活优裕,生性豪爽、不拘小节,崇尚自由平等的人际关系。美国文学批评家亚瑟·金费舍尔(Arthur Kingfisher)教授被洛奇赋予了主宰世界的渔王(King Fisher)名字,尽管他已经年老体衰,却依然是韩国年轻貌美的女学生李桑蜜最崇拜的人;美国在学术界拥有的强大话语权也以他最终决定出任联合国教科文组织文学批评委员会主席一职的方式体现出来。而美国作家丹·布朗笔下的大学教授戴维·贝克、罗伯特·兰登不仅学识渊博,其机敏勇敢不亚于那些受过专门训练的特工人员。其强壮修长的健康体魄与风度翩翩的美国气质让他们成为众多优秀女性心仪的对象。

美国身份的优越性还通过他者的经历间接地表现出来。作为一个移民国家,美国是欧洲流亡者们的首选避难地。早在19世纪,美国就迎来了两次欧洲移民潮:一次是美国内战前后北欧、西欧国家的"老移民",另一次是19世纪80年代始于东欧和南欧的"新移民",而其中有近二百万移民为犹太人。① 上文中提到的流亡者奥斯卡、普宁、德国难民及其他逃出纳粹迫害的犹太人,都选择美国作为自己的移居地,这一行为本身就是对美国

---

① Alexander, June Granatir. *Daily Life in Immigrant America*, *1870-1920* [M]. Westpost: Greenwood Press, 2007: 13, 25.

身份的一种肯定。奥斯卡忍受酷热学习英语；普宁十几年间为掌握英语花费了大量精力，因为配了美国假牙而欣喜若狂，并极力向他人推荐；布兰达通过整容使自己看起来更像美国人等。通过这些流亡者对宗主国语言、文化的接受过程的书写，学界小说间接地表现了美国身份的影响力。

强调宗教、民族、国家等身份的独特性一定程度上是在强化其内在的排他性，而排他性本身就蕴涵着偏执、狂热、不公正等不容忽视的危险。排他性最极端的表现莫过于"二战"中纳粹推行的"种族清洗"法西斯恶行。打着"净化"旗号的大屠杀，其惨绝人寰的后果已成为全人类的可怕梦魇。全球化形势下，人类应当更加包容地对待差异。学者作家们通过学界小说中知识分子的思想行为，表现出了新形势下学者对这些排他性身份的批判与包容。

二、学者的包容与批判

如前所述，学者具有自身民族、宗教等身份，但其最重要的身份是知识分子。知识分子的理性使学者们可以更客观地看待身份问题及其背后更深层的文化问题。正视普通人身份背后片面、狂热的一面，在反思中更公正地表达自己对人类生存及人性的思考。通过知识分子自身行为，正确认识身份认同问题，进一步思考人生的终极问题。

学界小说对流亡者或移民身份认同问题的认识更客观。对于流亡者或移民们来说，其最关心的身份是其国家身份。移居国身份可以保障他们渴望的稳定安全生活，因此学者作家通过书写知识分子个人，或他所见证的普通人，客观地叙述了身份认同的艰辛旅程及心理困惑。《玛丽》中，老诗人彼特亚金说大家都应该爱俄国，但他并没有打算回俄国，而是选择巴黎作为自己的目的地，因为巴黎的生活更适合知识分子，那里的生活更自由些，也更容易些。因此，当他发现自己弄丢了护照，无法获得去法国的签证时，他的绝望是一个流亡者走投无路的写照。彼特亚金言与行的不一致性真实反映了普通个体自我生存与个人情感的矛盾冲突。

以文化同化方式寻求身份认同。如果说彼特拉金的痛苦在于他失去了获得移民国身份机会的话，美国犹太人在身份认同中更在于文化层面。国内有学者认为美国犹太文学反映出犹太人在"推崇竞争意识""鼓励冒险精神""重视对物质财富的追求"①等方面表现出对美国文化的认同。事实上，犹太民族"从早期犹太启蒙时期（Haskalah）到犹太复国主义殖民时期（Zionist colonization），对在土地上劳作美德的信仰一直有着悠久的历史"②。罗斯在《我作为男人的一生》中对父亲朱先生（即祖克曼先生）的描述也是对犹太人这一传统的注解，"他认为，当掌柜的苦苦逼迫年轻人多做生意多拿钱，年轻人对掌柜应当知恩报德才合乎道理。他简直不能理解，人们只要照他的说法'加把劲'就能多拿钱，而他们为什么宁肯少拿"③。即使是在战争年月，父亲经历两次破产，"店铺可以倒闭，但家道从不中衰"④。正是父亲的勤劳保证了家庭衣食无忧、生活富足。相信劳动创造财富、勤劳改变家庭生活一直都是犹太文化传统的重要内容。而犹太民族的这一传统也更加有利于他们融入信仰新教精神的美国社会。

犹太人对美国文化的认同更多地体现为被美国文化同化上。不过，在罗斯的作品中，同化只是表现为在服装、语言、教育和文化等方面与主流社会的趋同。放弃传统服装与意第绪语或希伯来语、穿上西装、使用英语、接受与异族通婚等是为了融入美国社会以更好地生存生活下去。

同化并不意味着放弃他们犹太人的身份，或犹太文化的终结。犹太民族在进入美国主流社会后，同化是因时空变化而采取的使种族延续的必要措施，也同样是犹太文化的一种表现。正如有学者所说，犹太民族的"变

---

① 张军. 当代美国犹太文学对美国民族认同的构建[J]. 河北学刊，2014（11）：75-79.

② Gartner，Lloyd P. *History of the Jews in the Modern Times*[M]. New York：Oxford University，2001：172.

③ 菲利普·罗斯. 我作为男人的一生[M]. 周国珍，等译. 长沙：湖南文艺出版社，1992：1.

④ 菲利普·罗斯. 我作为男人的一生[M]. 周国珍，等译. 长沙：湖南文艺出版社，1992：3.

化是绝对必要的，且是犹太历史的一种内在特点"①。《美国牧歌》中瑞典佬利沃夫的经历最能说明犹太人"既想融入社会，又想独立开来；既认为与众不同又认为没什么特殊的矛盾心理"②。在祖克曼看来，"他的犹太心又在何处？你不可能发现，然而你知道确实存在。他的非理性在哪？他的焦躁不安在哪？世俗的诱惑呢？没有狡诈，没有心计，也没有顽皮。他驱除这一切，达到完美，无需奋争，不用左右为难、思前想后，只用球星自然的体格塑造风格就已足够"③。这种"尊重应该尊重的东西，对什么也没有异议，从不因自卑烦恼，也不因迷惑难受，或者遭受无能的折磨，怨恨的毒害，愤怒的驱使"④的犹太文化内核中的包容性，造就了像瑞典佬利沃夫一样的大批犹太人在美国的成功。正如加特纳(Gartner)分析的那样，美国犹太人的成功之处正是在于"在早期现代犹太人聚居区对犹太人尊严与文化生活的坚持，没有这种坚持，犹太人很可能会成为一批乌合之众"⑤。而瑞典佬家庭最终因为女儿梅丽的狂热与偏执而遭受沉重打击，恰从另一方面印证了犹太人保持自身文化独特性的重要性。在身份问题上，霍根(Hogan，J.B.，1979)分析指出，罗斯的处理之道就是以小说的方式来解决自己的身份问题。罗斯后期作品中一方面极力淡化主人公的犹太人身份；另一方面则通过主人公对犹太传统的回归(如《遗产：一个真实的故事》中的作家罗斯)，或主人公内心深处决定其行为的犹太道德传统观念，如亨利、凯普什等，都凸显作家对身份认同更高层次的认识："离散的犹太人(The Diaspora)将自己区别开来的一种办法是与他人分享这一称呼。"⑥

① Rubin-Dorsky, Jeffrey. Philip Roth and American Jewish Identity：The Question of Authenticity［M］//Harold Bloom（Ed.）. *Philip Roth*. Philadelphia：Chelsea House Publishers，2003：208.

② 菲利普·罗斯. 美国牧歌［M］. 罗小云，译. 南京：译林出版社，2011：14.

③ 菲利普·罗斯. 美国牧歌［M］. 罗小云，译. 南京：译林出版社，2011：15.

④ 菲利普·罗斯. 美国牧歌［M］. 罗小云，译. 南京：译林出版社，2011：16.

⑤ Gartner, Lloyd P. *History of the Jews in the Modern Times*［M］. New York：Oxford University，2001：436.

⑥ Bloom, Harold（Ed.）. *Philip Roth*［M］. Philadelphia：Chelsea House Publishers，2003：207.

且身份认同与保持民族独特性之间并不矛盾。

学者的理性还表现为对待本民族的公正态度方面。一是表现为揭露民族劣根性。如萨义德所说，"在民族存亡的紧要关头，知识分子为了确保社群生存的所作所为具有无可估量的价值，但忠于团体的生存之战并不能因而使得知识分子失去其批判意识或减低批判意识的必要性，因为这些都该超越生存的问题"①。对本民族爱之愈深，恨之愈切的复杂情感是学界小说反思本民族缺点的主基调，尤其体现在对人与人关系的反思上。

这种反思首先表现为对犹太家庭内部关系的反思上。"祖克曼系列"中主人公作家内森·祖克曼以反映犹太人生活的作品《卡诺夫斯基》一夜成名。在这部以自己父母为原型的作品中，他真实地反映了犹太人生活、情感等问题。然而，由于一些暴露犹太人种种劣根性的情节，作品问世后，他的父母不得不忍受众人的诘难与羞辱。他因此在家庭内部众叛亲离，被弟弟斥为谋杀父母者；在本民族内引发争论，有些人视其为民族背叛者，有些人却把他当作民族英雄。《愤怒》(*Indignation*，2008)中马库斯选择到远离家乡的学校就读，就是为了摆脱专制的父亲麦森纳先生对他的控制。麦森纳一家的悲剧是战争造成的，但究其根源与犹太家庭专制的父权制作风有很大关系。事实上，在菲利普·罗斯的许多作品中，他正是借祖克曼及其他主人公之口表达了自己对犹太人深厚的情感。祖克曼回忆起父母的拳拳舐犊之情，弟弟与自己的兄弟友爱之情，无不流露出他对父母及弟弟的深深爱意，但是这些不代表他就可以忽视他们的弱点。他并不认可在犹太家庭中父亲表现的扼杀天性、专制霸道的家长作风。他毫不留情地撕开犹太家庭温馨和谐的面纱，暴露犹太家长制作风下形成的紧张父子关系、夫妻关系等。祖克曼尽管承受着来自家庭与社会的巨大压力，他依然坚持"拥护艺术，但谎语癖还是要打倒"②。祖克曼对待本民族缺点的这种态度也是菲利普·罗斯正确看待自身身份问题的一种表现。

---

① 萨义德.知识分子论[M].单德兴，译.北京：生活·读书·新知三联书店，2002：39.

② 菲利普·罗斯.被释放的祖克曼[M].郭国良，译.上海：上海译文出版社，2013：229.

以知识分子身份包容地反思种族身份的狭隘与偏执。《人性的污秽》中科尔曼教授个人身份中唯一确定无疑的是其知识分子身份，因种族问题导致他的两次命运反转事件正是学者们对美国种族身份问题的反思。因为改变种族身份，他得以进入知识精英阶层；又因为被指控种族歧视，他被迫离开学院。讽刺的是，两次命运巨变的根源都在于国家对待种族问题的政策。有西方学者指出，"他作为白人的人生质疑的是合法性，即把种族作为社会结构及阶层分配霸权工具的合法性。而幽灵(Spook)事件恰恰深入到了科尔曼·西尔克力图建构的作为一个混合种族主体的内心，也对所谓的政策正确性表示出怀疑"①。然而，无论是他改变身份之前，还是离开学院之后，他的知识分子身份都不曾改变，他的学识仍然受到人们赏识。作品中，坚决反对他的继任院长在起草新的招聘广告甚至个人征婚启事时，他都是那个隐藏在文字背后的人。肯定科尔曼的学者身份就是以知识分子身份的包容性特点否定了种族身份的狭隘与偏执。

对知识分子自身的反思。知识分子之所以被视作通往光明的引路人，根本原因在于知识分子的理性使他具有超出一般人的批判精神。而这种理性批判不仅表现在对他人的批判方面，更表现为对自身的审视。理性赋予了知识分子批判、怀疑的精神，但当理性被用于压抑人的正常情感时，理性就成为残酷、冷漠的代名词。作为知识分子的科尔曼选择新的种族身份固然是对社会不公正的抗争和质疑，但为了个人发展，他断然地割裂了与深爱自己的父母兄妹的联系，这一丧失人性的行为暴露出理性的残酷。而科尔曼与34岁的女清洁工福妮雅·法利的私通行为，违背了理性但却以身体自然行为让其人性得以复苏。

此外，无论是幽灵事件(the Spook Incident)，还是科尔曼与福妮雅的交往，都可以看到美国社会反智主义思想的影子。作为学院中人，学术委员会众成员不认真分析事件的来龙去脉，片面地解释一个词语，从而造成

---

① Taylor, D. M. The Discourse of Interracial and Multicultural Identity in 19th and 20th Century American Literature[D]. Indiana：Indiana University of Pennsylvania, 2007.

一位优秀教授的辞职，他们的行为本身就是反智主义思想的具体体现。

《历史人》中社会学教授霍华德·科克听说罗斯玛丽的男友自杀身亡时，他并不为生命的消逝感到难过或惋惜，仅仅将其看作一种社会现象进行冷静的哲学分析。这种分析看似与其学者身份相符的学术行为，实则暴露出理性漠视生命的一面。他在对待妻子芭芭拉第一次婚外性行为上表现出的克制，及此后二人在对待彼此性滥交行为上的所谓理解容忍等有违人性伦理的疯狂行为，同样表现出理性对人性的摧残。《我梦中的女孩》(The Girl of My Dreams，1953)中身处困境的青年作者米特卡怀疑房东太太对他的善心是动机不纯的无耻挑逗，而读者看到的不过是房东太太为他送去衣被和食品。随后她想尽办法对他的无私帮助进一步证明了知识分子所谓怀疑精神的可笑。以学者们违背人性的行为暴露知识分子理性的荒谬是对理性的反思，也有力地批判了僵化对待理性的知识分子。

学者作家通过书写中下层普通人的生活反思人性善恶。窘困的生活没有让贫穷善良的普通人丧失人性的善良与乐观。像裁缝铺老板马库斯所说的那样，"我们是穷人，无论到哪儿，也没有人同情我们，可我们自己不能再互相伤害了"①。米特卡是写作陷入瓶颈状态的青年作者，思路枯竭、生活困窘，这些不顺几乎将他压垮。这时候，同样在写作的房东芦茨太太不仅时刻关心着他的日常生活，还努力想方设法激起米特卡对生活的热情。在这些努力无果的情况下，她介绍了另一位作者与米特卡认识。显然，那位化名玛德琳的中年妇女奥尔加正是充当了芦茨太太的代言人，她给米特卡带去食物，讲述自身的悲惨经历，从物质、精神两方面给予他支持和鼓励。《魔桶》中萨尔兹曼明明清楚利奥·芬克尔刚从大学毕业，经济状况不佳，还是愿意将女儿嫁给他，实际上也是肯定他的一种方式。《狂热者艾利》中律师艾利为了帮助犹太学校的人免遭小镇人非议，毅然把自己仅有的两套衣服送给他们，希望他们能通过改变外部装束以缓和与小镇

---

① 马拉默德. 马拉默德短篇小说集·我之死[M]. 吕俊，侯向群，译. 南京：译林出版社，2001：42.

人的关系。《玛丽》中虽然加宁自己也处于流亡的悲惨境遇中，但他仍旧主动帮助诗人彼特亚金等。这些小人物的经历并不一帆风顺，生活也并不富裕。唯其如此，当他们不顾个人困境，竭尽所能地帮助他人的时候，更加彰显其人性之善。

相比之下，另一些人身上则表现出人性的卑劣。《账单》中退休工人潘内萨用全部积蓄盘下一家小店，原本希望可以自食其力地生活，像威利之类的邻居们无限期赊欠的账单却让他生活无以维系，生病无钱治疗，最终在贫病交加中死去；《一幅裸体画》中黑人店主扣压犹太青年的护照和钱，以收容他的名义强迫他参与盗名画的犯罪行为；《狂热者艾利》中伍登屯小镇人对德国犹太难民学校的排挤；《被释放的祖克曼》(*Zuckerman Unbound*, 1981)中阿尔文·佩普勒颠倒黑白地讲述个人经历，欺骗祖克曼以期得到他赞助、推荐的行径；《洪堡的礼物》中曾经得到洪堡无私帮助的作家查理·西特林声名鹊起时，却不愿意对贫困交加的洪堡施以援手。

当学者作家们以平静的语气、朴实的语言讲述这些发生在知识分子身边的小人物故事时，人物悲惨的命运与平静的叙述之间形成强烈的反差，反而更强烈地鞭挞了人性之恶。学界小说也正是通过这些小人物的书写表达学者作家崇善抑恶的道德取向。

学者作家有自己独特的民族宗教身份，但当作家以更具包容性的学者身份书写民族性时，知识分子这一身份体现出的独立性与人格自由，使其可以独立于种族、社会、国家之外，对自己对他人展开批判。正因为如此，他已经超越了自身身份的局限进入更广阔的领域来思考人生的普世意义。譬如，索尔·贝娄和菲利普·罗斯作品中的犹太性(Jewishness)一直是研究者关注的重点，但他们却都曾强调自己是一个犹太裔作家(a writer who is a Jew)，反对将自己当作一名犹太作家(a Jewish writer)；马拉默德则以"人人都是犹太人"这句话表明了自己对于民族性的态度；作为流散作家的纳博科夫也曾经强调自己并没有表现出十分强烈的民族性；石黑一雄同样认为自己不需要为某个团体或某个国家而写作，他将自己定义为一名国际作家①。这些对自身身份的说明本身就是学者作家们对待民族身份态度的佐证。正如有学者所说，这些作家因为自身的民族身份，作品中带有民族的痕迹，但"其文学创作的核心在于人类共有的普遍性"②。萨义德认为，"知识分子的职责就是显示群体不是自然或天赋的实体，而是被建构出、制造出，甚至在某些情况中是被捏造出来的客体"③。在《德国流亡者》中，德国教授奥斯用两种语言充满感情地讲授惠特曼《草叶集》中的《自己之歌》，以表达人类对爱的渴望和对博爱力量的赞美。马拉默德正是试图借这位流亡学者之口表达出具有普遍意义的情感。学者作家通过文学作品这一特殊的形式记录下不同民族的生命轨迹。牢记创伤是为了避免类似的灾难再次发生，批判民族劣根性是为了一个更优秀民族的重生。学者作家们正是通过作品矛盾地剥离着宗教民族性，通过作品中的人物揭示人类个体的生活实况与生存本质，其创作目的是为了揭示普通人性，最终，他们以学者身份超越自身身份的局限，转向对文明悖论和人类生存问题的思考。

第三节　性别身份与学者的反思

一、性别身份

性别身份（Gender Identity），这个原本在个体出生之时根据其身体特征已确定的不变身份，在女权主义运动影响下，个人的、集体的、生理的、

---

①　Shaffer, Brian W. *Understanding Kazuo Ishiguro* [M]. Columbia：University of South Carolina Press，1998：2.

②　张生庭，张真. 自我身份的悖论——菲利普·罗斯创作中的身份问题探究[J]. 外语教学，2012(7)：78-81.

③　[美]萨义德. 知识分子论[M]. 单德兴，译. 北京：生活·读书·新知三联书店，2002：33.

社会的等诸多因素都参与性别身份的建构，使性别身份变得不确定且复杂起来。不过，本书谈论的个体性别身份依然是以生理特点作为划分男女性别的依据。第一次女性主义思潮后，女性争取到了部分公民权，争取到包括财产权、高等教育权等在内的多种权利。女性生活随之一变，女性走出家庭、进入社会，开始承担和男性同样的工作。传统中以男性为主导的学术界由此出现了越来越多的女学者，她们也成为战后学界小说书写的重要对象。尽管在第二次女性主义浪潮中，女性在家庭及社会中争取到更多的权利，但是社会对男女学者的认识依然存在偏见。

女性学者形象有一定变化。早期学界小说中，无论男女学者都呈现出令人讨厌的形象。贝洛克分析发现，许多文学作品中的男性学者常被刻画为简单、不切实际、胆小、神经质、行为怪异的二等公民；女性学者则是缺乏吸引力的、性冷淡的，甚至是让人厌恶的动物，如果她们漂亮，则与其早期的兴趣有关等①。或许这是由于贝洛克的研究主要集中于 20 世纪四五十年代，且这一时期的作家多数并不熟悉学术界的原因。"二战"后的学界小说家们本身就是熟悉学术界的学者，他们所书写的学者是自己最熟悉的群体，因而他们作品中的男女学者并不存在某种固定范式，学界小说中的男女学者更贴近生活，也更为真实可信。学界小说中不同性别的学者面临着职场竞争、性别歧视、婚恋危机等一系列问题，基本反映了战后男女知识分子在社会及家庭中的真实生存境遇。那么，学者的性别身份对其学术、生活会产生什么影响？具有不同性别身份的学者作家会如何看待另一种性别呢？

根深蒂固的传统性别观念依然影响着男女学者生活。两次女权主义运动后，西方社会中女性的地位得到提升，但男性统治的格局并未改变，传统中以男性为中心的观念仍然在生活中发挥作用。如布尔迪厄所言，"男性秩序的力量体现在它无需为自己辩解这一事实上。男性中心观念被当成

---

①　Belok, Michael V. Social Attitudes Towards the Professor in Novels[J]. *Journal of Educational Sociology*, 1961, 34(9): 404-408.

中性的东西接受下来，无需诉诸话语使自己合法化"①。社会分工上，在男性中心观念影响下，社会对男性和女性提出了不同的要求。公共生活中，男性中心观念具体体现为各工作领域不可动摇的男性主导、女性辅助格局，以及对女性的排斥和歧视；家庭内部，对男性中心的认同体现为男性要在事业上取得成就以养家糊口，女性则要以处理好家务琐事、满足男性日常生活需要为己任等。在传统观念的影响下，学界小说中的男女学者都不得不承受来自社会及家庭的双重压力，不过这种压力在不同性别的作家笔下表现略有差异。

女性学者常常在学界遭受不公平待遇。《隐之书》(*Possession*，1990，另译为《占有》)中罗兰·米歇尔的女友瓦尔原本对于诗歌有不少想法，其毕业论文观点新颖、简洁明快，"字迹充满自信，而且编排得整齐妥贴"，但审查论文的人却"怀疑大多出自罗兰之手，因而大打折扣"。② 甚至女性学者群体也对其他女性持怀疑态度，《人性的污秽》中仅仅因为德芬妮·鲁斯与其他人做派不同，"女性三人帮"就对她充满敌意，认为她"没有读过足够的学术性杂志"，"认为她勾引有权势的男性而对她嗤之以鼻"。③

男性青年知识分子需要承担学业与养家的重任，他们生活中的无奈与苦涩是属于知识分子的，也是属于所有男性的。《幸运的吉姆》(*Lucky Jim*，1954)中，吉姆·狄克逊几乎经历了大学青年学者们所有的典型遭遇，他也因此成为战后学界小说中青年知识分子的"先驱"。为了得到临时教职，他选择"自己最憎恨"④的中世纪作为自己的论题；为了保有教职，他只好对可以决定自己命运的威尔奇低声下气，义务为他查找资料，避免与他的

① [法]皮埃尔·布尔迪厄. 男性统治[M]. 刘晖，译. 深圳：海天出版社，2002：8.

② [英]A. S. 拜雅特. 隐之书[M]. 于冬梅，宋瑛堂，译. 海口：南海出版公司，2008：11.

③ [美]菲利普·罗斯. 人性的污秽[M]. 刘珠还，译. 南京：译林出版社，2011：247.

④ 金斯利·艾米斯. 幸运的吉姆[M]. 谭理，译. 长沙：湖南人民出版社，1983：37.

学术观点发生冲突等；为了让自己更有学术竞争力，吉姆努力挖掘新观点撰写论文，却被已经成名的杂志主编 L. S. 卡顿教授直接剽窃，并发表在国外的杂志①上；在公开课上，吉姆挑战权威的演讲成为他被解聘的催化剂。

约翰·韦恩的《每况愈下》(*Hurry On Down*，1953)中，查尔斯·兰姆利大学毕业后无法找到合适的工作，为了生存，他做过擦窗工，当过夜店门卫，干过贩毒的违法事，历经各种波折后，最终成为一名专写下流笑话的作家编辑。兰姆利曾经给自己定下一个又一个目标，但却一个也没有达到。在他窘迫的经济状况面前，他与维罗尼卡所谓的纯真爱情如此不堪一击，也让他深刻认识到男女交往中男性经济地位的重要性。最终，当他得知自己得到了笑话编辑这一永久工作时，他感到无比快慰，"只是因为这个地位增加了他的收入，给了他超脱斗争的力量和充分反省的闲暇，能时时保持清醒的头脑，不至于干出蠢事来"②。

像《院长》(*The Masters*，1951)中的路克、《换位》(*Changing Places*：*A Tale of Two Campuses*，1975)中的莫里斯·扎普、《好工作》中的查尔斯、《欲望教授》(*The Professor of Desire*，1977)中的大卫·凯普什一样，有学术成果且顺利申请到教职的青年学者是学术界的幸运儿。更多的男性青年人文学者不得不在拮据的日常生活与繁重的学术研究中苦苦挣扎。从《大英博物馆在倒塌》中的亚当·爱坡比、《换位》中的菲利浦·史沃娄、《隐之书》中的罗兰·米歇尔，到《发表与死亡·丛林女王》(*Publish and Perish—Queen of the Jungle*，1997)中的鲍尔，这些男性学者的遭遇一方面真实地反映了战后第一代人文学科青年学者在实用主义社会很难生存的艰辛生活状况；另一方面，男性中心的传统观念给男性造成巨大压力。社会对男性经济及社会地位方面的期望值更高，个体渴望的生活是建立在稳定的经济基

---

① 金斯利·艾米斯. 幸运的吉姆[M]. 谭理，译. 长沙：湖南人民出版社，1983：320.

② [英]约翰·韦恩. 每况愈下[M]. 吴宜豪，译. 南京：译林出版社，2009：222.

础之上的。男性学者必须承受解决家庭生计问题与完成学术论文的双重压力，这种焦头烂额的生活状况是战后几十年男性青年学者生活的真实写照。

学术界的男性成名学者同样面临着学术与家庭生活的苦恼。成名学者早已拥有稳定的教职，在自己的研究领域也已小有成就，过着受人尊敬的体面生活，但这种生活本身就意味着他们会更加被人关注。《打死父亲》（*Strike the Father Dead*，1967）中，古典文学教授阿尔弗雷德·科尔曼兢兢业业地做研究，在岗三十一年"从来没有请过假"①，但当报纸上登出儿子杰米里的负面新闻时，院长以关心他的健康为借口建议他休假以躲避媒体及社会的关注；像莫里斯·扎普、科尔曼·西尔克潜心钻研自己的研究领域，时有成果发表，逐渐成为自己领域的专家，但是扎普与妻子的不睦也迫使他选择暂时离开尤大以避开人们的闲言碎语；科尔曼与女清洁工的私生活则成为攻击他的那些人握在手中的把柄。当然，令人羡慕的男性学者是丹·布朗笔下年轻潇洒的大卫·贝克、罗伯特·兰登，独特的学术成果使他们成为蜚声学院内外、名利双收的学者明星。但虚构作品中人文学者大卫与罗伯特的成功与真实生活中人文学科遇冷现状之间的反差，让读者不得不怀疑，这些形象不过是学者作家在作品中寄托了自己对人文学科所抱有的乌托邦理想而已。

男性作家书写的女性知识分子生活各异，女性在家庭与事业之间的不同抉择造就了她们各自不同的生活轨迹。在传统男性中心观念的影响下，女性们接受了自己被排除出严肃的事情或公共事务的安排，她们的活动空间局限于家庭内部，养育子女、保证家庭日常运作成为女性工作的全部。不少知识女性因为家庭原因放弃学业，成为经济完全依赖丈夫的全职太太。《历史人》中学业成绩比丈夫更优秀的芭芭拉·科克，《大英博物馆在倒塌》中的芭芭拉·爱坡比，《换位》中的希拉莉·史沃娄，《反生活》（*Counterlife*，1987）中学习优秀的卡萝尔等人，都是为了支持丈夫学业而选

---

① 约翰·韦恩. 打死父亲［M］. 刘凯芳，译. 福州：海峡文艺出版社，1986：5.

择回归家庭的知识女性。由于没有稳定的经济收入及更广泛的社交渠道，女性的生活更加依赖男性，这也使她们在发现丈夫有外遇的时候表现得十分无助。希拉莉的忍气吞声与卡萝尔的自欺行为都是回归家庭后、经济不独立的女性生活写照。与她们形成鲜明对比的是那些以个人事业为重且小有成绩的女性。《小世界》中的西比尔·梅顿、安吉丽卡、德丽丝·扎普、弗尔维娅·莫加纳、李桑蜜，《好工作》中的罗玢·彭罗斯，《发表与死亡：有关教职与恐怖的三个故事》(*Publish and Perish*：*Three Tales of Tenure and Terror*，1997，以下简称《发表与死亡》)中的伊丽莎白、弗吉尼亚，《秘密思想》(*Secret Thoughts*，2011)中的海伦·里德等知识女性，她们的学术成就不亚于自己的男性同行，也因此在学术圈占有一席之地。

不过，通过这些学界小说中的知识女性形象，男性作家也不自觉中流露出自身性别身份的优越性。譬如，女性学者无法像男性一样平衡学术与家庭生活：看重家庭者逐渐失去曾经的学术能力，而学术上有所建树者，个人生活常常不尽如人意。女性学者还会因为崇拜而献身于男性学术权威，如年轻的李桑蜜与业已衰老的金费舍尔。甚至那些颇有学术潜力的女性身边也被刻意地安排一位比她更突出的男性，如安吉丽卡最终出场的男友。另外，《赛勒姆先生的行星》中已故政治理论教授厄希尔·阿尔金对女学生的评价为"媚人的、愚蠢的、荒谬的女孩子"[1]，谈到纳粹的暴行时，他说"每个人(只有一些女学者除外)都知道什么是行凶杀人。自古以来人人皆知。最优秀最纯粹的人，从远古时代就知道生命是神圣不可侵犯的"[2]。这种对女性的一些负面评语，除了有社会对女性形成的固有偏见外，很难让读者不联想到作家本人的性别身份。

与男性学者作家小说中存在一些共性相比，女性学者作家作品在主人公及题材的选取上有着不同的特点：艾丽丝·默多克书写的学者主人公基

---

[1] 索尔·贝娄. 赛姆勒先生的行星[M]. 汤永宽，主万，译. 石家庄：河北教育出版社，2001：19.

[2] 索尔·贝娄. 赛姆勒先生的行星[M]. 汤永宽，主万，译. 石家庄：河北教育出版社，2001：21.

本是男性，他们与身边女性的关系以及由此引发的道德问题是她关注的重点；A. S. 拜厄特笔下，共同的学术爱好与学术理想是联系男女学者的纽带，学术成为男女学者感情升华的催化剂；而安妮塔·布鲁克纳笔下的主人公则基本都是知识女性，写作或学术活动使她们在与男性的交往中表现出与众不同的品质，她们的独立及理性丝毫不亚于周围的男性，而探讨责任问题则是布鲁克纳作品的重心。

艾丽丝·默多克通过男性知识分子个体在面对外界情感诱惑时的不同行为，提出了有关个人道德抉择等问题的思考，通过展现个体的不同选择所造成的不同后果，指出不顾个人责任与失去道德约束的行为只会让个体毁灭。在其早期作品中，默多克已经开始探讨个人责任与道德之间的关系。《钟》(*The Bell*，1958)、《被砍掉的头》(*A Severed Head*，1961)、《非官方玫瑰》(*An Unofficial Rose*，1962)、《独角兽》(*The Unicorn*，1963)等作品中都融入了作者对婚姻家庭、传统道德的思考，曾获布克奖提名的《黑王子》(*The Black Prince*，1973)中则更集中地反映了作者的这些思想。主人公作家布拉德利·皮尔逊的悲剧根源在于他的道德感沦落、爱心缺失。只要他能够多考虑一下自己对朋友负有的责任，他与朋友阿诺尔德·巴芬的妻子蕾切尔之间的暧昧关系就不会发展为不可收拾的情感；只要他对妹妹多一些爱心，濒于崩溃的妹妹的自杀悲剧就可以避免；只要他在妹妹死后及时赶回，他与朱莉安一家多年的朋友感情或许还可以修复。然而，在道德与情欲之间，他选择了情欲，最终导致更多悲剧的发生。在普丽西娜自杀、阿诺尔德被杀两起事件中，他都负有不可推卸的道德责任。

在随后的一些作品中，默多克延续了对责任、自由、个人美德与爱的探讨。《大海啊，大海》(*The Sea, the Sea*，1978)中编剧兼导演查尔斯·阿罗比的人生情感经历是追求善的历程。由于厌倦了剧院写作生涯及周围的人际关系，查尔斯决定退休，到人迹罕至、远离朋友的海边隐居。在这里，他偶遇少年时代的恋人沙特莉，对少年时光的追忆使沙特莉在他眼中成为美的化身。在他看来，沙特莉的家庭生活十分不幸，因此他想尽办法试图让沙特莉离开自己的丈夫。他怨恨自己周围的朋友们，而他不顾他人感受采取的一些过激行动也使他成为别人怨怼的对象。他被人推入海中，几乎丧命，他的表弟詹姆斯耗尽体力将他从海中救起。由于救人使詹姆斯精力衰竭，不久离世，詹姆斯以生命为代价让查尔斯明白，善才是个体追求的最高目标。《沙堡》(*The Sandcastle*，1979)中教师莫尔对画家卡特产生的感情曾一度让他产生离开妻子的想法，但对家庭的责任感最终还是让他回归家庭。《杰克逊的困境》(*Jackson's Dilemma*，1995)中，学者白尼特、图安等在杰克逊无私之爱的影响下，最终对人性有了新的感悟。默多克笔下，男性知识分子的困境多源于与女性纠缠不清的关系，只有解决了情爱与责任之间的冲突，男性才能实现自我的完善。

A. S. 拜厄特笔下的男性学者对学术生活的热爱与专注以锲尔不舍、勇于探究冒险精神等方式表现出来。《隐之书》中青年学者罗兰·米歇尔的学者生涯与前文中提到的其他青年学者的生活并无两样：工作努力、生活清贫，过着图书馆到租住地下室两点一线的单调研究生活。物质的困顿并未让他气馁，学业上有所创新是其奋斗的目标。《大闪蝶尤金尼娅》中，威廉·亚当森曾经做过拉丁文教师、管理者、探险家，是一位想成为伟人的昆虫学家。布雷德利庄园的优裕生活一度让他迷失，失去生活目标与动力。在女管家马蒂的激励下，威廉重新燃起了野外观察群居昆虫的兴趣。在观察并记录庄园内蚁群生活的过程中，他不仅明确了自己的兴趣点，也重新通过出版记录蚁群生活的文学科普作品实现了自我价值。在他们的身上，体现出更强烈的传统观念所认可的一些男性气概。

安妮塔·布鲁克纳的作品中，对男性知识分子着墨并不多。《看着我》(*Look at Me*，1983)中的范妮·亨顿身边的尼克与詹姆斯是向往轻松且不负责任生活的男性；《初涉人世》(*A Start in Life*，1985)中，鲁丝身边的男性学者，如有家庭的杜浦利斯教授因为学识而受到鲁丝·韦思爱慕，他明知鲁丝的想法却任由这种没有结果的感情发展，甚至将鲁丝的纯真感情看作其学术生活的浪漫点缀。

尽管几位女作家在书写男性时着眼点不同，但从中依然可以看到她们所认可的某些男性气概特质。譬如，坚定的信念、敢于承担责任的勇气及百折不挠的精神等。

女性作家笔下的知识女性。在这几位女性作者的笔下，现代知识女性的活动天地依然有限，或是沉浸于家庭生活，或是潜心于个人学术研究。家庭教师玛丽安·泰勒在自己的感情问题上，可以"极端理智地面对失落与不幸"①，却轻易地被外表柔美单纯的女主人汉娜所蒙骗。《沙堡》中南西与卡特是一对对比鲜明的女性。南西的经济不独立，使她得知丈夫有外遇后表现得无助且歇斯底里，但事业有成的卡特却可以轻松地放弃莫尔，回归自己的自由生活。通过表现她们二人在面对工作、家庭及感情问题上的不同态度及二人在莫尔心目中地位的变化，作家曲折地表达了自己的女性观，即女性只有拥有自己的事业，自己实现经济独立，才能在与男性的交往中拥有话语权，实现真正意义的独立。

《被砍掉的头》中，剑桥大学人类学教师奥纳·克莱恩神秘、冷静、独立，完全掌控着自己的生活。相比之下，《隐之书》中，瓦尔是信奉传统男性中心观念的知识女性。她本可以像罗兰一样成为研究艾许的学者，但她在学业上表现得十分不自信，最终使她"说出来的话也全是罗兰的看法"②，只希望罗兰取得成功以改变他们的处境。然而由于罗兰没有经济能力养家糊口，她又对他的研究嗤之以鼻。这样，她在罗兰心中的地位最终被女博士莫德·贝利所取代是可想而知的。

安妮塔·布鲁克纳作品中的女主人公们身上体现出很强的女性特质，譬如有家庭责任感、感性、富于同情心等。业余作家范妮·亨顿从自己与詹姆斯短暂的恋爱经历中认识到，自己严肃的生活态度与詹姆斯渴望的不负责任的享乐人生观存在着巨大的鸿沟，这才是导致二人分手的关键；鲁丝·韦思博士是专门研究巴尔扎克的学者。文学与家庭构成了她生活的全部，一直不成熟的父母并没有给予她很好的照顾，她也一度离开父母在外求学。在父母生病后，她义无反顾地担负起照顾父母的责任。而《天使湾》

---

① 艾丽丝·默多克. 独角兽［M］. 邱艺鸿，译. 南京：译林出版社，2000：6.

② A. S. 拜厄特. 隐之书［M］. 于冬梅，宋瑛堂，译. 海口：南海出版公司，2008：11.

(*The Bay of Angels*，2002)中佐伊·坎宁安在继父突然离世、母亲生病后，坦然接受生活突变，担负起自己为人子女的责任，及至后来从容地处理个人情感与事业的冲突等。

尽管布鲁克纳笔下的女性大多是经济独立的专职、兼职作家或学者，但情感、婚姻、家庭问题仍然是布鲁克纳作品中知识女性面对的最大困扰。在布鲁克纳的代表作《湖边旅店》(*Hotel du Lac*，1984)中，擅长写浪漫爱情故事的女作家艾迪丝·厚朴爱上一位有妇之夫，因而无法收获美满婚姻，但她始终坚信自己所写的爱情故事，相信纯洁的爱情。因此，在接受花花公子纳维尔求婚后，当她发现自己不过是他众多"收藏"中的一个时，她断然放弃结婚念头，决定重新回到自己不被普通人接受的爱情生活中。在另一部讲述中年女性情感危机的作品《错爱》(*A Misalliance*，1986)中，中年知识女性布兰彻因丈夫出轨而与其分居。她在医院偶遇正在求医的小女孩艾丽诺，在不了解其真实情况的情形下，她十分同情过着窘迫生活的小女孩及其父母。她无私地帮助他们，却发现小女孩的父母根本没有任何责任心，他们不愿意工作，视他人帮助为理所当然。布兰彻这时才意识到正是人们错施的爱心导致了一批像艾丽诺父母这样的社会寄生虫。

布鲁克纳笔下的女性大多为有着传统与现代双重思想的新女性。一方面，她们相信传统婚恋观，渴望走进家庭。社会对女性是否进入婚姻家庭的传统观念对女性产生很大影响。譬如，鲁丝·韦思感受到周围人对她婚前婚后的态度变化，她发现"在她婚后，她的同事们对她的态度比她当姑娘时要更礼貌"①。就如布尔迪厄研究所发现的，当女性"身边没有男人陪伴的时候，她们很难让人接受或让人听她们讲话"②。另一方面，这些女性毕竟不同于传统女性，她们已经接受了现代新的思想观念，在处理与男性关系时，自身生活质量是她们首位考虑的问题。鲁丝、佐伊进入婚姻或保持不婚状态都是在认真考虑个人生活质量的前提下做出的理智决定。这些

① Brookner, Anita. *A Start in Life*[M]. London：Grafton Books, 1985：172.
② ［法］皮埃尔·布尔迪厄. 男性统治[M]. 刘晖，译. 深圳：海天出版社，2002：80.

决定本身也体现出，经过两次女权运动后，女性意识觉醒后，女性作为人本身的价值逐渐凸显。但从女性在家庭、公共领域的地位来看，女性要摆脱传统观念以实现完全的独立，还有很长的路要走。

二、学者的理智与情感

性别原本是一种自然属性，但在人类社会发展历程中却被人为地加入了社会属性。性别成为个人生活及社会关系与文化的重要维度。人们逐渐形成了一些根深蒂固的传统性别观念，譬如，"许多人相信女人与男人心理相反，男性比女性更聪明睿智，男性本性更具活力，或者性别模式永不会改变"①。不过，在性别身份上，战后学者作家通过作品既体现出了自身的性别身份，又以学者的理智对性别偏见与歧视现象做出回应。

男性学者对自我性别身份的反思。像社会其他领域一样，男性在学术界的地位依然不可动摇。然而一些男性沽名钓誉、弄虚作假的行径也让学者蒙羞。通过书写不同男性学者，学者作家对男性展开批判。

学术造假是一些功成名就的学者常见的伎俩。曾经的学术成果是笼罩在他们身上的光环，庇佑着他们光鲜的学者生活。《幸运的吉姆》中的威尔奇和 L. S. 卡顿利用自己有利的学界地位，或间接或直接地窃取吉姆的学术成果；《小世界》中剽窃柏斯论文的黑手冯·托皮兹、《克里米纳博士》(*Doctor Criminale*，1992)中克里米纳的许多学术著作都是学生手笔、《发表与死亡·施加魔咒》中试图夺取弗吉尼亚成果的卡尔斯威尔等，都是这类学者中的典型，他们的种种剽窃行为反映了学界种种怪现状。揭露这些卑劣行径，旨在批判学术界身居高位的男性学者。

男性学者在两性关系上表现的不节制同样表现出学者作家对自身的批判。霍华德·科克、史沃娄、扎普、德斯蒙德、拉尔夫·麦森杰、内森·祖克曼、大卫·凯普什、科尔曼·西尔克、杜宾等男性学者，或利用工作

① Connell, Raewyn. *Gender in World Perspective*[M]. Cornwall：Polity Press，2009：
1.

之便勾引同事与学生，或借学术研讨会之机拼命寻找艳遇，或以寻找灵感为名追求年轻女性。在与女性的交往中，男性学者内心的非理性因素占了很大比例，他们对女性的追求多停留于身体肉欲层面，更看重女性外在形象的美，这无疑是对其理性学者身份的最大嘲讽。

男性学者作家作品中发展变化的女性观。从戴维·洛奇等男性学者作家作品中对女性学者的书写可以非常明显地看到，在人生不同时期，他们的女性观经历了一些变化。这些变化是作家对社会思潮做出的回应，也是学者理性发挥作用的结果。学术界一如伊丽莎白劝解弗吉尼亚时所说，"这仍然是一个男人的世界"①，但学者们并未一味固守男权中心的传统观念。在理智与情感的交锋中，学者们抛开个人性别身份的局限，积极接受男女平等观念。凭借细致的洞察力他们挖掘到女性被社会所忽略的潜力，重新审视并欣赏以往被男性妖魔化的女性特质，并将这些观察与评价表现于女性形象上。

洛奇的一系列作品可以看作学者作家女性观变化的典型。在他的早期作品《大英博物馆在倒塌》中，回归家庭的芭芭拉身上表现出的神经质、软弱等特质，只能引起亚当对她的怜悯与同情。"校园三部曲"中，希拉莉·斯沃娄的唠叨、德丽丝·扎普的强势一定程度上可以解释为各自丈夫出轨的理由。但当他们的丈夫换位工作时，在自己丈夫眼中倍受指责的妻子在他人眼中却焕发出迷人的魅力：希拉莉温柔贤淑，德丽丝聪明能干。作品中其他女性，如安吉丽卡集漂亮、慧黠、勤奋、理智于一身，几乎就是男性理想伴侣的化身。罗玢·彭罗斯与男友相比，无论是学生时代，还是成为讲师之后，她在学业上的积极向上、工作中的尽职敬业，都给读者留下了深刻印象。罗玢外在的女性美与内在的学者理性气质相得益彰，使她在男性聚集的卢密奇学院出类拔萃，即便是在男性云集的制造工厂，她也能发挥自己的长处为工厂谋取更大的利益。

---

① Hynes, James. *Publish and Perish*[M]. New York: Picador, 1997: 215.

洛奇不仅通过他人视角与所处空间的转换展现女性的魅力，还通过现代女性事业上的成功进一步凸显女性所拥有的无穷潜力。曾经回归家庭多年的希拉莉拿到了教育学硕士学位，还成功通过面试，即将成为一名"婚姻指导"咨询师；德丽丝又一本新作问世；安吉丽卡在国际研讨会上的不俗发言与罗玢即将完成第二部学术专著使他们受到学界关注，成为学术界新星等。洛奇通过表现这些女性在学术的成绩，抨击了男性智力超过女性的传统观念。也通过回归公共生活的女性们的成功，曲折地表达了男性视角的女性观：事业与家庭兼顾的女性才更有魅力。

洛奇后期作品《失聪宣判》(*Deaf Sentence*，2008)中对中老年女性生活的书写更是颠覆了女性以家庭为业的陈腐观念。大学教授德斯蒙德失聪后退休在家，在他的事业结束之时，同样开始步入老年的妻子温妮弗蕾德反而开始创业，并在事业中实现了自己的价值。二人家庭生活模式反转，妻子整天忙于事业，德斯蒙德承担起了家务劳动兼妻子公司顾问的责任。德斯蒙德的感受几乎可以看作所有男性面对女性地位变迁时的真实情感：挫折感、失落感伴随着对妻子的认可与佩服。

《秘密思想》中，遭遇丧偶之痛的海伦·里德最终走出抑郁，理智地克制自己对拉尔夫·麦森杰的感情，并将以新的状态开始另一部小说的创作。在这部仅有两人的短剧中，面对个人生活巨变，拉尔夫表现出的虚弱无力更衬托出海伦的坚强与自信。此外，洛奇还通过其他方式表达了他对女性的认可与敬佩。《治疗》(*Therapy*，1995)中，在作家劳伦斯初恋女友莫琳的身上，读者看到了一位历经生活坎坷的普通女性，她以自己的勇敢、乐观、坚韧给劳伦斯树立了人生榜样。

女性由传统的完全依赖男性，到走入社会，最终成长为与男性平等的"人"(在《好工作》中，当史沃娄向扎普介绍罗玢时，扎普接受了她坚持要他们用"人"而不是"女人"或"姑娘"来指称自己的要求)。无疑，在男性学者作家中，洛奇是以直接书写女性方式反映女性地位的变迁，而他对待女性的态度变化也表现出男性作家超越个人性别身份，理智对待女性的学者特点。

　　其他男性作家以曲折的方式反映出学者更客观公正的女性观。许多研究罗斯作品的学者①认为，他的作品中有强烈的"厌女"倾向。但也有学者注意到，罗斯作品中，男性看似拥有唯一的话语权，实则时时处于与隐含作者和隐含读者争夺话语权的战场上，在此博弈过程中，男性气概被建构、解构。这种男性书写"是对传统男权文化阵营的反戈一击，通过放大男性话语暴露出男性文化价值观的矛盾和不合理处"②。事实上，罗斯作品中大多数女性以家作为其主要活动场所，她们中既有像祖克曼母亲、麦森纳太太一样的传统女性，也有像内森·祖克曼弟媳卡萝尔、凯普什女友布莱尔一样的现代知识女性。罗斯笔下，女性在生活中表现出的智慧让她们成为家庭内部的核心凝聚力，是她们所具有的温厚善良、柔韧坚强等品质，让家不再只是一所房子，而是代表着安全温暖的港湾。也正是女性与家所代表的这种安全感、美好记忆等成为支撑男性的强大精神后盾。因此，可以说，罗斯笔下男性主人公对妻子、情人或母亲的依恋，恰恰说明作家十分看重女性在个体成长中所发挥的重要作用。

　　丹·布朗作品中，女科学家们的形象几乎完全颠覆了人们对女性的传统认知：苏珊·弗莱切不仅是国安局为数极少的密码破解员之一，还是黑带级的柔道高手(《数字城堡》Digital Fortress，1998)；维多利亚·维特勒是一名物理学家，还是瑜珈功的常驻教练(《天使与魔鬼》Angels and Demons，2000)；雷切尔·雷克斯顿是国家侦察局的情报分析员(《骗局》Deception Point，2001)；索菲·奈芙是中央司法警察局的密码破译员(《达芬奇密码》The Da Vinci Code，2003)；凯瑟琳·所罗门是意念科学领域的领军人物(《失落的秘符》The Lost Symbol，2009)；西恩娜·布鲁克斯医生智商高达208，在音乐、语言等方面都超乎常人(《地狱》Inferno，2013)。这些女性无论是智力还是体力，都与男性不相上下，在处理紧急事件时表现的果断

　　①　Shostak，Debra. *Roth and Gender* [M]//Parrish，Timothy (Ed.). *The Cambridge Companion to Philip Roth*. Cambridge：Cambridge University Press，2007：111-126.

　　②　程海萍. 菲利普·罗斯男性书写中的多元话语[J]. 江西社会科学，2014(6)：97-102.

机智甚至大大超过男性。同时，这些女性还很好地协调了工作与生活的关系，在完成一次次探险后也成功收获爱情。丹·布朗笔下的女性身上散发着智慧与迷人的光芒。

纳博科夫的洛丽塔就是亨伯特心目中美的化身，洛丽塔更像是一个象征着美的符号存在于亨伯特的想象中。亨伯特与其说是迷恋洛丽塔，不如说是留恋少女所代表的美与纯真。

海恩斯在作品中通过书写青年女学者伊丽莎白和弗吉妮亚的学术成绩，强调在男性把持着话语权的时代，现代女性之所以能够在事业上超过身边的男性，在于她们比男性更勤奋更执著。

女性作家对自身性别群体的认识十分客观。较之男性，女性表现出更感性的一面。这一弱点导致女性在处理问题时容易为表面现象所迷惑，进而做出一些错误的决定。默多克与布鲁克纳在作品中呈现了女性的这些方面：《独角兽》中玛丽安受到汉娜的蒙蔽一定程度上是其内心一厢情愿地认定被囚禁的汉娜是无辜的，因此她决定帮助汉娜逃出庄园。而这一轻率行动引发了其后一系列死亡悲剧事件。与其相似的是《错爱》中的布兰彻，她对陌生人爱心泛滥，无意中忽略了身边亲人。布兰彻对自己"错爱"行为的反思也是许多现代女性应当思考的问题。《钟》的女主人公朵拉背叛丈夫固然是由于鲍尔以自己的生活标准要求她，致使她感到压抑的结果，但她当初嫁给鲍尔时并非出于爱情，她的动机不纯才是夫妻不和谐的真正根源；《沙堡》中的莫尔受到卡特的吸引，几乎导致家庭决裂。客观地说，南恩自己负有不可推卸的责任：她的强势、蛮不讲理、自以为是、目光短浅及与丈夫没有共同话题等是将莫尔一步步地推向其他女人的主要原因。《黑王子》中普丽西娜、蕾切尔与克丽斯蒂安的无形对比中，不难发现前者的悲剧与其自身暴露的性格缺点密不可分。

女性作家超越性别身份的另一表现是以更加宽容的态度对待男性。女性作家笔下的现代女性自信独立、追求自由。战后，现代女性生活最大的变化表现于经济上不再依赖男性，出于经济考虑而走入婚姻的时代已经结束。正如吉尔·雷诺兹（Jill Reynolds）所说，现代女性"接受自己是谁，敢于梦想新的目标，且采取行动"①，因此她们可以表现得更加自信。在婚姻、性爱等问题上，玛丽安、艾迪丝、鲁丝、佐伊等现代女性经济上的独立使他们更看重"爱情"本身的力量，追求与爱人的和谐共处，而不是以婚姻为手段寻求男性的经济支持和庇护。因此，当玛丽安与男友分手后，二人仍然保持着好朋友的关系；艾迪丝意识自己无法放弃对大卫的感情时，决定回到原先的生活中；鲁丝在进入婚姻后坚持拥有个人的另一个空间；佐伊坦然接受与安托万医生的半同居生活等。从她们的身上，知识女性开始以更开放包容的心态对待爱情婚姻问题，婚恋观出现了多元化的趋势。而这些变化，正如《天使湾》中佐伊所想，"我的美好未来取决于灵活的方法、决断的能力以及清晰的大脑。这些我都具备……从某种意义上来说，未来掌握在别人手中。也可能是我自己的手中"，"生活教会我去接受，最终我明白接受就是一切"。② 伴随着女性增强的自信心，她们相信命运掌握在自己手中，接受更加灵活的与男性相处的方式，而不再像传统女性一样要求以婚姻来确认自己的身份。这样，当男友提出分手或无法承诺婚姻时，现代女性不再像传统女性普丽西娜、蕾切尔那样歇斯底里地斥责男性，而是以从容优雅的态度接受生活的变化。对女性作家来说，这种行为所具有的意义已不仅仅停留在态度层面，更深层的意蕴在于，在两性关系上，女性可以像男性一样掌握主动权，通过自我选择把握个人命运。

*　　　*　　　*

知识分子身份代表着学者的群体特征，通过这一特征凸显学者与普通人的不同。作为普通人，学者们有各自的种族、国家、性别身份，因此其行为必须承担这些身份赋予他的责任和义务。但作为学者，他们却是应当超越种族、国家、性别等身份界限的，知识分子身份赋予学者的责任是为了人类这一整体的发展。因此，知识分子必须超越自身排他性的个人身

---

① Reynolds, Jill. *The Single Woman*[M]. New York：Routledge, 2008：7.

② 安妮塔·布鲁克纳. 天使湾[M]. 王一多，庄雪，译. 海口：南海出版公司，2015：232.

份，以学者特有的批判精神对待这些身份可能导致的狭隘，从而完成自己作为知识分子的社会使命。借助于学界小说这一文学形式，学者作家们表达了自身这一群体在身份问题上的开放性与批判精神。

第三章 象牙塔内：英美学界小说 （1945—2000）中的空间政治

  C. P. 斯诺《院长》中的叙述者刘易斯·艾略特充满感情地说，"人类的各种组织很少有像学院那样一脉相承，那样有秩序，那样有人情味"①，"这些人如果是在学院，他们是会享受到最自在、最快乐的生活"②。这段话把斯诺对剑桥等学院这一特殊空间的深厚感情表露无遗，他所书写的学院空间几乎算是知识分子们的伊甸园。学院空间有自己的规则与传统，它提供必要的生活条件以保证教师们在舒适环境中开展工作，大学这与世隔绝的象牙塔小空间带给教师们温暖与安全。

  然而，正如一切美好的事物终将逝去，大学平静幸福的日子必将结束。战后，随着各国大学教育政策出台，西方大学教育大大普及，大学的社会化程度也进一步推进。在大学教育大众化的冲击下，象征着知识精英聚集地的学院空间失去了象牙塔的昔日光彩。大学依然是知识分子最多的地方，只是社会对其冲击力是巨大的，这个"小世界"已发生了大改变。蓬勃发展的经济刺激着知识分子的物欲需求，随之兴起的大众文化打破了精英阶层的宁静生活。学术生活已不可避免地与世俗生活融合在一起，学院空间与公共空间共同构成了知识分子的完整世界。以反映知识分子生活为主要内容的学界小说自然亦随之而变，正如戴维·洛奇在《小世界》中感慨

---

  ① ［英］C. P. 斯诺. 院长［M］. 张健，等译. 北京：人民文学出版社，2007：364.

  ② ［英］C. P. 斯诺. 院长［M］. 张健，等译. 北京：人民文学出版社，2007：376.

的那样，"单一而稳定的校园已成为过去"，"随它而去的还有单一而稳定的校园小说"。① 在学者作家笔下，个体与社会的关系主要表现为知识分子与他们所生活的这个小世界空间的关系。知识分子的学术圈半私人空间与社会公共空间因而成为学界小说的两个中心。

以书写权力之争表现学术圈怪现状是学界小说的一大特色。普遍观点认为，学术界的基本准则是所有成员平等，但这并不意味着学术界不存在权力关系。事实上，学术界的权力关系长期存在于两个层面：学术话语权与行政管理权。思想领域纷争是学术圈内永久上演的话语权之战，只要进入学术界，所有人都是参战者：权威要维护自己的话语霸权地位，后学者要争取话语权为自己赢得一席之地。而在行政管理岗位的权力之战中，学者的教职可能变成权力博弈的砝码；行政职位之争背后实际隐藏着金钱利益。学界小说通过书写权力之争以反映学术界现实，是对知识分子违背理性行为的批判，也是对普遍人性弱点的鞭挞。

以身体书写思考个体生存状况是学界小说另一突出的特色。身体是具体的物质，但当它代替语言成为表达个体思想的载体时，其抽象性凸显学者们对知识分子及所有现代人生存境遇、徘徊在欲望与伦理道德之间精神状态的深层思考。生命激情与衰老死亡并置，身体快感的表象与心理恐惧的真实同在，身体的滑稽变形伴随着人生的严肃思考，学界小说运用身体写作呈现现代人的反讽生活，是生活在后现代语境中作为知识分子的学者作家们对人类命运的深刻反思。

第一节　学术圈权力话语

正如雅斯贝尔斯所说，"大学是一个由学者与学生组成的、致力于寻求真理之事业的共同体"②。与其他组织相比，大学是一个享有一定自治

① ［英］戴维·洛奇. 小世界［M］. 罗贻荣，译. 重庆：重庆出版社，1992：106.
② ［德］卡尔·雅斯贝尔斯. 大学之理念［M］. 邱立波，译. 上海：上海世纪出版集团，2007：19.

权、可以管理自身事务的团体。大学有自己的工作生活规律，正因为如此，大学校园常被人们看作安宁祥和的象牙塔。这一特定的封闭空间让大学教授们俨然生活在另一个社会，而教学或写作的工作性质使他们避免了与外界的频繁接触，让他们可以免受世俗生活的干扰，专心学问。然而，如果要保持应有的活力，现代大学又必须与公共生活、历史事实以及现实环境保持长期永久的接触。这样，大学必然会受到外部环境的冲击，必须对现实环境开放，投身于真实的生活并融入外部环境中。在现代大学校园里，知识分子们是不可能像他的先辈那样安于"艺术的、科学的或形而上学沉思的活动"①的。

现代大学的功用是探索新知，维护、传播、研究真理，大学的使命是提升人性、教化社会、泽被人类，学术至上是其基本原则，因此，按照大学的运行规律，在这一特定的语境中，"学术"应当处于大学权力关系的中心地位，学术界设定的教职、行政岗位等，都应当以服务于大学的发展为宗旨，以提高大学学术水平为目标。然而在战后学界小说中，大学的变化是多元化的。大学与社会的联系日益密切，学术逐渐丧失其中心地位，大学校园——昔日的象牙塔反讽地成为学术界各方人士的权力角逐场。

福柯认为权力关系广泛存在于社会生活各个层面，如男性与女性、父母与子女、医生与病人、管理机构与普通民众之间等。权力关系中的压迫剥削及不平等导致了相应的权力斗争，这些斗争主要表现为三种形式，即反对权威、反对剥削及反对臣服②。像社会其他团体一样，"学术界有各种各样的势力在较量"③，其斗争的激烈程度丝毫不亚于其他团体。学术界的权力斗争表现为争夺学术话语权，获得学院终身教职，或是谋得某个行政

---

①　[法]班达．知识分子的背叛[M]．佘碧平，译．上海：上海人民出版社，2005：78．

②　Foucault. Power[M]//J. D. Faubion（Ed.）．R. Hurley & Others. New York：New Press，2001：329-331．

③　[英]戴维·洛奇．大英博物馆在倒塌[M]．张楠，译．上海：上海译文出版社，2010：151．

领导职位。大学校园变成了一个没有硝烟的战场，参战的人员是那些信奉公平正义真理的知识分子们。

一、大学的变化

战后大学变化显著。现代大学像社会其他机构一样，是"处于特定时代总的社会结构之中"，是"时代的表现，是对现在和未来都会产生影响的一种力量"。① 20 世纪两次世界大战后，英美两国分别出台相关法案，支持国家高等教育的发展，自此英美大学经历了深刻的变化。大学变化从一个方面反映着社会的变迁，而这些变化也会反映在不同时期的学界小说中。

一方面，大学变化是社会进化的组成部分。高等学府承载着国家对美好未来的许多希望，自 1945 年到 1968 年，战后英美国家高等教育经历了一个黄金时代。与战前相比，学生人数急剧增加，新的大学相继建成，科研经费大大增长。大学已经从之前的贵族子弟专属"精英高等教育（elite higher education）"，走向越来越多的中下层平民子弟接受的"大众化高等教育（mass-access higher education）"阶段，更多普通人可以接受高等教育。大众化高等教育减少了受教育阶级与没有受教育的群众之间的尖锐区分，有助于缓解社会矛盾，提高社会生产力。可以说，迅速发展的高等教育助推了战后英美的复苏与重建。

另一方面，这种变化也导致过去在精英教育中占主导地位的人文学科地位的下滑。在实用主义"真理即是有用的"②这一观念的影响下，美国人把高等教育视为向快速发展的社会提供所需知识和训练有素的人力资源的一种手段，而从英国的相关文献中，也同样可以看到战后高等教育更偏向于"有用的"学科。1946 年的《巴洛报告》（*The Barlow Report of 1946*）"支持某些技术学院全日制学位课程，同时也要加强大学技术院系在教学和研究

---

① ［美］亚伯拉罕·弗莱克斯纳.现代大学论［M］.徐辉，陈晓菲，译.杭州：浙江教育出版社，2001：1.

② 涂尔干.实用主义与社会学［M］.渠东，译.上海：上海人民出版社，2000：5.

方面'提升技术资格的通用性'"①。在这样的政策导向下，"精英高等教育曾经是高等教育的全部，现在成为一个不断变小的部分"②。

从大学校园到社会大空间。从战后 50 年代《幸运的吉姆》《每况愈下》中的历史专业毕业生吉姆、兰姆利，60 年代《大英博物馆在倒塌》中的文学博士生亚当·阿坡比，80 年代《好工作》中的英国文学教师罗玢的同学兼前男友查尔斯决定转行做钱商，他们保工作、找工作，乃至最后换工作，种种遭遇正是战后人文学科遭到冷遇的写照。仔细考查这些学者所处的空间，不难发现，大学校园、象征着学术圣殿的大英博物馆正逐渐失去昔日的魔力，外面的世界似乎更精彩，青年学子最终离开校园这一空间，走向社会其他行业，其内涵早已超过了空间位移的范畴。

不同空间的隐喻。通过空间转换表现学界生活，最典型的例子莫过于洛奇的《换位》。正如这部作品副标题所述："双校记(*A Tale of Two Campuses*)"，来自英国卢密奇大学的史沃娄与来自美国尤福利亚州州立大学的扎普，二人的对比不只是两个不同校园空间的异同，更是借助于他们所处的地理空间、人文空间的不同，表现出战后英美两国在高等教育政策上的异同及其后果。两国在人文学科上的投入都有减少，但美国在人文学科上的资金更充裕，美国学者也能够有更多的精力投入各自的研究中，从而使他们在学术界拥有更大话语权。

美国学界小说也反映了一些其他现象。传统观念认为学者们"主要关心四件事情：保存知识和观念、解释知识和观念、追求真理、训练学生以'继承事业'"③。战后这一观念却在悄然发生着变化，大学教师与社会的接触日益密切。原来囿于大学小空间的学者们开始进入社会大空间，接触

---

① Stewart, W. A. C. *Higher Education in Postwar Britain* [M]. London：Macmillan Press，1989：47.

② ［美］克尔. 高等教育不能回避历史：21 世纪的问题[M]. 王承绪，译. 杭州：浙江教育出版社，2001：80.

③ ［美］亚伯拉罕·弗莱克斯纳. 现代大学论——美英德大学研究[M]. 徐辉，陈晓菲，译. 杭州：浙江教育出版社，2001：4.

与之前截然不同的生活。这种接触可以让学者们更加了解社会，也可以增加学者们的收入，使他们可以从事自己的研究。《欲望教授》中，大卫·凯普什会在业余时间"在国家公共广播节目中评论图书"，"在电视台的十三频道里谈论文化"，"在电视上做文化批评的节目"。①《拉尔维斯坦》中的拉尔维斯坦教授不只是一位学者，更是一位公众人物，他的"才智使他成为百万富翁"②。他还极力说服其他学者"更多地参与公众事务，远离私人生活，把兴趣放在'公众生活，政治'上"③。不过，这种接触的弊端在于依靠外来经费开展研究的学者们，随着对这种生活方式的逐渐习惯，不再对政策提出异议，他们作为知识分子的独立性也会受到影响。

大学随着时代的要求发生相应变化，但大学所特有的东西却会永远存在，譬如学术话语权。

二、学术话语权

拥有学术话语权才能在学术圈生存，这是每一个进入学术圈的人都必须深刻认识的真理。所有试图在学术上有所成就的人，都将参与学术圈残酷的事关学术命运的竞争。"学术界的命运竞争是围绕无形的难以把握的知识权力或学术权势展开的"④，通常情况下，少数学术权威把持着话语权。权威们精通游戏规则，青年学子的学术观点是否与学术权威的观点契合，可能成为精英学子能否得到学术圈认可的重要原因。对于权威而言，是否推荐某位青年学子，是确保其权威传递的重要途径。与此同时，权威们还会考虑这些想在学术圈晋升的人是否会由于晋升过快而独立，或成为他们的对手。适时地推荐新人，既能确保和加强个人的学术威望，也能得

---

① 菲利普·罗斯. 垂死的肉身[M]. 吴其尧，译. 上海：上海译文出版社，2010：3.

② Bellow, Saul. *Ravelstein*[M]. New York：Viking Penguin Books, 2000：3.

③ Bellow, Saul. *Ravelstein*[M]. New York：Viking Penguin Books, 2000：3.

④ 周勇. 教育场域中的知识权力与精英学子[M]. 北京：北京师范大学出版社，2010：238.

到被推荐人的忠诚，以防止其投奔到对手名下。

　　不过，学术圈"所有成员平等"的原则也并非空穴来风，学术圈就是那张具有魔力的圆桌。正如最初造出圆桌的魔灵"曾把圆桌比拟做地球的圆形，就因为圆桌是表示了世界的正义，也表示了整个世界，不论基督徒或是异教徒，都能够同样地走上这圆桌"①。任何学者，无论资历、年龄，都可以凭借学术上的创新成为拥有话语权的人。《小世界》中，籍籍无名的柏斯成了拯救学界"渔王"金费舍尔的骑士，就是这一原则的写照。知识分子以追求真理为行动指针，学术上不盲从权威即是学者理性的表现。因此，权威们如果想更长久地拥有话语权，做学术圈的常青树，必须始终保持旺盛的学术活力。对于青年学者来说，自己的学术观点如果能够引起权威的些许关注，那就意味着打开了一条通往学术殿堂的大门。没有硝烟的话语权之战无疑是学术圈内参与人数最多、涉及面最广、永久持续的智力之战。

　　创新是保持学术话语权的秘诀。学术界最能体现公平平等之处就在于学者的地位与其资历无关，决定其学界地位的是其学术水平，能否拥有学术话语权与学者自身的创新能力息息相关。正如自然科学界的创新在于发明创造出新事物一样，人文科学领域的创新表现在理论层面。它可以体现为在前人理论研究基础上的向前推进，也可以体现为学者提出的一种新观点。20世纪文艺理论界层出不穷的文学批评就是人文学科创新的最好说明。对于进入学术圈的所有人来说，学术话语权的更迭取决于创新。《小世界》中学界泰斗亚瑟·金费舍尔身体的萎靡不振是以身体的羸弱象征一位处于学术瓶颈期的学者的精神状态。而柏斯·莫克加里格尔，这个之前被研讨会与会人员认为近乎学术婴儿的青年学者，先是因其观点新颖的论文被冯·托皮兹剽窃而开始引起其他学者的关注，接着他在研讨会上向所有发言人提出问题："如果大家都同意你的观点，其结果会怎么样？"②这

---

①　[英]马罗礼. 亚瑟王之死 [M]. 黄素封，译. 北京：人民文学出版社，1960：792.

②　[英]戴维·洛奇. 小世界[M]. 罗贻荣，译. 重庆：重庆出版社，1992：515.

个从意想不到的角度提出的问题，不仅让金费舍尔恢复了活力，也为自己赢得了话语权，进而让他开始受到学术界的关注。

对创新最有体会的莫过于简·奥斯汀研究专家莫里斯·扎普。他很早就拟定了一项批评计划，"一个包括简·奥斯汀全部真作的系列评论，一次一部小说，研究关于这些作品可能涉及的各个方面"，"第一部评论写完，所有那部小说有争议的问题将几乎再也无话可写"。① 扎普"最先是位用新批评的细读传统研究简·奥斯汀的专家，后来在六十年代他又摇身一变，成为某种解构主义者，在两种标签下都享有声誉"②。尽管罗玢认为扎普的做法是机会主义行为，但不得不说，要在学术圈长期拥有话语权，只有不断地创新，更新自己的知识体系才能跟上时代步伐。在文艺批评理论不断涌现的时代，扎普并不僵守自己原有的知识体系，而是善于接受并吸收新理论，并自觉地运用这些新理论于个人研究中。正是这个原因，让他能始终在学术圈拥有一席之地。在这方面，曾经的明星学者卡尔斯威尔（《发表与死亡》）学术上被新一代学者超越，最终没有研究生愿意接受他的指导，他的没落也为学者们提供了最好的反面教材。

占有第一手研究资料也是把持话语权的重要手段。在学者云集的时代，当推陈出新变得不容易的时候，要想继续拥有学术话语权，"发现原始材料是唯一可靠的方法"③。《大英博物馆在倒塌》中，亚当得知自己可能得到研究对象未曾发表的手稿时，他兴奋不已。《隐之书》中，为了得到自己研究对象艾许的些许材料，布列克艾德教授将自己的助理"派往世界各地的图书馆，攫取数量有限的各式小纸片"④。另一位研究艾许的学者穆尔特默·克拉波尔也十分得意自己保有大量一手研究材料的影印本。因

① ［英］戴维·洛奇. 换位［M］. 罗贻荣，译. 北京：作家出版社，1997：41.

② ［英］戴维·洛奇. 美好的工作［M］. 罗贻荣，译. 北京：作家出版社，1998：313.

③ ［英］戴维·洛奇. 大英博物馆在倒塌［M］. 张楠，译. 上海：上海译文出版社，2010：91.

④ ［英］A. S. 拜厄特. 隐之书［M］. 于冬梅，等译. 海口：南海出版公司，2008：25.

此，当罗兰·米歇尔把自己发现了一本被遗漏资料的事情告诉布列克艾德时，布列克艾德简直按捺不住自己的惊喜，一再叮嘱他，"你可一定要保住这个秘密"①。而罗兰自己对意外发现的两封信件，则是"感到一阵妙不可言的冲动"②。传记作家威廉·杜宾由于发现了 D.H. 劳伦斯未发表的信件这样的新资料，对自己的发现得意洋洋，他"决定坚定地写完《劳伦斯传》"③。这些他人未曾见过的新材料是学者们完成个人研究的秘密武器，也是他们获得学术话语权的法宝。

质疑权威甚至颠覆权威则是学术话语权斗争中的一种更具风险但同时也可能是收益最大的途径。对从事学术活动的学者来说，不盲目迷信权威、尊重事实是其研究的思想基础。《隐之书》中罗兰以学者特有的敏感，从其研究对象艾许未被学界发现的两封信件中捕捉到一些鲜为人知的信息。循着这一蛛丝马迹，他与莫德最终揭开了女作家兰蒙特与艾许不为人知的恋情，以及兰蒙特被掩盖的才情。他们的发现颠覆了之前人们对兰蒙特的认知，还让罗兰成为受人注意的年轻学者，最终收到三所大学的聘书。《大闪蝶尤金尼娅》中的女管家马蒂尔达·克朗普顿身份低微，凭着对科学的爱好，在繁重工作之余坚持观察记录下蚂蚁群的生活习性，为威廉·亚当森的作品提供了最翔实的材料。以他们的共同研究为素材的作品被一家出版公司接受，也为他们的自由生活提供了物质保障。《发表与死亡·99》中人类学家格雷高利带着美好的愿望来到一个古老的村庄，每看到一处古人类生活遗迹时，他内心深处都会涌起一阵阵的狂喜，都会在心中想象自己站在镜头前接受采访的场面。这一心理真切地反映了学者们发现研究新材料时内心的喜悦之情。

---

① [英]A. S. 拜厄特. 隐之书[M]. 于冬梅，等译. 海口：南海出版公司，2008：26.

② [英]A. S. 拜厄特. 隐之书[M]. 于冬梅，等译. 海口：南海出版公司，2008：7.

③ [美]伯纳德·马拉默德. 杜宾的生活[M]. 杨仁敬，杨凌雁，译. 南京：译林出版社，1998：23.

　　学术剽窃是获取学术话语权的卑劣恶行。理性是知识分子的信仰，其终极目标是真与善，然而在学界小说中，一些知识分子背弃了自己的信仰。学术研究上弄虚作假，无耻攫取他人学术成果的恶行让理性蒙羞。为了把持学术话语权，成名学者利用自己的学术霸权地位，以盗取学术成果的方式剥削青年学者。L. S. 卡顿利用自己杂志主编之便，轻而易举地将吉姆的论文据为己有（《幸运的吉姆》）。冯·托皮兹的典型特征是那只戴着黑手套的手，那是一只剽窃他人学术成果的黑手。他因为"改头换面地重复伊瑟和姚斯"①而成名，此后他利用自己审稿之便，将柏斯的论文作为自己的成果拿到研讨会宣读，当柏斯当众揭发了他的剽窃行为后，他并不道歉反而指责他们行为粗暴愤而离会（《小世界》）。而在《克里米纳博士》中，弗朗西斯深入调查后震惊地发现，这个"伟大的国际人物，被认为是我们这个时代的哲学家"②的克里米纳博士，以及另一位蜚声中外的学者卡迪斯尔教授，他们的许多著作都是由其学生捉刀。《发表与死亡》中，失去学术潜力的卡尔斯威尔设计骗取学生约翰的手稿，并作为自己的研究成果发表；在新学校，他故伎重演，直接要求弗吉尼亚"把我的名字列为这篇论文的主要作者名字"③等。作品中，拒绝卡尔斯威尔的不合理要求后，约翰及弗吉尼亚看到了令人恐惧的幻象，其实是作者海恩斯以哥特式手法形象地反映了青年学者面对权威人士剥削时表现出的无力感与恐惧心理。讽刺的是，在卡尔斯威尔死后，曾经的受害者弗吉尼亚在整理其遗物过程中，偶然发现了他生前未发表的手稿④，弗吉尼亚决定将其据为己有，留待来日作为自己的成果发表。弗吉尼亚最后的行为无疑解释了学术界剽窃之风屡禁不止的深层原因：昔日的被剽窃者一旦上位，会立马变身为新的剽窃者。

　　至于以写作为生的作家们，同样遵循着学术圈的规则，"发表或者死

---

①　[英]戴维·洛奇. 小世界[M]. 罗贻荣，译. 重庆：重庆出版社，1992：220.

②　Bradbury, Malcolm. *Doctor Criminale*[M]. London：Secker & Warburg, 1992：22.

③　Hynes, James. *Publish and Perish*[M]. New York：Picador, 1997：195.

④　Hynes, James. *Publish and Perish*[M]. New York：Picador, 1997：332.

亡！如今学术界就是这样"①。洪堡"是一个先锋派作家，新一代的奠基者"②。他的歌谣集一经问世，即引起轰动。然而，他的声望持续十年后开始衰落。他的遭遇是社会现实造成的，但其创作源泉枯竭也是导致其悲剧的重要原因。洪堡昔日提携的查理·西特林文学声誉的崛起也从另一角度反衬了洪堡在创作上走下坡路的事实。《作者，作者》中亨利·詹姆斯在第一部作品《一位女士的画像》成功后，之后的作品一直无法超越自己，尝试戏剧写作也以失败而告终。一次次的打击，让"他觉得彻底地无能为力了，一生中第一次真的感觉到自杀的念头正在诱惑自己③"。

　　学界小说中的学术圈话语权之争反讽地表现了学者生活的一个方面。学者们为争夺学术话语权而殚精竭虑，而在此过程中学者们的一些思想或行为都是与学者所代表的理性不相符合的。扎普是研究简·奥斯汀的专家，他希望自己"每一部评论写完，所有那部小说有争议的问题将几乎再也无话可写"④。其目的是让那些从事简·奥斯汀研究的学者们在仰慕他的才华之余，发现"他已使他们的劳动成为无用功"⑤。史沃娄在收到学术研讨会邀请函时，直觉认为论题有误，却为了达到参会目的，硬是胡编乱造了一篇论文。发生在扎普和史沃娄身上的荒谬事件，都从不同方面表现了学者学术问题上思想狭隘、人性自私等反智的一面。

　　不择手段地获取新材料也是学者以创新之名做出的非理性行为。罗兰在图书馆查阅资料时发现了研究对象艾许的手稿，他公然不顾图书馆规定，毫不犹豫地将其据为己有。为了取得艾许手稿的所有权，布列克艾德与克拉波尔长期以来一直处于明争暗斗中(《隐之书》)。为了得到研究对象

　　① [英]戴维·洛奇. 大英博物馆在倒塌[M]. 张楠，译. 上海：上海译文出版社，2010：76.

　　② [美]索尔·贝娄. 洪堡的礼物[M]. 蒲隆，译. 石家庄：河北教育出版社，2001：1.

　　③ [英]戴维·洛奇. 作者，作者[M]. 张冲，张琼，译. 上海：上海译文出版社，2007：320.

　　④ [英]戴维·洛奇. 换位[M]. 罗贻荣，译. 北京：作家出版社，1997：41.

　　⑤ [英]戴维·洛奇. 换位[M]. 罗贻荣，译. 北京：作家出版社，1997：41.

梅利玛许未曾发表的手稿以完成毕业论文，亚当·爱坡比软磨硬泡加虚与委蛇，最终以近乎行骗的方式从手稿持有人的女儿那里拿到了材料（《大英博物馆在倒塌》），等等。学者们的这些个人行为将其人性中狭隘自私的一面暴露无遗，这恰恰与学术活动所崇尚的开放精神相悖。

学者是文化的传承者还是欺骗大众的共谋者？《发表与死亡·99》中通过人类学家格雷高利游览一个原始村庄的亲身经历，揭穿了一个延续近百年、所谓传统文化的谎言。所谓的原始仪式不过是被媒体与当地人编造出来吸引游客的噱头，而学者们与类似文化骗局之间同样脱不了干系，正是他们关于原始仪式的理论学说，使他们在无意之中成为媒体欺骗大众谎言的共谋者。格雷高利在仪式上的复苏让他意识到自己这类人其实就是骗局的始作俑者，他的遭遇不过是作茧自缚的形象表达而已。不过，在大众文化背景下，这种用狂欢化手段演绎历史文化的方式，如果能在普罗大众中发挥传承文化的作用，无论是主动谋划，还是被动参与，学者们是不是也在尽一份责任呢？

三、学院政治

学者们工作的学院也同样并不平静。围绕着教职与一些行政岗位，学院内上演的战争是对学者心灵的另一种拷问。

教职成为学院政治的砝码。按照大学的理想，最好的研究者才是最好的教师。可以说，教师是一所大学的灵魂，为了维护大学的活力，大学拥有自主聘任教师的权利，可以根据教学或科研的需要聘请教师，受聘教师的个人教学科研能力是学校考虑的主要因素。而教师一旦被聘，除非不称职或道德有问题，否则不能被解雇。① 大学拥有的这些自由权力既是为了保证大学教学的正常运行，也是为了使大学保持其特有的学术自由氛围。但在学界小说中，严肃的学术生活和各种与学术无关的权力斗争紧紧地联

---

① ［美］德里克·博克. 走出象牙塔［M］. 徐小洲，陈军. 译. 杭州：浙江教育出版社，2001：6.

系在一起。高等教育中的终身教职(Tenure)意味着一定的特权，譬如薪水高于兼职教师，可以拿到一定科研基金等。有研究者指出，教育经费缩减又增加了取得教职的难度，为了取得教职，教师们面临着很大的压力。大多数情况下，教授们相互孤立，常常陷入不信任的气氛中。① 而打着学术的名义，学院中的权力争斗双方展开了一场教职战。

学院新旧领导在办学观点、学术路线上的分歧会在权力移交后表现到极致。选聘或解聘教师与学术本身并无密切关系，教职成为学院权力双方较量的筹码，教师则成为权力斗争中的牺牲品。在权力斗争中，教师学术能力并不在考虑之列，如何充分利用教职打击对手才是重心。取胜方打着为了学术发展的旗号，或聘任与自己学术方向观点一致的教师，或解聘那些昔日与旧领导亲厚的教师。新领导上任伊始，俄语教师铁莫非·普宁(《普宁》*Pnin*，1974)就被解雇，官方给出的直接原因是他的学术背景与学院发展有冲突，未能言说的理由却是新主任与之前聘请他的主任哈根博士不和。亚当·爱坡比的学术研究明显比他的同学更新颖，却不能被聘为学院教师，很大程度上源于其导师与系主任不太和谐的关系(《大英博物馆在倒塌》)。肯尼思(《更多的人死于心碎》，*More Die of Heartbreak*，1987)说自己并不真正适合在大学里工作，是靠"舅舅的关系让我得到了这个位子"②。而学术研究与教学能力都很强的青年教师罗玢·彭罗斯(《好工作》)却由于教育财政紧缩，只能在卢米奇学院得到一个临时岗位，随时面临失业的危险。大学出于学术方面考虑而拥有的自由权力反讽地成为手握教职席位者随心所欲的权力。

学院发展中上演着一出出校园闹剧。作为现代社会必不可少的一部分，人们普遍认可大学最重要的社会责任是其文化责任，大学承担着人类精神拯救的重任。大学这种在建成发展过程中逐步与社会构成的约定关

① Verrone, P. B. The Image of the Professor in American Academic Fiction, 1980-1997[D]. Seton Hall University, 1999: 35.

② [美]索尔·贝娄. 更多的人死于心碎[M]. 姚暨荣，林珍珍，译. 石家庄：河北教育出版社，2001：16.

系，可以保障大学的自由权力。这样，大学在运行过程中，可以最大限度地不受其他因素干扰，如聘任教学科研能力强的教师，接受社会捐赠时不接受他们提出的附加条件等。然而在学界小说中，与学院学术发展原则相悖的众多闹剧频频上演：平庸者成为学院领导，强制教师指导与其专业相去甚远的社会生产活动，不合格但有财团父母背景的学生顺利通过考试。

学术职位的功能是平衡多方关系。《换位》中代校长斯特劳德向换位教师莫里斯·扎普征求高级讲师人选意见。扎普并没有按照科研水平来推荐系里"仅有的最接近可公认的专业学者的人物"①罗宾·登普赛，尽管"根据科研与发表的论著来看，登普塞是个远为有竞争力的候选人"②，而是以"如果他在那么多比他年龄大的人之前得到提升，会造成一场大混乱"③为理由，推荐学术造诣平庸但履职时间更长的菲利普·斯沃娄。而且，扎普之所以推荐斯沃娄，更是出于私心：扎普希望他喜爱的斯沃娄太太可以生活得更富裕一些。之后，同样由于菲利普·斯沃娄平庸，可以调和系里各方面教师们的关系而最终被任命为英文系主任。④

而为了消除社会对"学者们对现代商业社会的现实视而不见"⑤的指责，学院不得不启动了所谓的"影子工程"，对机械制造一无所知的英国文学讲师罗玢被安排去做机械制造厂厂长维克多的"影子"，协助他管理工厂。选中她的理由是，她的研究内容是工业小说。

最淋漓尽致地揭露了大学校园内丑陋交易的莫过于 C. P. 斯诺的《院长》：一得知院长不久于人世，杰戈便按捺不住想当院长的想法，开始四处活动，为自己拉选票。⑥ 南丁格尔把"想做学院里的导师"⑦作为加入支

---

① [英]戴维·洛奇. 换位[M]. 罗贻荣，译. 北京：作家出版社，1997：230.
② [英]戴维·洛奇. 换位[M]. 罗贻荣，译. 北京：作家出版社，1997：232.
③ [英]戴维·洛奇. 换位[M]. 罗贻荣，译. 北京：作家出版社，1997：232.
④ [英]戴维·洛奇. 小世界[M]. 罗贻荣，译. 重庆：重庆出版社，1992：9.
⑤ [英]戴维·洛奇. 好工作[M]. 蒲隆，译. 上海：上海译文出版社，2007：74.
⑥ [英]C. P. 斯诺. 院长[M]. 张健，等译. 北京：人民文学出版社，2007：9.
⑦ [英]C. P. 斯诺. 院长[M]. 张健，等译. 北京：人民文学出版社，2007：120.

持杰戈竞选院长班子的条件。在这一要求无法得到确定保证的情况下，他毅然倒戈，把选票投给了另一位候选人克劳佛德，并声称克劳佛德更能胜任院长的工作；为了帮助克劳佛德拉到选票，他还自制一些传单，并在传单上对杰戈的妻子造谣中伤。为了得到荷瑞斯爵士的资助，布朗费尽心机地帮助他的侄子小丁波尔莱克·荷瑞斯考试过关。①

　　类似事件还发生在《人性的污秽》中。学术卓有成效的科尔曼·西尔克被迫离开他工作了一辈子的学院，"幽灵事件"不过是个导火索。他离开的真正原因是，他当院长期间实施的那些有利于学院发展的改革措施得罪了一些人，尽管他一再解释"spook"一词并非意指"黑鬼"，而是"幽灵"。那些人仍然借机指控他种族歧视，以达到将他赶走的目的。在此过程中，另两位曾被他力排众议受聘的教师的表现更是出人意料：他聘任的第一位黑人教师并未以自己受聘为例，站出来为他辩护；另一位他提拔的语言文学系主任德芬妮·鲁斯对他落井下石。正如科尔曼的律师所说，这是"一伙文质彬彬的高雅的将野心隐藏在高尚的理想之后的平均主义者"②，而科尔曼不过"正在一个没有人会费神将残忍用人道的修辞包裹起来的世界里作战"③。

　　这些荒唐的事情公然发生在大学校园里，学者们努力运用颇有说服力的种种理由为其荒唐行为辩解，将其解释为学院发展、学生成长等正当需要。而表面的说辞与实质原因形成的反差，讽刺地撕碎了学者的理性面纱，暴露出他们种种卑劣的人性弱点。

　　学术职位与金钱诱惑。在学术界，授予某位学者一个学术职位是对其学术成就的一种肯定，然而对于《小世界》中的诸多知名学者来说，联合国

---

　　①　[英]C. P. 斯诺. 院长[M]. 张健，等译. 北京：人民文学出版社，2007：183-185.

　　②　[美]菲利普·罗斯. 人性的污秽[M]. 刘珠还，译. 南京：译林出版社，2011：81.

　　③　[美]菲利普·罗斯. 人性的污秽[M]. 刘珠还，译. 南京：译林出版社，2011：81.

教科文组织新设的文学批评委员会主席职位的巨大吸引力是"因为这个职位将给它的担任者带来富有(免税年薪十万美元)和特权(公费到世界各地)"①。为了争取到这个职位,各路学者都使尽了浑身解数。一向高傲的莫里斯·扎普以索要讲话复印件为由给学界宿老、评估人之一亚瑟·金费舍尔写信,企图以此与他攀上关系;评论家拉迪亚德·帕金森不了解这一职位情况时,表现得十分傲慢,一旦得知这一职位可能给他带来的巨大收益后,他借书评做文章曲折地向教科文组织助理总署长雅克·泰克斯泰尔传达渴望该职位的诉求;至于徒有虚名的学者冯·托皮兹先是千方百计地与金费舍尔套近乎,后又直接与教科文组织官员雅克·泰克斯泰尔联系,试图让对方举荐自己。学者用于提升学术才能的理性未能体现在其学术研究领域,却被反讽地用在学术界行政职位的竞争中;原本出于学者们学术交流目的而举办的各种研讨会则成为他们拉关系、套近乎的重要场所。

值得一提的是学界小说中暴露的另一类影响力超出校园的学者。克里米纳博士(*Doctor Criminale*,1992)与亚当·拉维尔斯坦(*Ravelstein*,2000)是这类学者中的典型,用"学痞"来形容他们毫不为过。他们凭借自己在学界的影响力,或四处讲学以吸引更多的信徒,或与政界要人保持频繁接触,以自己的观点影响政策制定等,但他们真正想得到的并非是学术上的辉煌成就,而是通过这些行为为自己敛财铺平道路,以满足自己奢侈的物质欲求。

大学,这个原本是知识分子们研究学问、探求真理的圣洁场所,就这样在种种与学术无关的斗争中,不幸地沦为学者们争权夺利的权力场。在权力、金钱欲望的冲击下,学者们打着学术的神圣幌子,狡猾地运用自己的理智,贪婪地谋取个人私利。学者们理智与欲望之间的反讽言行增添了学界小说的讽刺意味,而作为学者的作家则借小说人物深刻地揭露学界怪现状、批判自身劣根性,从另一方面又反证了知识分子群体在社会中不可动摇的先进性地位。

---

① [英]戴维·洛奇. 小世界[M]. 罗贻荣,译. 重庆:重庆出版社,1992:197.

第二节　时间中的身体

身体是我们感知世界的首要途径，通过身体的各种器官我们体验着生活。如梅洛·庞蒂所说，身体寓于空间时间中，通过身体我们在世界中活动，它向我们提供进入世界和物体的方式①。身体其实就是人本身。尽管如此，身体在个体发展中的位置却一直被压制。西方自古希腊以来的思想传统认为，身体欲望会影响个体理性的发展。《斐多》中，苏格拉底从真正的哲学家生而学死、生而如死的现象出发，谈论灵魂追求与肉体欲望的关系。在他看来，肉体的各种贪欲都会成为追求灵魂真理的桎梏，真心爱智慧的人会克制一切肉体欲望。身体随时爆发的冲动只会破坏灵魂的和谐，灵魂只有不沾染肉体的情欲，摆脱肉体羁绊，"不受外物干扰——一切声音、形象、痛苦、喜乐都没有"②，才能追求到真理。

启蒙时期，笛卡尔甚至提出"灵魂可以没有肉体而存在"③，身体被完全放逐，中世纪以来的禁欲主义成为社会普遍奉行的行为准则。基督教话语中，身体是与精神对立的物质存在，个体必须摆脱身体的束缚，克制身体的种种欲望，才能超越自我，实现救赎。

直到19世纪，尼采提出"身体是一种伟大的理性"，"身体里的理性比你的最高智慧里的理性更丰富"。④ 他的观点才开始让人们重新认识身体，并逐渐改变人们长期以来对身体歧视的传统观念。

20世纪经历过战争死亡威胁的现代人似乎更愿意以身体的放纵来确认自我，身体在各领域都被重新发现。在心理和意识形态功能中它彻底取代

---

① [法]梅洛·庞蒂.知觉现象学[M].姜志辉，译.北京：商务印书馆，2001：185-186.

② 柏拉图.斐多[M].杨绛，译.沈阳：辽宁人民出版社，2000：15.

③ 笛卡尔.第一哲学沉思集[M].庞景仁，译.北京：商务印书馆，1986：82.

④ 尼采.查拉图斯特拉如是说[M].孙周兴，译.上海：上海人民出版社，2009：34.

了灵魂，变成救赎物品。它不可避免地成为当代文学叙事中最常表现的意象，或许正应了伊格尔顿那句话：身体很符合对堂皇叙事感到头疼的后现代主义口味。① 身体成为女性的身体，性活动中的身体，甚至可以说身体写作几乎成为性描写的代名词，以或直白或隐晦的各种性描写繁荣昌盛于后现代文学创作中，学界小说也不例外。不过，在学界小说中，身体以不同的表现方式表达着学者的精神诉求。

一、变形的身体

变形叙事在西方文学中有着悠久的历史，从奥维德《变形记》中众神的变形、阿普列乌斯的《金驴记》、卡夫卡《变形记》中变身为虫的格里高尔，到尤奈斯库《犀牛》中整体异化的社会，不同时期的变形叙事表现了作家不同的精神诉求。当代英美学界小说中表现现代个体欲望的变形同样值得关注。

借身体变形为物表现现代个体膨胀的身体欲望，以菲利普·罗斯的《乳房》(Breast，1971)为代表。如果说卡夫卡、尤奈斯库笔下小人物或社会的变形是外在压力造成的话，菲利普·罗斯模仿卡夫卡《变形记》而作的《乳房》更加强调在后现代语境中，个体力量被放大，欲望不断膨胀从而造成的身心异化。《乳房》中比较文学男教授变形为一只女性乳房的荒诞性不言而喻，而这种身体变形中表现出的反讽性更值得研究。

理智与欲望的反讽。《乳房》中，凯普什是一位有着细致观察力且非常冷静理智的教授。这可以从变形前他对自己身体细微变化的观察，及变形即将来临时冷静地寻求医生帮助等细节看出来。然而，正是这样一位理性教授却无法理性地对待自己的身体欲望。经历过痛苦婚姻的凯普什在与女友克莱尔和谐的同居生活中"感觉稳妥踏实"②，感受到从大四以来所没有

---

① 伊格尔顿.历史中的政治、哲学、爱欲[M].马海良，译.北京：中国社会科学出版社，1999：200.

② [美]菲利普·罗斯.乳房[M].姜向明，译.上海：上海译文出版社，2010：12.

的安全感，正是这种满足感让他"认识到自己确实是一个严肃的知识分子"①。然而，随着时间的流逝，他对克莱尔的欲望一点点消失，他们的性生活"既单调又无趣，这在我看来简直就像一场灾难"②。他的内心难以遏制地渴望着激情。他分析造成自己身体变化的根源是其内心深处极力压抑欲望的复苏。当那欲望以更激烈的程度不期而至时，他清醒地认识到它"不在头脑中，也不在心灵里，它仅仅存在于阴茎的表层"③，问题在于他并未以理智阻止这"肤浅的"性的发生，反而"迷醉"其中。

身体变形的反讽。在理智与欲望的激烈内心冲突中，身体变形终于发生：一个午夜"我的阴茎和屁股拉着我的身体朝着相反的两个方向延伸，直到我曾经拥有的高度变成了我的宽度"④。他男性的身体荒诞地变形为一只女性乳房，且并未按身体的原来比例变化。尽管变形的身体内依然保留着人体各系统，但"它们都是支离破碎、'奇形怪状的'"⑤。经过进一步检查，凯普什非常震惊地认识到：这只乳房的主要部分是由他的阴茎变来的。

阴茎变形为乳房，其反讽性不言而喻：首先，性别倒置的变形身体反讽地将男性内在心理的欲望对象予以外化表现。其次，以形体的极度膨大直观地呈现了永不餍足的男性欲望。当然，变形后的身体其实也是雌雄同体的身体，这一身体也是欲望主体与客体合而为一的身体。这只雌性乳房以男性口吻讲述个体心理感受及身体快感，在看似否定或忽视女性感受的

① ［美］菲利普·罗斯．乳房［M］．姜向明，译．上海：上海译文出版社，2010：13.

② ［美］菲利普·罗斯．乳房［M］．姜向明，译．上海：上海译文出版社，2010：10.

③ ［美］菲利普·罗斯．乳房［M］．姜向明，译．上海：上海译文出版社，2010：13.

④ ［美］菲利普·罗斯．乳房［M］．姜向明，译．上海：上海译文出版社，2010：25.

⑤ ［美］菲利普·罗斯．乳房［M］．姜向明，译．上海：上海译文出版社，2010：20.

叙述中，也同样在讲述女性的身体体验，表现了现代社会中的女性欲望。男性阴茎与雌性乳房之间形成强烈的对比反差，滑稽的身体变形表象实际上反讽地表现了现代人在理智与欲望之间挣扎的痛苦实质。通过阴茎到乳房这种反讽的身体变形，罗斯赋予了身体书写普遍的意义。

变形的身体反讽地暴露了现代人有关自我存在的焦虑。身体就是人本身，然而并非任何形式存在的身体都能表征个体存在的意义。如梅洛·庞蒂所说，身体是一个其视觉面、触觉面及运动面等各部分共同构成的统一体，它们之间不只是协调的，还是相互连结的，它们就是身体本身①。当身体统一性被破坏，个体存在必然遭到质疑。变形后，凯普什"已经失去了视力"②。虽然能够通过他人的声音和触摸感知世界，但视觉面的丧失不仅从物质层面否定了个体存在的完整性，也一定程度上从精神层面否定了个体的存在。视觉的丧失意味着他作为人的主体地位受到了威胁：他只能作为看的对象存在，且只能是他人看的对象。其反讽之处在于，变形前，"看"在其生活中占据着非常重要的地位。作为学者，他需要将自我及他人时时置于自己理性审视的目光中，因而他既拥有看的特权，可以任意看他人，他甚至因为对所看对象的评价而被奉作看的权威。而变形后，他不仅无法将他人作为对象来看，甚至连看自己变形的身体的权力也被褫夺。这样，他作为人的存在也必将变得可疑。在他人眼中他变形后的身体只是一只雌性乳房，是作为看的对象，一种物的存在，而非具有主体地位的、也能注视他人及自我的独立个体。因此，当他追问"如果我还是我，我该做些什么呢？如果我已不再是我，那我又是谁呢"③时，他坚决地宣称"我坚

① 梅洛·庞蒂. 知觉现象学[M]. 姜志辉，译. 北京：商务印书馆，2001：197-198.

② [美]菲利普·罗斯. 乳房[M]. 姜向明，译. 上海：上海译文出版社，2010：21.

③ [美]菲利普·罗斯. 乳房[M]. 姜向明，译. 上海：上海译文出版社，2010：32.

持认为我还是个人"①时，实际暴露出内心对自身存在的强烈不安，是从自我出发质疑自身存在，是对他人能否确立自身存在的焦虑。

反讽的性别属性也同样引起他对自己性别身份的焦虑。变形后，其身体外部特征是"一只雌性哺乳动物的乳房"②，反讽的是他依然保持着男性心理欲求，外部特征与心理需要之间的性别逆转加剧了他对自身性别身份的焦虑。在他看来，乳房凯普什性别身份模糊，这种不确定性会改变他人对他之前性别的认知，因此，他要尽最大可能地捍卫自己的男性身份。当护士为他洗澡、他体会到如性爱满足般的快感后，他要求医生在他洗澡时离开病室；他对男护士的到来心存芥蒂，更愿意让女护士为他洗澡，甚至不顾自身的存在现状、以言语公然向女护士提出性要求；他要求女友为他做护士做的事情等。这些与他人的接触在他看来都是类似性的行为，因此他一再要他的亲人及所信任的医生保证"除了那些我已经知道的人以外再没有其他人在监视我"③。通过这些接触，他感受到他人及自身身体，并以此来确认自己的性别身份。

变形后的焦虑还反讽地表现在他对自我社会身份丧失的恐惧上。如前所述，人是物质身体与精神的结合体。当物质层面被破坏时，精神层面的诉求会变得益发迫切。作为社会性的人，个体通过与他人的种种关系确立自我身份。家庭内部，个体的社会身份凭借血缘关系形成，这种身份从个体还是胚胎时就已经存在，无法改变。进入社会，个体的社会身份则是基于与他者之间形成的某种契约关系，如公民身份、职业身份等。能否成为受人尊重的公民或某行业的专家，取决于个体后天的努力。相比较而言，后者更重要。个体正是通过这些社会身份体现自身价值，体验到存在感。

---

①　[美]菲利普·罗斯. 乳房[M]. 姜向明，译. 上海：上海译文出版社，2010：33.

②　[美]菲利普·罗斯. 乳房[M]. 姜向明，译. 上海：上海译文出版社，2010：20.

③　[美]菲利普·罗斯. 乳房[M]. 姜向明，译. 上海：上海译文出版社，2010：79.

变形前，凯普什认为自己作为一名高级知识分子，就能够"获得真正的美感与道德上的满足"①，因此，他对于那些教授、公民之类的社会身份"倒不是那么在乎"②。变形后，他的心理却发生了反讽的变化。他变得很"在乎"那些社会身份，"因为这些东西与我那健全的心智和自尊紧密相连"③。这时的凯普什已成为他人眼中的异类，同事来看他时，忍俊不禁的大笑进一步加剧了他的恐惧心理。他的"人"性遭到了质疑，还不得不与他人隔离，这就意味着自我与他人之间纽带断裂，意味着被剥夺了社会人的权利。因此，那些在他人看来于他已经没有任何意义的身份，这时候反而成为他挽留住自己身份的救命稻草。如鲍曼分析的那样，"渴求身份来自对安全感的渴望"④，他这种反讽心理变化的根源就在于他担心会因为变形而失去其自身的社会身份。

不过，异化的身体变形凸显个体生存的另一面，其反讽性亦不能忽视：孤独的身体与渴求交流的心灵。身体异化是作家以文学语言形象地反映了现代社会人际关系的变化。作品中，身体变化最大的是性器官。当男人的身体只剩下阴茎、女人只剩下乳房之时，性成为身体感知世界的唯一方式。但对性的需求并非一种简单的生理需求，其中同样有复杂的心理因素。现代社会的诸多因素让个体之间原有的信任、真诚遭到质疑，人与人之间已很难建立起亲密无间的和谐关系，缺乏沟通所造成的疏离与冷漠最终导致社会中的个体体会到强烈的孤独感、异化感。作为社会的人，他们需要与他人交流。这种情况下，作家试图以身体变形的方式说明，性从某种意义上也是一种积极的推动力，它推动着人们去感知世界，进而与他人

---

①　[美]菲利普·罗斯.乳房[M].姜向明，译.上海：上海译文出版社，2010：31.

②　[美]菲利普·罗斯.乳房[M].姜向明，译.上海：上海译文出版社，2010：31.

③　[美]菲利普·罗斯.乳房[M].姜向明，译.上海：上海译文出版社，2010：31.

④　Bauman，Zygmunt，& Vecchi，Benedetto.*Identity*[M].Cambridge：Polity Press，2004：29.

建立起联系。通过性这一方式，个体从孤独中解脱出来。一定意义上，身体的性成为现代人走出孤独、消除隔膜的救生绳。

像许多学者分析的那样，《乳房》的确有对斯威夫特《大人国》中乳房的戏仿，但罗斯选择将阴茎变形为乳房绝不是为了给人"无厘头"①的感觉。相反，正如有学者所指出的那样，"《乳房》值得再读，因为它挑战了某些最深层的、对峙的，同时又是构建我们有关'自我'的理念——人类与非人，男性与女性，主体与客体，内在与外在"②。作者正是试图通过这硕大的男性性器官或女性性器官更直观地表现个体的身体欲望，强化现代流动社会中个体面对欲望无力确认自身存在及自我身份等现实问题的严肃思考。

二、激情的身体

学界小说中身体书写的另一角度是借叙述身体激情反映个体生老病死的永恒话题。无论是戴维·洛奇、马拉默德，还是菲利普·罗斯，在其作品中都涉及这一话题。

《垂死的肉身》中凯普什逐渐步入老年。作为一名大学资深教授，他经常参加一档文化批评节目，因此在当地小有名气。62 岁时他在自己的课堂上认识了祖籍古巴、24 岁的女学生康秀拉，二人交往一年半后，康秀拉离开了他。几年后，32 岁罹患乳腺癌的康秀拉再次出现在凯普什的生活中。《垂死的肉身》可以看作 70 岁凯普什的自述，他回忆了自己与康秀拉认识八年来的生活。回忆那美丽的女性身体，以及与她曾经的激情生活是他自述的主要内容，但这美好回忆却始终笼罩在哀叹衰老、痛惜生命无常的忧伤中。像年轻的时候一样，体验身体激情依然是年老的凯普什生活的重要目标，遗憾的是，激情的终极并未指向个体肉体的欢愉，而是悖谬地联结

---

① 陈广兴．身体的变形与戏仿：论菲利普·罗斯的《乳房》[J]．国外文学，2009 (2)：98-104.

② Shostak, Debra. Return to the Breast: The Body, the Masculine Subject, and Philip Roth[J]. *Twentieth Century Literature*, 1999, 45(3): 317-335.

着身体疾病与生命终结。在这强烈的对比反差中，罗斯再次以身体书写的方式探讨了人生另一沉重话题：疾病与死亡。

激情与衰老死亡是反讽地共存于同一生命的两副不同面孔。正如海德格尔所说，"死亡是此在（人）本身向来不得不承担下来的存在可能性"，"只要此在生存着，它就已经被抛入了这种可能性"。① 看似水火不容的激情与衰老死亡反讽地同时存在于个体生命中，分别表征为生命的活力与走向终结，二者形影不离、相伴而在。然而人类对激情和衰老死亡的认识却总是走向片面。对普通人来说，死亡不过是日常生活中原本就存在的现象。所有人都明白，死亡不可避免、不可逃避，但只有当死亡离自己距离十分近的时候，死亡才会具有触人心弦的含义：我们可以清醒地认识到与自己关系不大的普通人的死亡是无可避免的，但却无法接受自己所爱之人突发意外的死亡，而自己的死亡则是无法想象的。尽管人人都明白生老病死是人生的自然规律，大多数人仍然会选择转移注意力以逃避或回避死亡。于是，生命激情的一面被无限放大，大到可以用以抵御死亡的威胁。甚至是理性的学者也反讽地加入了以激情来遮蔽生命另一副面孔的行列。

理性地策划激情。作为一位知名学者，凯普什以睿智理性吸引了众多年轻追随者，激情于他应当是加以约束的"一种病态的偶然现象"②。然而，他并不以理性约束激情，反而反讽地利用理性策划激情。"任何人都会对某些东西毫不设防，我对女性美就是如此。我一看到它，就会对其他一切视而不见。"③在课堂上第一次见到康秀拉，他就认定她是属于他的。在一学期的课程结束后，他用心谋划了在自己居所的学生聚会，以自己擅长的文学、音乐等成功地诱惑康秀拉成为他的女孩。就这样，理性被反讽地滥用于满足身体激情的要求。

---

① [德]马丁·海德格尔. 存在与时间[M]. 陈嘉映，王庆节，译. 北京：生活·读书·新知三联书店，1987：300-301.

② 康德. 实用人类学[M]. 邓晓芒，译. 上海：上海人民出版社，2005：170.

③ [美]菲利普·罗斯. 垂死的肉身[M]. 吴其尧，译. 上海：上海译文出版社，2010：4.

激情就其本身而言应当是自然发生的，代表着生命的活力，但在任何时候它又是有违理性的。经常被激情侵袭的人，"哪怕这激情是良性的，他也类似于一个精神失常的人"①。凯普什的失常就在于对两人年龄差距的理性认知反而给他带来"嫉妒。不确定。失去她的恐惧"②等心理阴影。这一阴影时刻笼罩在他与康秀拉的激情生活中，让他加倍地意识到自己的衰老。一个学生论文中的那段话恰恰道出了他的心声："人生来是无知的，只有经历了理想的破灭，我们才能明白。然后，我们开始惧怕死亡——我们只能得到些许幸福的残片，用它们抵消我们的伤痛。"③他以理性获得身体快乐，反讽地丧失于他的理性思考中。

追求激情但目的并非激情。激情看似凯普什生活的一大动力，不倦地追求激情是其生活目标。为了激情，他甚至不惜放弃婚姻以获得追逐激情的自由；不惜利用自己作为教授的便利刻意谋划勾引年轻女学生。性感、性欲，以及性行为等表现生命激情的方式似乎就是他在物质和人际世界的生存方式。然而他追求激情的真正目的却反讽地无关激情。"性不只是肉体的摩擦、浅薄的玩笑。性还是对死亡的报复。"④凯普什教授从日益衰老的身体上感知到死亡的临近。他把对死亡的恐惧投射于身体上，希望借由生命激情这种激越方式确认自己的生命活力，以抗争日渐来临的死亡。刻意地追求身体体验，对身体激情的热烈追逐不过是他与衰老和死亡战斗的宣言。

学界小说中，许多人物也像凯普什一样，试图借身体激情来抵抗自我对死亡与衰老的恐惧。《小世界》中刚刚经历过飞机故障、几乎死里逃生的菲利普·史沃娄与乔伊·辛普森初次见面，突然对她产生了无以遏制的身体欲望，在与她的性激情之后，他"感到我是在向死亡挑战，是在从坟墓

---

① 康德. 实用人类学[M]. 邓晓芒，译. 上海：上海人民出版社，2005：177.

② [美]菲利普·罗斯. 垂死的肉身[M]. 吴其尧，译. 上海：上海译文出版社，2010：30.

③ [美]菲利普·罗斯. 欲望教授[M]. 张廷佺，译. 上海：上海译文出版社，2011：106.

④ [美]菲利普·罗斯. 垂死的肉身[M]. 吴其尧，译. 上海：上海译文出版社，2010：78.

中挣脱出来"①。史沃娄的这种激情很大程度上源于他对死亡的恐惧及对生的渴望。随后，由于看到报纸上飞机失事人员名单，他以为辛普森一家在事故中罹难。这场意外使乔伊成为他永远的怀念，"她唤回了我以为已经永远失去的对生活的热爱，她对我的无偿献身纯属偶然，但这件事使我确信，生活仍然是有价值的，因此我应该尽力找回我所失去的东西"②，乔伊的死增强了他对生命脆弱与命运无常的感受。瞬息之间或许就与亲人阴阳相隔的恐惧让他认识到，"对要求你身体的人，决不要说个不字；而对将自己的身体慷慨地奉献给你的人，也决不要拒绝"③。即便是在后来与乔伊意外相遇，让他明白那只是报纸的一个错误，追求性激情还是成为他之后行为的指针，似乎正应了那句话，"性在人的现实生活中已被客体化和外化，已分裂了人的整体生存"④。于史沃娄而言，身体体验更主要是代表着自我存在、代表着生命本身。

作家杜宾由于痛切地感到"像我这把年纪的人，在人群中显得又苍老又残废。想恢复青春的人只有去看看能否向青年人借啦"⑤，因此他创造各种机会与芬妮交欢。《退休期间》中的医学博士莫里斯对邻居年轻女郎产生的爱慕之心，表面看是一个男人对女人的爱欲心理，深层的原因却在于一个老人渴望在与年轻女郎的浪漫激情中再次品尝青春。与其说他们试图以征服异性的方式来证明"生"，不如说他们希望在身体的激情体验中拒绝承认衰老，以逃避"死"的来临。对《凡人》(*Everyman*，2006)中的"他"来说，死亡不仅仅是海上漂来的士兵尸体、小时候身边同龄小朋友的夭折、自己父亲的去世，还是自己一生中几次在死亡线上挣扎的亲身经历。死亡是他最大的仇敌，与它抗争就是他一生最重要的事业。然而，在这场注定要失

---

① ［英］戴维·洛奇. 小世界［M］. 罗贻荣，译. 重庆：重庆出版社，1992：125.
② ［英］戴维·洛奇. 小世界［M］. 罗贻荣，译. 重庆：重庆出版社，1992：129.
③ ［英］戴维·洛奇. 小世界［M］. 罗贻荣，译. 重庆：重庆出版社，1992：129.
④ ［俄］尼古拉·别尔嘉耶夫. 人的奴役与自由［M］. 徐黎明，译. 贵阳：贵州人民出版社，1994：246.
⑤ ［美］伯纳德·马拉默德. 杜宾的生活［M］. 杨仁敬，杨凌雁，译. 南京：译林出版社，1998：62.

败的战争中，年迈的他"从未像现在这样要费这么多力气和花招，来驱散死亡带给他的心理阴影"①。岁月无情，衰老死亡终不可抗拒。以激情来逃避衰老死亡，却反讽地进一步证实了衰老死亡。他"与他的生活之间的分离，演员与舞台之间的分离，真正构成荒谬感"②。

时间中的垂死肉身。人存在于时间中，必须得遵从时间的法则。个体以徒劳的抗争表达着对生之渴望，却不得不在时间的无情流逝中走向生命终点。70岁的凯普什在美丽的、24岁的康秀拉那里体验到的身体激情不过是以一种新的方式，让他"极为痛苦地感到了自己的年老"③，与年轻人在一起的"每一秒钟都令你注意到了年龄的差异"④，从而更真切地体味到时间的无情，"痛切地感觉到她的无限未来和你自己的有限未来，你甚至更为痛切地感觉到你的每一点体面都已丧失殆尽"⑤。当他刻意以激情表达着生的渴望时，同时也反讽地认识到"别忘了死亡。千万别忘了它。是的，性也受制于死亡的力量"⑥，他的种种努力在时间面前都是徒劳而荒谬的，身体的衰老是个体的宿命，没有什么可以抵挡住时间的自然流逝。

然而，死亡却反讽地违背时间法则提前到来。就当凯普什为自己一步步走向有限的未来而黯然神伤时，再次出现的康秀拉却让他看到了提前到来的死亡：化疗带走了康秀拉原本美丽的秀发，那新生的绒毛预示着"这个人已接近死亡，是个垂死之人"⑦。死亡意味着个体的终结，因此个体不

---

① [美]菲利普·罗斯. 凡人[M]. 彭伦，译. 北京：人民文学出版社，2009：13.

② [法]阿尔贝·加缪. 西西弗的神话[M]. 杜小真，译. 北京：生活·读书·新知三联书店，1987：7.

③ [美]菲利普·罗斯. 垂死的肉身[M]. 吴其尧，译. 上海：上海译文出版社，2010：39.

④ [美]菲利普·罗斯. 垂死的肉身[M]. 吴其尧，译. 上海：上海译文出版社，2010：39.

⑤ [美]菲利普·罗斯. 垂死的肉身[M]. 吴其尧，译. 上海：上海译文出版社，2010：39.

⑥ [美]菲利普·罗斯. 垂死的肉身[M]. 吴其尧，译. 上海：上海译文出版社，2010：78.

⑦ [美]菲利普·罗斯. 垂死的肉身[M]. 吴其尧，译. 上海：上海译文出版社，2010：171.

会从自己身上获得死亡的经验，他有关死亡的认知来自他人。唯其如此，"他人的死亡愈发触人心弦"①。他原本以为会拥有无限未来的康秀拉，却"不再像年轻人那样计算时间，往起点方向数"，"时间成了她还有多少未来"，"现在她计算时间是往以后数，以接近死亡的远近来计算时间"。②当她请求凯普什用相机摄下她的美丽裸体时，她所表达的渴望是通过美的影像留住时间，留住自己即将逝去的生命。然而，影像中完美乳房的表象可以暂时遮蔽要毁灭这完美的癌细胞，却无力抵挡死亡的到来。年轻的康秀拉与年老的凯普什之间弥漫着死亡的恐惧，青春貌美的即将毁灭、年老体衰的却将继续，未来的无限与有限的反差及无情逆转，都只会让个体在感叹人生无常中体味到人生的荒谬。

身体激情书写还以各种性行为方式出现在学界小说中，表达着不同精神诉求。性行为，这一具有人类繁衍后代、表达两性情爱功能的肉体行为，在学者作家笔下被赋予形而上色彩。性成为解决个体所面临问题的重要手段，成为个体表达自身对待周围环境的态度与表现个人价值取向的方式。不幸的是，狂欢的身体无法解决其问题，反而可能让其陷入更深的迷茫，甚至毁灭之中。

以身体模仿寻求身份认同。在《欲望教授》中，作为移民美国的犹太人后裔，凯普什一直处于身份认同与寻找自我的焦虑之中，在二者的矛盾中摇摆着。从族裔身份出发，凯普什是不折不扣的犹太人，但从政治身份来看，他却又是美国公民。土生土长于美国，努力融入美国主流社会是其必然的选择。当原属某一群体的个体进入一个新群体后，要想被新群体接纳，获得新的群体资格，首先必须学会在新的群体环境中恰当行事，以新群体的价值观作为自己的行动指引。在其个人族裔身份无法改变的情况下，要想融入主流社会，被周围群体接受，只能使自己的行为符合这一群

---

① [德]马丁·海德格尔. 存在与时间[M]. 陈嘉映，王庆节，译. 北京：生活·读书·新知三联书店，1987：286.

② [美]菲利普·罗斯. 垂死的肉身[M]. 吴其尧，译. 上海：上海译文出版社，2010：174.

体的要求，其自我表现以主流社会能够接受为前提。正如勒布雷东所说："身体是一个人身份认同的本源。"①为了融入美国社会，凯普什则发挥了自己擅长模仿的天赋，选择身体模仿作为自己寻求身份认同的敲门砖。无论是少年时期极力不表现自己的模仿技能，还是大学时在舞台上恣意模仿自己民族中身份尊贵的拉比，其内在动机都是出于身份认同的目的。当他在舞台上模仿拉比以获取他人的掌声时，他其实是以嘲笑本民族文化、娱乐他人的方式希望他人忘记自己犹太人的身份。然而，他对犹太人拉比惟妙惟肖的身体模仿却反讽地进一步强化了他人对于他犹太人身份的认知。

另一方面，父母对他的成功表演的揶揄又唤起了他试图忘记自己是犹太人这一不良企图的羞耻感。在那一刻他才明白，自己在寻求身份认同的过程中失去了自我，他意识到"得找回自我，或者至少要开始模仿我认为应当成为的那个自我"②。凯普什希望自己能够"真实"地生活。他认为，他的男性朋友路易斯·耶里内克比自己"更真实"，因为路易斯并不像他一样讨好任何人。于他而言，真实就是毫不掩饰自己的心理欲望。

以性话语证实自我。如果说耶里内克的"真实"体现在其特立独行的行为方式上的话，凯普什把用语言公开坦白自己对女生的性欲望作为"真实"的体现，性话语成为他在身份认同过程中表现自我的选择。他把拜伦的诗句"日苦读，夜风流"作为自己的座右铭，把在文学作品中看到的句子"学者中的流氓，流氓中的学者"看作自己"优异的成绩和低俗的欲望并不矛盾"③的最好诠释，将这两句话钉在布告板上，以此向大家坦白他的真实欲望。赤裸裸的性话语是他用以确认自我的宣言。不仅如此，他在追求女生的过程中，以最直接、坦率的言语赞美女生的胳膊、臀部，他甚至引经据典地把自己的性话语与《罗密欧与朱丽叶》中的经典台词相提并论，坦白地

---

① 大卫·勒布雷东．人类身体史和现代性[M]．王圆圆，译．上海：上海文艺出版社，2010：3.

② ［美］菲利普·罗斯．欲望教授[M]．张廷佺，译．上海：上海译文出版社，2011：12.

③ ［美］菲利普·罗斯．欲望教授[M]．张廷佺，译．上海：上海译文出版社，2011：19.

表达他对于女孩们的性欲望。福柯认为在真相坦白中实际上浸透着权力关系，说话者在真相坦白后即被解放。① 性坦白的目的是为了引起说话主体内在的变化，让他减少错误及罪恶感，以获得心灵自由。通过听话者对他的评价让他得到救赎。② 但很显然，凯普什坦白后呈现的权力关系是逆转的。他以性话语真实地坦白自己的欲望，不是为了让自己从欲望中解脱，而是试图将听到这些话语的女孩拉入其控制之中，试图说服他的听众接受这些话语的性暗示，并与他一起被欲望控制。当他把自己的性话语与经典对比的时候，他是想以此证明自我欲望是"不容小瞧或者鄙视的"③，是有价值的。但他的"坦诚并没有达到应有的目的"④，以性话语为手段证明自我的努力以失败而告终。他的坦白带来的另一个反讽后果是，坦白的性话语没有拉近他与女孩们的关系，而是让他在女生联谊会有了"臭名昭著"的名声，反而让女孩们更加远离他。

身体狂欢中失败的自由体验。当凯普什以富布赖特学者的身份离开自己所熟悉的环境来到伦敦求学时，空间距离造成的漂泊无依感很快消失。在英国这个陌生的空间里，寻求身份认同的压力不复存在，也摆脱了在美国时的种种束缚，他的道德约束似乎亦随之消失。一旦他意识到：他不过是一个"没人认识的毛头小子"⑤，他便开始四处游荡光顾红灯区，以放浪不羁的身体狂欢来证实自我的存在。追逐身体快感，陶醉于性的狂欢，成为他伦敦生活的主要组成部分。他飘飘然，甚至狂妄自大于与"两个欧洲女孩"⑥波姬塔、伊丽莎白病态的同居生活，从中体验到自我主宰的自豪

①　福柯．性经验史(增订版)[M]．佘碧平，译．上海：上海人民出版社，2002：81.
②　福柯．性经验史(增订版)[M]．佘碧平，译．上海：上海人民出版社，2002：84.
③　[美]菲利普·罗斯．欲望教授[M]．张廷佺，译．上海：上海译文出版社，2011：25.
④　[美]菲利普·罗斯．欲望教授[M]．张廷佺，译．上海：上海译文出版社，2011：26.
⑤　[美]菲利普·罗斯．欲望教授[M]．张廷佺，译．上海：上海译文出版社，2011：32.
⑥　[美]菲利普·罗斯．欲望教授[M]．张廷佺，译．上海：上海译文出版社，2011：37.

感。他根本没有意识到心理真空的感觉与盲目的自豪感之间存在的危险张力，而只是一味地享受着身体的无限自由。为此，他付出的代价是横遭掠夺的一切。伊丽莎白突然遭遇的车祸撕碎了他为自己所建构的一切幻象，让他开始以学者的理智进行道德反思来教育自己。然而，反讽的是，他同时也以学者的智慧疯狂地与波姬塔合谋骗大街上偶遇的女孩和他们一起玩变态的性游戏。在忏悔与堕落这两个极端之间疲惫不堪地奔走之时，波姬塔的离开让他终于明白那个在疯狂性行为中确立的自我并非真正的自我，"一个人只有在其他自我之中才是自我，在不参照他周围的那些人的情况下，自我是无法得到描述的"①。他可以远离曾经生活的物理空间，却无法逃离自己的道德空间。他一直想摒弃的犹太传统道德早已成为他作为人的存在的一部分，为传统道德所不许可的性行为不仅无助于他寻找到自我，反而让他陷入更深重的道德困境。自由身体的狂欢却带给他更加沉重的精神重负。

承担责任的身体与自由独立的精神的反讽。回到美国的凯普什成为讲授"情欲"课的教授，过着试图在学术上有所建树的普通学者生活，但其内心并不满足于平淡生活。他与波姬塔的分道扬镳、和海伦的结合与离异，甚至与同事鲍姆加藤的交往，都是他这种矛盾心理的外在反映。当波姬塔只顾寻找快乐时，凯普什内心时刻处于伤害了伊丽莎白的自责煎熬中；当海伦在家庭生活中依旧我行我素时，他独自承担起所有家庭琐事；当鲍姆加藤勾引不同人参与性爱游戏时，他只作壁上观。一方面，在凯普什看来，无论是波姬塔，还是海伦，都非"等闲之辈"，她们"自由自在""并不俗气"②，是具有"独立精神"③的信奉个人自由至上的个体。她们就是他内心深处的另一个自我。另一方面，他也十分清楚心理医生对她们的评价

---

① ［加］查尔斯·泰勒. 自我的根源：现代认同的形成［M］. 韩震，等译. 南京：译林出版社，2001：49.

② ［美］菲利普·罗斯. 欲望教授［M］. 张廷佺，译. 上海：上海译文出版社，2011：109.

③ ［美］菲利普·罗斯. 欲望教授［M］. 张廷佺，译. 上海：上海译文出版社，2011：115.

很公允："像个孩子似地逃避生活中那些实实在在、看得见摸得着的目标"①，换言之，她们过着不负责任的生活。他对于她们的态度反映出他处于个人自由与责任束缚撕扯之中的矛盾心理。他对于契诃夫作品中自由与束缚思考而写成的论著，正是他对自身陷入"满足愿望、无法得到快乐及二者引发的伤痛"②的真实写照。不过，反讽之处在于：当他一心一意为她们的所作所为辩护的时候，他却恰恰是以自己担当责任的实际行动对拥有所谓"独立精神"的她们做出了与其言语相悖的价值评判。

如别尔嘉耶夫所说，"人本性中的深刻矛盾与性的自然力相互关联。性折磨人，粗俗地奴役人，酿造生活的不幸，但另一方面，人的生命的张力又系于性，性的动力即生命的动力"③。学界小说中，追求身体的激情体验成为学者表达保持生命活力的精神诉求。身体是具体的物质，但当它成为表达的语言时，其抽象性凸显学者们对知识分子及所有现代人生存境遇、徘徊在欲望与伦理道德之间精神状态的深层思考。激情与衰老、疾病、死亡并置，身体快感的激情表象亦无法掩盖个体对于衰老、死亡的心理恐惧，而二者之间形成的强烈反讽却增强了个体的虚无感与生存的荒谬感。

三、变化的身体

学界小说中身体还被赋予了其他的功能。除了以上主要从知识分子的视角看待自身及他人，学界小说还通过他者的角度，借由变化的身体思考知识分子自身问题，以及现代社会其他诸多现实问题。

他人目光中的身体。身体是个体存在于空间中的物质实体，但它也是

---

① ［美］菲利普·罗斯. 欲望教授［M］. 张廷佺，译. 上海：上海译文出版社，2011：112.

② ［美］菲利普·罗斯. 欲望教授［M］. 张廷佺，译. 上海：上海译文出版社，2011：179.

③ ［俄］别尔嘉耶夫. 人的奴役与自由［M］. 徐黎明，译. 贵阳：贵州人民出版社，1994：244.

以意象存在于他人的目光中，以想象活跃于他人的意识中。《独角兽》中，女主人公汉娜被囚禁的美丽纤弱身体承载着玛丽安等几位知识分子对于美与爱的全部想象。就如艾菲汉·库柏所说，"汉娜让我们大家都浪漫起来了"①。汉娜故事中有着诸多元素：爱情与婚姻、反抗与背叛、逃跑与囚禁。尽管他们并不了解其背后的真实情况，但这些支离破碎的元素足以激起他们有关美丽少女凄婉爱情故事的想象力与判断力，从而赋予汉娜这一形象不一样的意义。

如萨特所说，想象意识包含评判，这评判会以想象这种特殊方式进入形象的建构。② 在玛丽安、艾菲汉等人那里，汉娜的信息被组合重构为一个充满乌托邦色彩的故事，充满着忧伤的浪漫气息。而这浪漫的核心就是那个被囚禁的美丽身体。家庭教师玛丽安眼中的汉娜"酷似传说故事中英勇不屈、身处囹圄的贵妇，要不就像某个画家笔下的'遥远年代'的梦"③。曾经的大学教师艾菲汉·库柏认为汉娜是"精神上备受折磨却默默忍受、不予反抗的古怪美人"④，他甚至在还没有见到汉娜时，已经爱上了她。对研究柏拉图的退休教授麦克斯·列殊而言，这位"身处囹圄的太太也莫名其妙地占据了老人的想象空间"⑤。他们相信自己的洞察力，被囚禁的汉娜就像传说中的独角兽一样，纯洁、美丽，是上帝的替罪羊，默默承受被丈夫囚禁的苦难；而她的丈夫，那个一直不曾露面的彼特，就是邪恶的化身。

无形的囚笼。汉娜说，"别人的苦难都是想象出来的"⑥，对汉娜苦难的想象让玛丽安和艾菲汉等人感到他们应当担负起拯救汉娜、帮助她摆脱囚徒生活的责任。正如有学者说的那样，"他们都充满着浪漫和自由的幻

---

① 艾丽丝·默多克. 独角兽[M]. 邱艺鸿，译. 南京：译林出版社，2000：80.

② Satre, Paul. *Imaginary*[M]. Abingdon：Routledge, 2004：97.

③ 艾丽丝·默多克. 独角兽[M]. 邱艺鸿，译. 南京：译林出版社，2000：49.

④ 艾丽丝·默多克. 独角兽[M]. 邱艺鸿，译. 南京：译林出版社，2000：73.

⑤ 艾丽丝·默多克. 独角兽[M]. 邱艺鸿，译. 南京：译林出版社，2000：73.

⑥ 艾丽丝·默多克. 独角兽[M]. 邱艺鸿，译. 南京：译林出版社，2000：93.

想，认不清事物的本质；他们想摆脱自己的角色，用某种神话来主宰自己的生活，直至成为自己的幻觉的奴隶"①。然而，令他们没有想到的是，他们想帮助她逃出的囚禁之地是她自己的选择，而他们加之于她身体上的道德光环才是她真正无法逃脱的囚笼。最终，当汉娜发现自己的罪恶即将曝光、她在他人眼中努力营造的美丽幻象终将破灭之时，汉娜选择了死亡。汉娜自杀的直接原因是她无法承受道德审判的重负，而真正使她不堪承受的是那些在她身上建构起乌托邦形象的学者们的目光牢笼。

无独有偶，《钟》中，朵拉也同样感到自己是生活在他人目光中的囚徒。朵拉是考特尔德学院艺术史教师鲍尔·格林菲尔德的年轻妻子，她"因为害怕丈夫而离开他，六个月后因为同样的原因她又回到他身边"②。鲍尔假期在一个叫樱柏园（Imber Court）的地方工作，朵拉随之来到这个几乎与世隔绝的隐居地。一进入这个与一家女修道院毗邻的隐居地，朵拉就发现住在这里的人看她的目光是异样的。她感到"她被监视着。她觉得每个人都在偷偷摸摸地观察她，看她是否开心，是否愿意再次安下心来与丈夫在一起。她感到被控制着、禁闭着"③。他们对朵拉与鲍尔的真实情况也并不完全了解，但却有人一再劝说她去到修道院找克莱尔修女谈一谈。尽管朵拉一再在心中告诉自己，自己是自由的，"没有人可以摧毁她"④，她实际上却成为樱柏园自由的囚徒。人们看似不直接评判她的所作所为，却以各种不同的方式试图将她困于他们所认定的行为规范中，樱柏园内无处不在的目光是向往自由的朵拉无法挣脱的牢笼。

完美身体之丑与残缺身体之美。雨果认为，"丑就在美的旁边，畸形靠近着优美，丑怪在崇高的背后，美与恶并存"⑤。身体的外在生理表征会

① 何伟文. 解读《独角兽》：在偶然世界里对真和善的求索[J]. 外国文学研究，2005（1）：45-51.

② Murdoch, Irish. *The Bell*[M]. New York：Penguin Book，1958：1

③ Murdoch, Irish. *The Bell*[M]. New York：Penguin Book，1958：257.

④ Murdoch, Irish. *The Bell*[M]. New York：Penguin Book，1958：59.

⑤ 雨果. 论文学[M]. 柳鸣九，译. 上海：上海译文出版社，1980：30.

因为能带给人的不同视觉感受而影响人们对他人的道德判断，人们"甚至将生理身体视为一种道德身体"①，将美丽的身体与高尚的道德、残缺的身体与低劣的品质联系在一起，就像玛丽安等人对汉娜的想象那样。但事与愿违，那些有着完美身体的或许正是丑陋的根源，而身体残缺之人却会因为高尚的精神而让生命完美。威廉·亚当森第一次见到尤金尼娅时，觉得她"就像从海水泡沫中现身的阿芙洛狄忒"②。她洁白的身体在他看来，"如此无瑕，如此不可亵渎"③，但这美丽的身体却是迷恋乱伦之乐的丑陋躯体，拥有这身体的是一个缺乏作为人的基本道德感的女人。

与其形成鲜明对比的是《治疗》中作家劳伦斯·帕斯摩尔少年时代的情人莫琳·卡瓦纳，她只是一位长相普通的家庭妇女，但她博爱、献身、尽责的精神却让她散发出不一般的魅力。然而，命运并未就此眷顾她，她"不仅失去了心爱的儿子——还失去了一只乳房"④。带着失去亲人的痛苦，拖着伤痕累累的病足，莫琳踏上了朝圣之旅。追逐着她而来的劳伦斯在陪伴她走完最后一段朝圣路的过程中，不仅治愈了自己莫名其妙的身体疼痛，也从她那里感悟到精神的升华。在莫琳对上帝的虔诚信仰中，劳伦斯看到她身上散发的人性光辉，体味到"爱"的力量。沉重的精神打击与残缺不全的身体并没有让她放弃生活。正是这勇敢面对生活挫折的精神力量支撑着她继续陪伴丈夫、照顾丈夫，也深深地影响了劳伦斯，让他最终以新的人生态度看待、解决自己工作、家庭、情感及身体等种种问题。通过美丑对照的身体，学界小说阐述的依然是对人存在问题的感悟。

高尚心灵的畸形身体与科技理性。人类理性让 20 世纪成为科技最为发达的世纪，科技改善了人们的生活质量，推动着人类社会的发展。但理性

---

① ［美］奥尼尔．身体形态：现代社会的五种身体［M］．张旭春，译．沈阳：春风文艺出版社，1999：3.

② A. S. 拜厄特．天使与昆虫——大闪蝶尤金妮娅［M］．杨向荣，译．海口：南海出版公司，2012：7.

③ A. S. 拜厄特．天使与昆虫——大闪蝶尤金妮娅［M］．杨向荣，译．海口：南海出版公司，2012：73.

④ 戴维·洛奇．治疗［M］．罗贻荣，译．南京：译林出版社，2002：376.

创造的科技其双重性在于，它也可能成为毁灭人类的根源，20世纪的两次世界大战即最好的说明。如何恰当地发挥理性的作用以造福人类是所有人应当思考的问题。《数字城堡》中，残疾天才远诚友加身上集中体现了学者对这一问题的思考。

远诚友加的妈妈是"二战"时广岛核爆炸的幸存者，曾遭到核辐射，因为这个原因，远诚友加出生时天生畸形，双手都只有三根手指，双腿也有残疾，万幸的是畸形的身体并未影响他的智力，他在计算机方面有着过人的天赋。成年后的远诚友加成为"有史以来最出色的密码学专家之一"①，在人才济济的美国国家安全局里，他"是他们所见过的最有创造力的人"②。出于反恐需要，国家安全局受命研发"万能解密机"。作为参与研发的科技人员之一，远诚友加在得知万能解密机将可能用于监控任何人的邮件后，他愤而辞职。为了抗议政府的这种行径，他编写出了"一个能够产生无法破解的密码的""不可再分析的反情报情报"③加密程序"数字城堡"。由于该软件蕴涵的巨大经济利润，在金钱欲望的驱使下，远诚友加遭人追杀。在生命的最后时刻，他拼力以自己畸形的身体公布了软件密码，从而保住整个美国政府机密文件不被泄露。

科技理性创造的原子弹造成了远诚友加的畸形，但在他了解到当时的历史事件后，他放弃了报复美国的誓言，并成为一名虔诚的佛教徒，"道德上的完善是他追求的最高目标"④。远诚友加从美国国家安全局辞职，是因为他认为，政府监视任何人邮件的"这种做法是对人权的践踏"⑤。他编

---

① ［美］丹·布朗．数字城堡［M］．朱振武，等译．北京：人民文学出版社，2005：28.

② ［美］丹·布朗．数字城堡［M］．朱振武，等译．北京：人民文学出版社，2005：31.

③ ［美］丹·布朗．数字城堡［M］．朱振武，等译．北京：人民文学出版社，2005：33.

④ ［美］丹·布朗．数字城堡［M］．朱振武，等译．北京：人民文学出版社，2005：31.

⑤ ［美］丹·布朗．数字城堡［M］．朱振武，等译．北京：人民文学出版社，2005：32.

写的"数字城堡"会"使万能解密机成了一堆废物"①，但其目的并非是与政府为敌，而是为了迫使政府公开承认对公民的监视行为，为了维护自己作为公民的正当权利。远诚友加在自己的生命受到威胁后，他终于明白自己的良好愿望可能被别有用心者滥用，认识到国家安全措施的必要性与合理性。在丹·布朗的作品中，远诚友加留在世界的最后形象是三根畸形手指。其中传达的信息远远超出了密码的意义。它们代表着密码数字"3"；是制造原子弹的物质铀的两种同位素之差；它们是原子弹爆炸后造成的畸形身体；它们更可以看作远诚友加最迫切的愿望：不要出现第三次世界大战。

＊　　　＊　　　＊

　　理性的知识分子面对权力、金钱、情欲等种种欲望诱惑，不仅未能表现出知识分子对欲望的理性克制，反而在争夺权力、攫取金钱、追逐情欲的过程中，反讽地将理性变为满足个人欲望的助推器。权力斗争中，理性化为打击对手的密谋；攫取金钱时，理性成功地掩盖贪婪；追逐情欲时，理性是激情背后的策划。然而，理性或许可以让欲望得到满足，却无法消除所有人面对的诸多烦恼。面对无可逃避的疾病、衰老与死亡，人类仍旧会像普罗米修斯一样进行着徒劳的努力。作品中的教授或作家们反讽地选择了身体激情体验作为与疾病和死亡抗争的方式，身体激情与衰老、死亡之间形成的反差进一步地增加了人生的荒谬感。而借身体的变形与变化，学者作家则反思了当代社会的个体生存状态及人类理性文明。在看似通俗的叙述中，学界小说的身体写作早已摆脱了庸俗小说色情的泥淖，被学者作家用来表现更加深刻的人生思考。

---

　　① ［美］丹·布朗. 数字城堡［M］. 朱振武，等译. 北京：人民文学出版社，2005：29.

第四章 自由与介入：英美学界小说 (1945—2000)中的价值理性

20世纪初，朱利安·班达对知识分子的指责尚未被完全忘却，80年代，雅各比的《最后的知识分子》再次将知识分子推向舆论的风口浪尖，不过这一次受到他批判的(他声称也是自我批判)是大学校园里的知识分子们。雅各比指出，一方面，城市的重建、波西米亚生活方式的结束、大学的膨胀，"都给文化增添了活力"①；另一方面，知识分子消失在大学里导致公共文化的衰落。年轻一代的知识分子成为为专业刊物写作的学院派人士，他们"被大学生涯完全占据。他们的专业生涯成功之时，也就是公共文化逐渐贫乏衰落之日"②。然而，其他知识分子对此给出了不同的答案。

文学是学者反思自身行为、继续承担知识分子社会责任的重要途径。萨义德指出，"知道如何善用语言，知道何时以语言介入，是知识分子行动的两个必要特色"③。战后，反思自身行为成为不同领域人文知识分子的共同选择，作家知识分子选择了文学作为反思的方式。英国作家乔治·奥威尔、波兰诗人米沃什、美国作家安·兰德分别创作出《一九八四》

---

① [美]拉塞尔·雅各比. 最后的知识分子[M]. 洪洁，译. 南京：江苏人民出版社，2002：3.

② [美]拉塞尔·雅各比. 最后的知识分子[M]. 洪洁，译. 南京：江苏人民出版社，2002：5.

③ [美]萨义德. 知识分子论[M]. 单德兴，译. 北京：生活·读书·新知三联书店，2002：23.

(*Nineteen Eighty-Four*，1948)、《被禁锢的头脑》(*The Captive Mind*，1951)及《阿特拉斯耸耸肩》(*Atlas Shrugged*，1957)等作品，以文学的方式反思批判知识分子。这些作品的畅销说明知识分子并未脱离社会公共生活，不过，他们采取了文学的方式介入其中，他们对自身的反思已经通过文学形式进入公众视野。且不论雅各比是否的确不只是从政治角度出发评论知识分子责任，仅从战后活跃在文坛的一大批学者作家们就可以说明：进入大学的知识分子并非仅仅是活动局限于大学校园的书呆子。学界小说的繁荣本身同样反驳了雅各比"为有教养读者写作的独立的知识分子渐渐消失"①的言论，也进一步说明文学仍然是知识分子介入社会公共领域，并发挥其社会作用的重要领地。

学界小说通过言说自身生存状态表达个体追求自由的精神需求。战后兴起的学界小说更加关注具体现实，关注个体经验，将追求个人自由与自我完善相联系。以身体自由表达精神追求的诉求、以精神自由作为个体解放的最高标志，学界小说通过不同作品反映了追求自由的过程中个体做出的抉择。如何看待自由、实现自由成为学界小说探讨的话题。学界小说通过书写现代社会知识分子在面对自由与责任冲突时的处境，反映普通个体的生存状况。学者作家借表现作品中人物的命运，试图在现代社会中重建个体道德观、价值观。同时，学者作家还通过作品中人文知识分子在科技发达时代，在人类面临灾难时，介入社会公共生活承担起社会责任的行为，旨在说明人文学科的价值在科技高度发达时代的重要性。

如安·兰德所说，"任何一位小说家都是哲学家，因为如果没有一个哲学意义上的框架，谁都无法表现关于人类存在的任何图景。小说家可以选择的只是他的故事中所表现的那个框架是明白的还是隐含的；不管对这一哲学框架他有无意识，也不管他的哲学信念是显意识的还

---

① [美]拉塞尔·雅各比.最后的知识分子[M].洪洁，译.南京：江苏人民出版社，2002：4.

是潜意识的"①。学者作家正是通过个体面对两难处境时做出的抉择，传达对生命及生存的思考。

第一节　自由的悖谬性

一、自由的可能

自由是什么？《牛津高阶英汉双解词典（第六版）》中"自由"的定义是：想做某事而无人可阻止的权利；想做某事时无人阻止的状态。这一定义已清晰地表明，自由是一种关系，它至少涉及两方面：个人、他人。"在古英语和中世纪英语中，自由往往意味着一种豁免"②，这种豁免代表着一种特权，它通常与高贵的出身或显赫的家庭相联系。而在以社会契约建立的现代社会中，个人必得遵守维持社会正常运行的社会法律或公序良俗，因此个人自由也"开始慢慢地进入人们的认知和道德生活的焦点，从而对个体和作为整体的社会体制带来长远的影响"③。

自由在现代人眼里具有不同的含义。诗人、艺术家的自由是天马行空的想象；哲学家的自由是摆脱肉体桎梏的精神独立；普通人的自由则是法律允许范围内享有的公民权利。现代社会中，为了获得自由，人们选择了不同的行为。有人选择宗教，在对上帝的虔诚信仰中祈盼自由；有人选择离群索居，希望在静思中获得心灵的超脱；有人选择文化创作，在作品中宣泄自由的思想；有人则选择为他人奉献，以高尚的道德作为其自由的标准。当然，也有人选择不受法律约束享受满足个人欲望的自由，更多的人选择遵纪守法获得公民的自由。无论哪种行为，其核心是试图获得自由。

自由是人存在的特征，渴望自由是人类的天性。从人本身来看，个体

① 安·兰德. 致新知识分子[M]. 冯涛，译. 北京：新星出版社，2005：序言，2.

② 鲍曼. 自由[M]. 杨光，等译. 长春：吉林人民出版社，2005：2.

③ 鲍曼. 自由[M]. 杨光，等译. 长春：吉林人民出版社，2005：93.

从母体分娩出来、脐带剪断的那一刻起，就成为与母亲完全分离的生物体，其身体的成长就是逐步摆脱身体束缚走向独立自由的过程。从人类是自然一部分的角度来看，人类始于与自然的一体状态，一旦人意识到自己是独立于自然的实体时，人类就开始了摆脱自然束缚、试图与自然分离的艰苦历程。从原始的刀耕火种到现代的太空探测，摆脱自然对肉体束缚的思想激发了人类的想象力，进而推动了技术进步。从社会层面看，社会民主化的进程就是人类极力摆脱极权社会对人的奴役、争取个体民主自由的历史。在每一次人类进步的背后都暗含着人类对自由的向往与追求：

实现身体自由的可能性。为了获得身体的解放，人类经过了几千年艰苦的斗争。人类历史就是一部争取身体自由的历史。科技发展史记录了人类与自然分离过程中，从繁重的生产劳动中一步步解放出来的历程。社会历史则记录下人类推翻极权统治，实现行动自由的艰苦斗争。古代的奴隶主、封建王权，及至近现代的独裁者，都通过限制个体身体自由的手段，达到其极权统治的目的，而人民与统治阶级斗争的最基本诉求即实现个体的身体自由。在现代社会，尊重个体自由已成为现代人的共识，保护公民自由权利是所有现代国家最高法律最基本的条例。保证每个公民都拥有自由，同时也保证不损害他人自由，让他人拥有同等自由，这一理念是所有现代法治国家制定相关法律的依据。因此，从技术与政治层面来看，身体自由是现代社会中个体拥有的最基本权利，似乎是最容易实现的。

自由是属于个体的精神状态。身体是存在于时间、空间中的一种物质实体，也是存在于社会中的一个个体，外部原因会让身体失去自由，摆脱外在束缚就能够得到自由。而精神则是完全属于个人的、个性的、内在的，不受时间、空间限制的。精神自由的意义即在于摆脱个体内在的束缚。从这一角度看，确如卢梭所说"人是生而自由的"①。现代个体的精神自由外在表现为个体拥有宗教信仰、言论等精神活动的自由，内在则表现为不受羁绊的个体心灵。

---

①　卢梭. 社会契约论(第三版)[M]. 何兆武, 译. 北京：商务印书馆, 2003：4.

　　追求自由是知识分子精神生活的核心。"知识分子活动的目的是为了增进人类的自由和知识。"①作为学院中的知识分子，学术自由是学术生活的核心，也是大学自治权表现的一个方面。20世纪以来，就如雅斯贝尔斯所说，"学术自由是一种特权，它赋予了大学教授真理的责任，使其可以不管大学内外任何试图剥夺其自由的人的意志"②。学术自由被奉在神龛上当作教师理性生活的象征，是所有学院人追求真理的保证。也有教育家强调，"学术自由不只是社会对言论自由作出承诺的一种反映，而且还是捍卫大学目的和教职员工利益必不可少的一个条件"③。知识分子拥有的学术自由是为了让他们可以充分参与智力交流活动，有助于培养人的价值观，有助于开拓思维及想象力，正是这样才保证了现代大学的活力。因此，保护知识分子言论及写作自由是许多现代民主国家法律的规定。在罗斯笔下，主人公们在文学课堂上，从不同角度出发，讲授文学课、阐释文学经典，正是大学学术自由保护师生以自己认为合适的方式从事研究和教学工作的一种表现。

　　自由也是知识分子日常生活中的心理需求。除了学术上追求自由以外，在日常生活中，自由已经内化为知识分子日常行动的指针。学界小说中的知识分子们常以摆脱外物羁绊的方式作为获得精神自由的重要前提。他们或以单身的方式，摆脱家庭束缚，让自己免受世俗生活的牵绊；或以离群索居的方式，通过刻意保持与他人之间物理距离的方式，为自己营造一个自由的空间；或以坚持在家庭之外为自己保留一方小天地的方式，让自己可以从烦琐的日常生活抽身，以享受独处的自由。

　　就如一心向往自由生活的大卫·凯普什所感慨的，"一个自由的人也许是个疯子，傻子，令人讨厌的人，生活不幸的人，恰恰因为他是自由

　　①　[美]萨义德.知识分子论[M].单德兴，译.北京：生活·读书·新知三联书店，2002：22.

　　②　Jaspers, Karl. *The Idea of University*[M]. H. A. T., Reiche, & Vanderschmidt, H. F.(Tr.).Boston：Beacon Press，1959：1.

　　③　[美]博克.走出象牙塔：现代大学的社会责任[M].徐小洲，陈军，译.杭州：浙江教育出版社，2001：20.

的，但是他绝不是个滑稽可笑的人。他有作为人的特性"①。他的这一诉求即从"人"的存在的角度出发宣告自由是作为人的最基本追求。个体内心的强烈需求与社会外部条件都为获取自由创造了一定条件，自由之路看似平坦如砥。

二、自由的不可能

"人是生而自由的，但却无往不在枷锁之中"②，卢梭这句话的广为流传在于其道出了人类自由的真正含义，个体所渴望的自由远非现代技术、法律条文就能够实现的那么简单。无论是作为自然中的人，还是作为社会中的人，要想获得不受任何约束的自由是不可能的。

身体不可能实现真正的自由，源于身体物质实体的本质属性，及拥有这身体的个体的社会属性。

时间和空间是身体的最大束缚。从个体与外部的关系来看，现代科技的迅猛发展让人类身体的自由度大大提高，学界小说中借助发达的通信工具，人们已经实现不同空间的瞬时交流。通过声音、图像等传输设备，身处异地的人们还可以进行宛如面对面式的实时交流。而现代化的飞行设备也可以将人们在数小时内带到地球的任何地方，实现便捷的空间转换。现代科技拓展了文学中"三一律"规定的空间范围，丹·布朗笔下的男女主人公们24小时内飞越大洋、来往于数个国家的经历是文学表现人类摆脱空间束缚的明证。但科技的发展还未能帮助人类实现完全自由的空间转换。

而时间对人类的限制更是显而易见的。人是生活在时间中的个体，他的身体要遵行自然新生—成熟—衰老—死亡的法则，学界小说中，大卫·凯普什、内森·祖克曼、杜宾、史沃娄等正在走向衰老或经受过死亡威胁的学者们，正是渴望通过与年轻女子的激情体验，试图抹去时间在其身体

---

① ［美］菲利普·罗斯．垂死的肉身［M］．吴其尧，译．上海：上海译文出版社，2010：117.

② 卢梭．社会契约论（第三版）［M］．何兆武，译．北京：商务印书馆，2003：4.

上留下的印迹。但没有人可以摆脱时间的限制，实现永生。时间依然是人类无法逾越的障碍，衰老、死亡是时间中的身体必然的宿命。

作为社会的人，文明社会的有形契约最大限度地保障更多的人享受自由，但同时也限制了人的部分自由。在现代文明社会中，只有遵守相应的约定，才能保障自身及他人的力量与自由不受侵害。也即《社会契约论》中所说，"要寻找出一种结合的形式，使它能以全部共同的力量来卫护和保障每个结合者的人身和财富，并且由于这一结合而使得每一个与全体相联合的个人又只不过是在服从其本人，并且仍然像以往一样地自由"①。但事实上，社会中的个体是不可能"像以往一样地自由"。当个体选择社会生活时，实际意味着他选择放弃了自己的部分自由，以承担其在社会中的责任。换言之，有序的人类生活是以每个个体自愿牺牲自己的某些自由换来的。社会的有形契约存在于个体生活的各个层面，任何违背契约的个体都将受到不同形式的惩罚。可以说，社会中的个体不可能得到身体的无限自由。

精神自由是个体更不易实现的目标。尽管个体的精神可以超越时空、身份、地位等有形限制，但能够认识到自己所享有的自由，并自觉去享有精神自由的人依然很缺乏。同时，作为社会的人，个体精神自由还受到其他因素的制约。

文明社会的无形契约束缚了个体的自由。除了人类以理性制定的相关约束人类行为的契约以外，还有属于感性层面的道德约束。在某一社会群体中，人们普遍认同的道德规范并不以法律条文的形式强制个体遵照执行，但在社会历史上它已经内化为人人必须遵守的公序良俗。如家庭关系中夫妻之间的相互忠诚、父母子女之间的养育关系、民族宗教内部的风俗习惯等。在现代多元化社会中，面对多种道德体系所造成的道德不确定性，个体可以选择自由，选择不承担道德责任的外在行为，但是却无法躲开他人评判的目光，无法逃避他人对自己做出的有形、无形的道德评判，最重要的是无法逃离自己内心无时不在的自我审判。此外，个体与亲人之

---

① 卢梭. 社会契约论(第三版)[M]. 何兆武，译. 北京：商务印书馆，2003：19.

间的血缘亲情、与他人的感情纠葛等，人所共有的情感联系并不会因为时空距离而割裂，同样也并不是由个人意志决定能否割裂的。

《钟》中，朵拉之所以时刻感到一种不自由，即在于她从樱柏园居民不断给她的提议中，感受到他人给予她的道德评判，这种评判在她周围织成一张无形之网，让她感受到不自由。对迈克同样如此，由于他人不了解他的过去，只凭借当下的表现认定他的完美，而他为了维持自己在他人眼中的美好形象，也必须以理智控制自己的真实情感。可以说，他人的期望值就是他的精神枷锁。

《遗产》中，罗斯成年后即离开自己父母，并一再声称不要父亲的遗产，放弃自己的民族、宗教，以摆脱父母亲情及教义对自己的束缚，过自己渴望已久的自由生活。然而在父亲卧床不起时，他是心甘情愿为父亲清洗秽物的儿子。当他意识到父亲的遗嘱中"实际上把我排除在他的继承人之外"时，"我有种被抛弃的感觉"①。他发现自己很想从父亲的遗产中得到一份，只"因为这是他的钱，我是他的儿子，有权得到他的遗产"②，因为这笔钱"也体现了他克服或者捱过来的艰难。这是他必须给我的，也是他想给我的，按照传统习惯也应该给我的"③。于他而言，意识中复苏的传统观念是他无法挣脱的束缚。

《初涉人世》中的鲁丝曾一度想离开心智不成熟的父母，一个人在外过独立自由的生活，但父母突发疾病时，她无法割舍亲情，牺牲自己的学业回到父母身边，放弃自己的梦想走入婚姻，她对生活的妥协其实也是普通人不可能摆脱亲情羁绊的正常表现。《湖边旅店》中，作家艾迪丝希望理智地处理自己不合社会道德规范的恋情而逃离自己的生活圈，然而在湖边旅店度假期间的经历反而坚定了她回到原来生活的决心。在她那里，情欲是

---

① ［美］菲利普·罗斯．遗产：一个真实的故事［M］．彭伦，译．上海：上海译文出版社，2006：64.

② ［美］菲利普·罗斯．遗产：一个真实的故事［M］．彭伦，译．上海：上海译文出版社，2006：65.

③ ［美］菲利普·罗斯．遗产：一个真实的故事［M］．彭伦，译．上海：上海译文出版社，2006：65.

她试图逃离却挣脱不开的茧缚。

作为社会的人，道德、亲情、情欲等都会对个体精神造成无形的束缚，也是精神无法获得完全自由的主要原因之一。

学术自由的实现也不容易。美国"学术自由原则自 1915 年提出后，一直遭到抨击"①，学术自由会因为意识形态等问题而受到种种限制。政治、经济或道德观念等都会对学术自由产生影响，基辛格事件是最好的例证。1977 年春，哥伦比亚大学宣布聘任亨利·基辛格为该校国际关系专业的特聘教授，这一聘任遭到学生和教授的强烈抗议，因为基辛格曾经参与越战等战争政策的制定，最终以基辛格发表声明不接受聘任，事件才得以平息。② 尽管言论自由对大学的中心使命来说至关重要，但由于大学对社会的依赖程度仍然很高，出于意识形态、科研经费等实际问题考虑，学术自由的实现同样受到限制。此外，像克里米纳博士与拉维尔斯坦这些学者，以学者身份通过与政治保持紧密联系的方式获取个人想要的东西本身，就是学者在学术独立与个人需要之间，自愿放弃学术自由的一种选择。

个体存在的"自由的不自由"状态说明了一个本质：人是"一个有责任的存在物"，"一个道德主体"。③ 真正没有任何束缚的自由是不存在的，个体的自由存在于选择中，存在于他必须担当的责任中。

第二节　艰难的选择与无可推卸的责任

一、选择的重负

如萨特所说，"自由是选择的自由"④，人总是处于选择之中，而每一

①　博克. 走出象牙塔：现代大学的社会责任[M]. 徐小洲，陈军，译. 杭州：浙江教育出版社，2001：20.

②　博克. 走出象牙塔：现代大学的社会责任[M]. 徐小洲，陈军，译. 杭州：浙江教育出版社，2001：16.

③　卡西尔. 人论[M]. 甘阳，译. 上海：上海译文出版社，2004：9.

④　萨特. 存在与虚无[M]. 陈宣良，等译. 北京：生活·读书·新知三联书店，2007：584.

种选择的背后都表现了个体需要承担的相应责任。"人，由于命定是自由，他对作为存在方式的世界和他本身是有责任的。"①人生遭遇的每一次困境都意味着一次艰难的抉择，因为无论哪种选择的背后都是个体需要承担的某种责任。学者作家通过书写主人公面对人生中的种种难题时做出的抉择，表达了自己关于人的自由与责任的精神诉求和价值取向。

身体自由与道德重负。人的自由的不自由境遇是个体身体自由与精神枷锁并存的生存状态，相较身体自由而言，精神自由是个体追求的更高目标。当身体自由与精神自由存在冲突时，为了精神自由而选择放弃身体自由，个体实际通过这种选择行为表明了自己的价值取向。学界小说中的人物就是以放弃身体自由的方式承担起自己的道德责任。《独角兽》中的汉娜选择放弃自由生活，情愿接受丈夫将她囚禁在盖兹堡的处罚，其实是以选择囚禁的方式承担自己曾经犯下的错误的责任。她"放弃自己的自由，就是放弃自己做人的资格，就是放弃人类的权利，甚至就是放弃自己的义务"②。麦克斯教授明白，汉娜是以这种方式曲折地表达自己内心的道德选择，她的选择不只是身体的囚禁，还表达着她对自己过失的忏悔和远离情欲诱惑的决心。而当她在玛丽安等人的鼓动下走出城堡时，她意识到自己的过去是无法逃避的，身体自由无法抵消真相大白时她必须承担的精神重负。因此，她最终选择死亡，是以这种最极端的方式承担自己的道德责任。

《大海啊，大海》中剧作家查尔斯认为自己少年时代的恋人哈特莉就像生活在地狱中一样，因此，他想尽办法将她带到自己的房子里，他以为这是在拯救哈特莉。但事实上，他所谓的拯救只是将哈特莉带进另一个牢笼中。哈特莉不离开暴君丈夫本，于她而言，那就"是我的生活，我的命。我无法逃离"③。她无法逃离的真正原因是她因遗弃养子泰特斯这一行为而产生的负罪感，她的选择同样带有赎罪的性质，同时她也是以无条件服从

---

① 萨特. 存在与虚无[M]. 陈宣良，等译. 北京：生活·读书·新知三联书店，2007：677.

② 卢梭. 社会契约论(第三版)[M]. 何兆武，译. 北京：商务印书馆，2003：12.

③ 默多克. 大海啊，大海[M]. 孟军，等译. 南京：译林出版社，2004：322.

命运的方式承担自己对丈夫本的责任，因为对她而言，"只有我才是本的耶稣"①。同样，《治疗》中，莫琳决定忍受丈夫，选择留在他身边，也是出于一种责任感。莫琳因肿瘤切除乳房后，丈夫比德一直对她冷淡。然而，她说，"我不能撇下可怜的老比德。没有我他怎么办呢？他会完全垮掉的"②。莫琳认为自己对比德有一种责任，这种责任使她必须勇敢承受命运对他们的打击，让她选择留在因丧子而消沉憔悴的比德身边支持他生活下去。

无论是汉娜、哈特莉还是莫琳，其实是以不同方式放弃了自己的自由，以承载起道德责任的重负。"能否分辨善恶是辨别人是否为人的标准"③，他们正是在选择善的行为的过程中完成了个人的伦理选择。

当然，也有人将身体自由作为彰显自我主体意识的方式，恣意沉迷于身体狂欢的刺激中，以体验毫无约束的自由，但是其结果却可能事与愿违。大卫·凯普什(《欲望教授》)的伦敦经历就是最好的例证。在伦敦求学期间，他感受到的最大好处在于他可以享受到前所未有的自由。对他而言，远离家乡的物理空间为他提供了一个道德真空的环境。在家乡感受的道德约束感似乎完全消失，他也不必在意周围人的目光。他彻底抛开自己所受的教养和道德，沉迷于种种性体验中。与波姬塔、伊丽莎白的疯狂性行为也被他认作自由的表现形式，然而这些疯狂行为对伊丽莎白的心理带来的伤害却是他始料未及的，放纵身体造成的后果是伊丽莎白类似自杀式的车祸。这一悲剧让他意识到自己无法做到无视伊丽莎白的痛苦，强烈的道德感给他的心灵戴上了更沉重的镣铐。

个体自由与亲情纽带。人生而自由，却不能选择自己的民族、家庭等，因此当个体认为民族、家庭等是造成自己不自由的根源时，逃离民族、家庭就成为他行动的内在动力。罗斯一成年便搬离自己和父母的家，

---

① 默多克.大海啊，大海[M].孟军，等译.南京：译林出版社，2004：321.
② [英]戴维·洛奇.治疗[M].罗贻荣，译.南京：译林出版社，2002：385.
③ 聂珍钊.文学伦理学批评导论[M].北京：北京大学出版社，2014：35.

独自居住，并宣称不要父亲遗产。他刻意制造空间距离、否定民族传统，以摆脱来自家庭和民族的约束。这种摆脱家庭、摆脱亲人的行为与野兽何异？但是当父亲身患重病时，曾经以反叛社会习俗作为自己行动指针的罗斯毫无怨言地承担起自己作为儿子的责任。在背弃家庭族裔到回归族裔传统的过程中，罗斯表现出了其人性的一面，真正完成了自己的伦理选择，明白自己是无法摆脱传统习俗的犹太人。他最终明白，"我的基本感觉比我坚定的道德承担更墨守成规"①。他照顾身患重病的父亲，渴望得到父亲一份遗产行为的内在动机是承认自己民族及家庭关系纽带。

鲁丝(《初涉人世》)在祖母的看护下长大成人，父母并不为她的将来考虑，阻止她到剑桥学习深造。维系着她与父母之间关系的就是割不断的血缘亲情，因此，当她得知父母生病之后，她毅然中断在法国的学习，回到父母身边照顾他们的生活；《天使湾》中，母亲随再婚丈夫到法国居住，年仅16岁的佐伊被继父安排在英国独自生活。继父去世后母亲不堪打击，精神抑郁而迅速衰老，住进法国一家养老院。为了能经常看望母亲，她离开了自己的工作地伦敦，搬到法国与母亲居住。

回归家庭或民族的行动是罗斯、鲁丝及佐伊等人承担起自我责任重负的方式，通过个人行为选择，他们使自己的行为符合伦理道德要求。

伦理与禁忌。纳森·朱克曼(即内森·祖克曼)成年后一直想反叛自己家庭的教养，与继女莫尼卡的不伦之爱即一种表现形式。他带着她离开自己的故土，来到欧洲这一陌生的环境中。然而他感觉到"我是在过着另一个人的生活"②，时时处于"一种像逃犯以为当局已发现他的踪迹时产生的那种恐惧"③中，更重要的是"我既是逃犯又是追捕当局"。尽管他通过改

①　[美]菲利普·罗斯.遗产：一个真实的故事[M].彭伦，译.上海：上海译文出版社，2006：65.

②　罗斯.我作为男人的一生[M].周国珍，等译.长沙：湖南文艺出版社，1992：87.

③　罗斯.我作为男人的一生[M].周国珍，等译.长沙：湖南文艺出版社，1992：87.

变自己的物理空间逃离了认识他的人的审判，却无法逃离他自己心理上无时无刻不在的道德审判，"我的国家或许变了，可我没有变"①。当他说自己"可以不惜一切，只要我能重新生活在那种不光彩的状态。我可以放弃一切，只要能重新回到芝加哥去生活"②时，回家对他的意思不只是获得一处安定的居所，更是其获得心灵解脱的途径，他渴望在"一种尊严的生活"③中重获自由。当然，他的回归还意味着他需要承担起的伦理责任重负。

回归传统道德观最直观形象的注解莫过于《沙堡》中莫尔与卡特驾车出游的场景。莫尔与卡特的驾车出游以轻松欢乐开始，以弃车逃生结束。这场景恰是对他们之间恋情的预演：轻松愉快地开始，狼狈不堪地结束。莫尔如果选择与卡特结合，就意味着他要放弃自己的家庭；卡特如果决定与莫尔在一起，就意味着她要放弃自由自在的艺术生活。他们当然都有足够的理由放弃其原有的生活，但对两人来说，放弃家庭或艺术生活的危险可能导致个人的毁灭，就如同不放弃那辆滑入小河的车会让两人丧生是一样的。当他们选择回归各自生活的时候，他们其实是选择了被人们普遍认同的家庭道德责任。

身体自由的重负。学界小说中，一个引人注意的现象是主人公大多是享有身体自由、过着离群索居生活的单身知识分子。默多克笔下的查尔斯（《大海啊，大海》）、布拉德利（《黑王子》）、迈克与詹姆斯（《钟》），布鲁克纳笔下的艾迪斯（《湖边旅店》）、鲁丝（《初涉人世》）、佐伊（《天使湾》）等，纳博科夫笔下的普宁，索尔·贝娄笔下的洪堡、赛勒姆先生，罗斯笔下的内森、凯普什，丹·布朗笔下的大卫·贝克、罗伯特·兰登等，这些

① 罗斯. 我作为男人的一生 [M]. 周国珍，等译. 长沙：湖南文艺出版社，1992：89.
② 罗斯. 我作为男人的一生 [M]. 周国珍，等译. 长沙：湖南文艺出版社，1992：89.
③ 罗斯. 我作为男人的一生 [M]. 周国珍，等译. 长沙：湖南文艺出版社，1992：90.

知识分子因不同原因都选择了离群索居的独身生活。那么作家们为自己的主人公选择独居生活是偶然的巧合，还是只是通过作品中的人物生活再现了后现代社会人们"警惕长期的承诺；拒绝坚持某种'固定的'生活方式"①的状况？

对责任感的严肃认识是学者们选择单身的深层原因。回到美国的凯普什渴望在与海伦的家庭生活中感受幸福，然而，婚姻中的海伦依旧保持着我行我素的习惯，经常忘记自己在家庭中应当承担的责任。凯普什曾经一度十分欣赏海伦，因为在她身上，他看到了自己内心渴望的"自由"。然而婚姻生活中，妻子的自由却成为他痛苦生活的根源。应该说，正是从海伦的身上，凯普什认识到了家庭生活、社会生活中自我应当承担的责任。对于现代人来说，"一旦门从外部关闭，家就变成了一个梦想。一旦家从内部关闭，它就变成了一个监狱"②。正是出于对家庭责任的严肃认识，凯普什决定放弃与克莱尔结婚的念头，保持单身生活状态。较之家，凯普什们更"享受单身生活给他带来的孤独与自由"③。

离群索居的异化居住环境同样出于自由的心灵需求。小说中，像罗伯特·兰登一样的知识分子不在少数，他们可以拥有学校提供的免费住房，却宁愿在校外选择一处远离同事和学生的幽静公寓。通过选择这种与他人保持空间距离处所的途径，他们获得了自由掌控自己生活的权力。他们可以根据自己的想象与喜好建构属于其个人的小天地，可以在自己喜欢的时间、空间中与自己所挑选的人接触或联系，生活完全处于自己掌控之中。譬如，老年的凯普什每年在学期结束时，会邀请自己喜爱的学生参加在他家中举办的聚会。在自己寓所举办的这种聚会，是凯普什建立自我小圈子

① 齐格蒙特·鲍曼. 后现代性及其缺憾［M］. 郇建立，李静韬，译. 上海：学林出版社，2002：104.

② 齐格蒙特·鲍曼. 后现代性及其缺憾［M］. 郇建立，李静韬，译. 上海：学林出版社，2002：108.

③ 丹·布朗. 地狱［M］. 路旦俊，王晓东，译. 北京：人民文学出版社，2013：9.

的一种重要方式。和青年凯普什决定独身一样，选择离群索居这一异化环境的最根本原因同样出于他们对自由与责任的清醒认识：应当担当的对自己及他人责任的意识，可能无法担当起这责任的恐惧。两种心理相互交织，最终他们选择了置身于群体生活之外，实际是以逃避责任的方式承担起自己的责任。

然而，如《天使湾》中佐伊所感叹的那样，"人从来都不会自由，有的只是对自由的幻想罢了。人们永远都摆脱不了或显或隐的责任和义务"①。她的感慨道出了个体生存的真相：拥有选择自由的个体无法逃离自己的处境，那么他对自己、他人及其周围的环境就负有不可推卸的责任，因此，他能做的只能是担当起这些重负。

二、介入个体生活

文学介入生活是知识分子的一种选择。20 世纪两次世界大战不仅毁灭了人们的物质世界，改变了社会环境，对人类精神的摧残也是前所未有的。战争中的杀戮与死亡让人们认识到生命的脆弱与短暂，进而极大地破坏了人们的道德价值体系。过去一度被人们看重的伦理道德失去其吸引力，无论是宗教还是传统道德规范都逐渐失去其在社会生活中的地位，不再能够发挥维系社会关系、约束个体行为的作用。弗洛伊德以性欲解释个体种种行为的分析似乎也向人们暗示，传统道德规范是导致个体不得自由的根本原因。随后，20 世纪 60 年代的女权运动、黑人解放运动及性解放运动等社会运动，进一步向传统价值观发出挑战。一向被视作圭臬的传统道德成为人们竞相摆脱的桎梏。如萨特所说，"作家选择揭露世界，特别是向其他人揭露人，以便其他人面对赤裸裸向他们呈现的客体负起他们的全部责任"②。面对社会道德沦丧的社会状况，严肃作家不可能不对此做出

---

① 安妮塔·布鲁克纳. 天使湾[M]. 王一多，庄雪，译. 海口：南海出版公司，2015：167.

② ［法］萨特. 什么是文学？［M］//萨特文论. 施康强，译. 北京：人民文学出版社，2005：108.

回应，作家的职能就是借助语言，以文学作品介入生活以期改变人们的意向，这也是战后学者作家们的选择。

以认可传统道德观的方式介入生活。在社会生活中，传统道德是人们在文明进程中用理性人为建构的价值规则，用以引导人们的选择和行为，并非是奴役个体的工具。当个体理性地牺牲自己的某些自由，选择接受这种道德价值规则约束时，他是以牺牲自我的身体自由换取心灵自由。譬如进入家庭的个体要遵守婚姻道德规范，家庭成员之间彼此负有养育责任等，都是传统道德中一直为普通人认可的价值观念。学界小说通过书写不同身份人物违背道德伦理的生活，叙述了个体不顾个人道德责任的行为所造成的种种悲剧。不过，作家书写这些人物生活时，并非以高高在上的姿态谴责他们，而是通过叙述他们其后选择某种救赎行为，并最终获得了精神自由的方式，表达了作家的价值取向，并以此引导个体实现精神救赎。

自我救赎。当个体遭遇道德困境时，如何摆脱这种精神枷锁，个体有自己不同的选择，而以身体不自由换取精神自由即一种自我救赎的方式。汉娜选择囚禁生活以表达自己对背叛丈夫行为的忏悔，哈特莉选择与脾气暴躁的丈夫本继续生活在一起以表现自己遗弃养子的悔恨。表面看，他们似乎失去了身体自由，事实上，经由这种不自由，他们获得了自我的心灵拯救。这样，就不难理解《独角兽》中汉娜将自己的遗产全部赠与素未谋面的麦克斯教授的意义了。并不完全了解汉娜被囚真相的麦克斯是盖兹堡周围唯一理解汉娜选择囚禁生活的意义的人。他明白她是以接受囚禁生活的方式来对自己之前的行为进行忏悔，以此表明她对道德价值的肯定，她愿意以囚禁来树立自己的另一形象。麦克斯对她这种选择的赞誉肯定了她的选择，这一赞誉也一度成为汉娜自愿囚禁在城堡中的精神力量。换言之，作品中学者麦克斯以言语介入汉娜的世界，以此改变了她的道德认知，引导着她实现自我道德完善。这样，汉娜的跳海及随后的财产遗赠就不能简单地看作一种单纯的自杀和财产赠与行为。在玛丽安等人的鼓动下，她逃出盖兹堡一方面违背了誓言，另一方面再次表现了她对非道德的妥协。因此当她最终选择自杀的时候，其实是重新回到道德选择行为。而财产的赠与则宣告了其内心深处对麦克斯教授所推崇的道德价值观的认同。

《黑王子》中，作家皮尔逊意识到自己在普丽西娜和阿诺尔德的两起事件中负有不可推卸的责任，是他的道德过失直接或间接地造成了他们的死亡，因此，他放弃起诉蕾切尔，是对她的宽恕，更是以生命为代价的行动表达自己的忏悔。同样，尼克（《钟》）的自杀也同样具有自我救赎的意义。尼克可以说是迈克生活的灾难。在与迈克的第一次交往中，他的引诱和告发让迈克失去成为牧师的机会；与迈克的第二次交集中，他的言行不仅让迈克失去他人的信任，还一定程度上推动了樱柏园的解体，间接造成妹妹凯瑟琳发疯。但当他选择自杀以结束自己生命时，他以死亡的方式承担起了自己所有的罪责。

放弃生命就是放弃一切，"对于一个放弃了一切的人，是无法加以任何补偿的。这样一种弃权是不合人性的；而且取消了自己意志的一切自由，也就是取消了自己行为的一切道德性"①。尽管这代价十分沉重，但当汉娜、皮尔逊、尼克等生命结束之时，他们不仅让自己从身体与精神的双重桎梏中解放出来，获得了真正的自由，也是以这种方式实现了自我救赎。

回归自己的责任同样是一种自我救赎。即将步入老年的罗斯陪伴在身患重病的父亲身边，无论是毫无怨言地为他做日常琐事，还是给予他精神支持，都是以行动承担起了自己的责任，也是以行动认可了自己曾经反叛的家庭责任观念。当他从父亲手中接过祖父传下来的那只剃须杯时，包装纸上父亲郑重其事写下的"由父亲交给儿子"②几个字的意蕴是不言而喻的：他将肩负起传承传统的重任。他接受那只古老的剃须杯也象征着重新接受家庭价值观，回归自己的传统责任。

以"爱"化解危机是学者作家倡导的道德理念。《杰克逊的困境》中，杰克逊是一位凭空贸然出现在知识分子白尼特面前的神秘人物，他请求得到一份管家工作。白尼特的确需要一位管家处理日常事务，他却果断地拒绝

---

① 卢梭. 社会契约论[M]. 何兆武，译. 北京：商务印书馆，2003：12.

② [美]菲利普·罗斯. 遗产：一个真实的故事[M]. 彭伦，译. 上海：上海译文出版社，2006：74-75.

了杰克逊。随后，尽管他勉强接纳杰克逊做自己的管家，但他不为人知的过去却一直是白尼特心中的梗，使他始终对杰克逊持怀疑态度。而杰克逊却以自己爱的行动赢得了白尼特身边朋友们的信任。当他们遇到困难时，杰克逊是他们首先求助的人。为了解决白尼特朋友们的种种危机问题，杰克逊四处奔走，终致疲惫地睡倒在白尼特的客厅中。但白尼特回到家一看到他酣睡未醒的表象，就片面地断定，他是趁自己不在家的时候，酗酒而醉倒，也因此直接给他留下辞退信让他离开。如果说杰克逊的困境在于他不为人知亦不想为人知的过去的话，他其实在进入白尼特生活中之后，已经以爱的行为开始为自己重塑新的未来，而真正处于困境之中的恰恰是白尼特。可以说，白尼特对待杰克逊的态度道出了现代人际关系中最可怕的问题：信任危机。

丹尼尔·贝尔认为，后工业社会的"首要目标是处理人际关系"①。战后，人与人之间曾经信奉的道德体系崩塌，相互之间的感情纽带变得松散无力。曾经在维系人际关系中发挥着重要作用的宗教也失去其昔日的地位，现代社会中的人们似乎已经失去了维护相互亲密持久关系的能力。一方面渴望得到爱，另一方面却又害怕爱，即使是最亲密的人之间也很难彼此交流沟通，以建立起相互信任的关系。在《杰克逊的困境》中，玛丽安逃婚引发的一系列事件就是最好的说明。玛丽安、爱德华、图安或不敢承认自己内心真实的情感，或沉浸在悲惨往事的深深自责中无力自拔，或受困于家庭的创伤记忆中。不敢与他人交流沟通、想爱又不敢爱的根源在于个体背负的心理负担。而杰克逊在他们之间扮演的角色引人深思：表面看，他的身份不过是一个佣人。私下里，他是除了白尼特之外的所有人倾诉秘密的对象，他似乎充当着上帝使者的角色。如作品中画家欧文对他的评价，他就像一只内藏珍珠的河蚌，更像是一位折翼天使。② 而他之所以能够赢得大家的信任，在于他的行动传递的信息。

---

① ［美］丹尼尔·贝尔. 资本主义文化矛盾［M］. 赵一凡，蒲隆，任晓晋，译. 北京：生活·读者·新知三联书店，1989：198.

② Murdoch, Iris. *Jackson's Dilemma*［M］. New York：Penguin Group, 1995：175.

爱是化解信任危机的良方。"离开爱的行动是没有爱的。"①杰克逊以自己的行动为白尼特的朋友们解决生活中的小困难，还在玛丽安逃婚之后，全力奔走相助，终于在这些封闭的心灵之间搭起桥梁，让他们彼此袒露心扉，承认自己内心真实的情感。而一直不信任他的白尼特也在得知真相后，认识到自己对杰克逊的偏见，他找到并恳求杰克逊回到自己身边。他这一寻找行为与其说是找到了杰克逊，不如说是重拾起自己对他人的信任。因此，可以说，他的行动是将自己从信任危机中解救出来的行动。当白尼特的朋友们都通过沟通交流各自找到了自己的情感归属，走出了曾经的心理阴霾之时，当白尼特放下自尊找回杰克逊的时候，作家渴望传达的是自己对现代社会解决信任危机问题的思考。

爱的力量还在于它是自救的渠道。杰克逊过去的经历是他无法摆脱的梦魇，但在他以爱的行动解救他人的过程中，他已经重拾新生力量，完成了自我救赎。杰克逊的涅槃也是查尔斯堂弟詹姆斯的选择。查尔斯总是对周围人怀着恨、嫉妒等不良情感，詹姆斯却以自己的行动告诉他，生命更可贵的意义在于对他人的爱与宽恕。从印度回来的詹姆斯背负着沉重的精神重负，他认为是自己的狂妄自大导致了朋友的死亡。但从这次死亡事件中，他领悟到生命的意义。从他努力以自己无私的爱的行动帮助查尔斯重建与他人的正常友爱关系，到他耗尽心理和生理力量将查尔斯从海上救起，他以牺牲自我的方式"完成了自己的使命"②。他在死亡中实现了人格的升华，也是以生命为代价给查尔斯上了一堂关于"爱"的课。

同样，《治疗》中莫琳艰苦的朝圣之路所感悟到的力量远超过宗教的情感。当她以信徒的身份参与慈善活动时，她的力量来自对上帝的虔诚信仰。但朝圣途上，从身体累乏中感受的生命价值让她对人生、对爱有了新的认识，在劳伦斯看来，爱才是实现救赎的内在力量。

---

① ［法］萨特. 存在主义是一种人道主义［M］. 周煦良，译. 上海：上海译文出版社，1988：19.

② 默多克. 大海啊，大海［M］. 孟军，等译. 南京：译林出版社，2004：507.

《好与善》中的杜肯(Ducane)一直自诩是一个道德上没有瑕疵的人，因此在生活中常常扮演着道德裁判的角色。然而，当他为了救男孩皮尔斯而命悬一线时，对生命本身及自己内心对玛丽的爱的认识，让他深刻地体会到，"如果我能从这里出去，我将再也不做他人的裁判。爱、和解和原谅才是最重要的。爱是唯一的法官"①。这一自觉认识将他从自我建构的幻象中解放出来，他身体获救之时，也是其精神升华之时。

当然，宽恕如果只是流于表面，或者不分青红皂白，那么不仅无法救赎他人，还可能加重他人或自己的精神重负。在鲍尔(《钟》)身上，似乎可以看到《米德尔马契》中冷酷的卡苏朋的影子。他以自己那一套生活标准要求朵拉，朵拉由于不堪忍受束缚而离家出走。朵拉回到他身边时，他表面上原谅了朵拉，但当他刻意地给她讲述古钟的传说时，实际是以另一种方式谴责她离家出走这一违背道德的行为。这样，他将他与朵拉的私事告诉樱柏园其他人的动机就值得怀疑。樱柏园中的人们看似对朵拉很友好，但当他们一再劝说朵拉去找玛丽娅修女忏悔的行为，其实是鲍尔意志的延伸，是变相地对她做出了道德评判。也正因为如此，朵拉才始终感受到自己时刻处于他人的目光牢笼中，无形的枷锁更加重了朵拉的精神重负。

《错爱》中布兰彻对爱丽诺及其家人表达的盲目爱心使她感到前所未有的沉重。爱丽诺父母年纪轻轻、身体健康却整日无所事事，四处游荡，依靠政府或他人的救济维持生活。不了解情况的布兰彻在医院看到生病的爱丽诺后，心生同情。自此她经常给他们送钱送物。一段时间后她发现，爱丽诺的父母视他人的帮助为理所当然，从未想过自己谋生以改变窘迫的生活状况。最终布兰彻明白，正是类似自己这样滥施爱心的人，才造就了爱丽诺父母这种社会寄生虫。由这件事她也终于领悟到丈夫的出轨与自己忽略了对他的关爱有直接关系。这种错爱也让她感受到前所未有的负疚感。

---

① Murdoch, Iris. *The Nice and the Good* [M]. New York: Penguin Books, 1968: 417.

通过展现普通个体处于道德困境中的种种表现，学界小说通过书写个体的选择凸显了忠诚、善良等积极的道德价值观，同时也更加强调个体自身的力量。个体在面临自由与责任的冲突时，主观性发挥作用为其做出相应的选择。当他做出某种选择时，是以自己的行为本身宣告了自己的存在状态，也宣告了他与他人的关系及其价值取向。就像萨特所说，"人在为自己作出选择时，也为所有的人作出选择"①。通过选择行为，个体"把自己存在的责任完全由自己担负起来"②。在战后传统道德价值观遭到质疑、人与人之间无法建立正常信任关系的语境下，学者作家通过作品人物行为，借助文学曲折地表达了作家的个人价值取向，也以这种方式传达了作家对优良传统道德的呼唤。

三、介入公共生活

学界小说从道德、爱、宽恕等角度介入个体生活，对公共生活的介入则主要通过作品传达了现代人文学者强烈的人文关怀，如对战争的反思、对人文精神缺失的反思、对种族问题的反思、对大学教育的反思等。

表达反对战争、反对恐怖主义的人道主义精神是战后学界小说的重要内容。20世纪，从两次世界大战，到战后数十年散布于各地的局部战争，世界始终笼罩在战争的阴影中。战争带给个体的伤害不仅是身体的残缺或疼痛，更是无法摆脱的梦魇与创伤记忆。学界小说以冷峻的笔法书写普通个体生活，通过这些幸存者们时时被唤起的战争记忆，以及这些记忆带给他们的精神创伤，表达出学者对战争的深恶痛绝及对个体命运的人文关怀。

"创伤（Trauma）"一词源于希腊语的"创伤"或"伤口（wound）"，其原初意义指身体所遭受的伤害。20世纪精神分析学将其运用于心理学中，创伤主要指个体心灵遭受的伤害。弗洛伊德称之为"创伤性神经症（traumatic

---

①　[法]萨特. 存在主义是一种人道主义[M]. 周煦良，译. 上海：上海译文出版社，1988：9.

②　[法]萨特. 存在主义是一种人道主义[M]. 周煦良，译. 上海：上海译文出版社，1988：8.

neurosis)"，他将创伤经验定义为，"在短时期内，给大脑提供强有力的刺激，以致不能用正常的方法应付或适应，从而使大脑能量的分配方式受到永久的干扰"①的某种经验。较之简单的、可治愈的身体伤害来说，心理创伤要复杂得多，远远超过了弗洛伊德所说的会不断地出现在幸存者梦魇或行为的范围。心理创伤的痛苦在于创伤经历与现实无法割裂的关系，生活在现实中的个体总会在不经意间回到过去的经历中，多次体会创伤带给自己的痛苦。

事实上，学界小说中直接书写战争的场景并不多。几乎所有关于战争的书写都是通过个体创伤记忆再现出来。弗洛伊德提出，出于自我保护的目的，有机体会努力防备刺激，这种自我保护在心理中表现为遵循至高无上的快乐原则②(Pleasure Principle)。依据该原则，个体心理上会有意识地抵御那些产生不快乐的刺激。在战争中幸存下来的人，有意识地不回忆那些经历是为了让自己有力量生活下去。

对于普宁来说，他"一直克制自己，为了理智地生存下去，只有永远不再怀念米拉"③。他一再告诫自己，"人不得不忘却过去——因为你没法想着这样的事情活下去"④。然而，"创伤性的"记忆早已埋在大脑的最深处，其力量"强大到足以打破这个保护层"⑤。因此，个体也必然会带着这创伤记忆生活在当下，而每一次的回忆只会加重心中的痛苦。

如凯茜·卡鲁斯(Cathy Caruth)所说，《耶路撒冷的解放》(*Gerusalemme Liberata*)中坦克莱德(Tancred)无意中杀死自己热恋的少女克洛林达(Clorinda)事件，与他随后在森林中再次砍倒大树又一次伤害恋人的事件

①　弗洛伊德.弗洛伊德文集4——精神分析导论[M].张爱卿，译.车文博，主编.长春：长春出版社，2004：160.

②　弗洛伊德.弗洛伊德文集6——超越快乐原则[M].杨韵刚，译.车文博，主编.长春：长春出版社，2004：7.

③　纳博科夫.普宁[M].梅绍武，译.上海：上海译文出版社，1981：143.

④　纳博科夫.普宁[M].梅绍武，译.上海：上海译文出版社，1981：143.

⑤　弗洛伊德.弗洛伊德文集6——超越快乐原则[M].杨韵刚，译.车文博，主编.长春：长春出版社，2004：23.

中，坦克莱德的砍树行为与克洛林达的抱怨其实是，"以延迟的面孔及推迟的呼告的形式，将真相不仅与已知的事件联系起来，还以行动和语言的方式将其与未知的联系起来"①。现实生活中，在预料不到的时间、空间中，不期而至的闲谈、突然出现在眼前的相似物等，都可能唤起个体封存的创伤记忆。在回忆过去的痛苦经历中，个体一遍遍地经受心理煎熬。

创伤记忆无法忘怀。别人在与普宁闲聊时无意提到的往事，"以一股不寻常的力量唤来了米拉的形象"②。但普宁脑海中有关青年时代恋人米拉的记忆是与战争、集中营及死亡紧密联系在一起。尽管普宁并未亲历米拉死亡的场面，但想象米拉死亡场景的无限可能性使痛苦更为深切。米拉在普宁记忆中的每一次复活，其实是一次再一次地重现另一种死亡方式。于普宁而言，米拉死亡方式的每一种想象猜测无异于又一次经受失去爱人的心灵折磨。同样，当加宁无意中看到玛丽照片时，青年时代的美好回忆充溢在他心头，但与之相伴的另一段回忆却是战争。战争将他带向战场，将两个相爱的人无情分开。加宁脑海中，美好与残酷交织的记忆画面是普通个体对战争的深刻控诉。

大屠杀已经成为犹太民族的集体创伤记忆。《解剖课》中，母亲在记忆力已经严重丧失的情况下，医生让她写下自己的名字，她却准确无误地写下了"大屠杀（Holocaust）"这个词，而这是一个祖克曼认为，"她甚至从来都没有说过"③的词，然而"这个词无法被逐出脑子，这个词一定一直根深蒂固地盘桓在脑子里，而大脑本身却毫无察觉"④。这已经不是词语的问题，是它所代表的伤痛已成为亲历过大屠杀的个体永远存留在脑海中根深蒂固的记忆。正常状态下的母亲刻意回避谈大屠杀，显然其目的是为了让

---

① Caruth, Cathy. *Unclaimed Experience*: *Trauma*, *Narrative*, *and History* [M]. London: The Johns Hopkins University Press, 1996: 4.

② 纳博科夫. 普宁[M]. 梅绍武，译. 上海: 上海译文出版社，1981: 143.

③ [美]菲利普·罗斯. 解剖课[M]. 郭国良，高思飞，译. 上海: 上海译文出版社，2013: 37.

④ [美]菲利普·罗斯. 解剖课[M]. 郭国良，高思飞，译. 上海: 上海译文出版社，2013: 37.

自己能更好地活下去。当她的记忆力已经严重衰退时，她无意识中写下的这个词昭示了大屠杀对她造成的伤害至深，她的内心一定曾无数次地回到那个时代，无数次经受大屠杀带给她的苦难与恐惧的折磨。出于同样的目的，《杰克逊的困惑》中，一辈子都生活在自责中的图安父亲选择讲出逃亡经历。当把自己一家人在大屠杀逃亡时与妹妹离散的往事讲给图安听，是以另一种方式将大屠杀的创伤记忆传递下去，即便图安与那段经历之间存在着时空距离，父辈的创伤依然成为影响图安接受美好感情的最大障碍。

战争及战争留下的创伤记忆毁掉了幸存者战后的正常生活。对于参加过战争的士兵们来说，战争带给他们的创伤记忆更是不可磨灭。死亡场景强烈地刺激着见证过它的战争幸存者们，战场上战友、对手的死亡都成为退伍老兵们无法驱逐的恶梦。每一次对自己"生"的意识都与战友或者对手的"死"相联系。《人性的污秽》中莱斯·法利被政府训练成残忍的杀人机器，越南战场上，对方士兵在他眼中已经不再是像他一样的"人"，而是又一个练习杀人的工具。然而他也同样亲眼目睹过与他朝夕相处的战友在自己身边被炮弹炸飞，这一场景给他留下的创伤记忆已经使他无法回到正常生活中。战后，法利每次看到越南人，都会激起他杀人的冲动，都会让他想到自己牺牲的战友。

有过战场经历的赛姆勒也"是一个从死亡中生还的人"①，战争的阴影时刻笼罩在他的生活中。在战场上他曾经亲手打死的一个已经解除了武装的敌方士兵，那是一个像他一样有儿女的人。② 女儿安吉拉头上的便帽让他联想到了以色列战场上的随军女郎，进而回忆起那残酷的六天战争，坦克的轰鸣声、炮弹的爆炸声似乎再次在耳边响起。已经缴械的敌方士兵恳求他放过自己的场景不断浮现在他脑海中，让他时时受到良心折磨。

《愤怒》中，战争是造成麦森纳一家家破人亡悲剧的根本原因。对自己

---

①　索尔·贝娄. 赛姆勒先生的行星[M]. 汤永宽，主万，译. 石家庄：河北教育出版社，2001：286.

②　索尔·贝娄. 赛姆勒先生的行星[M]. 汤永宽，主万，译. 石家庄：河北教育出版社，2001：139.

两个侄儿在"二战"中牺牲的创伤记忆，让麦森纳先生始终生活在战争死亡的恐惧中，而这种恐惧转化为他时时刻刻担心儿子马库斯的安全。因此，他不加选择地试图掌控业已成年的马库斯。为了摆脱父亲这种爱的控制，马库斯到远离家乡的温斯堡上大学。然而阴差阳错中，他却由于与院系主任的冲突，愤而入伍，继而在朝鲜战场上丧生。父亲在悲伤中过早离开人世，母亲也在追忆儿子的痛苦中苟延残喘。

《美国牧歌》中，瑞典佬利沃夫一家悲剧的根源是美国发起的越战。为了表达对美国发起的越战的愤怒，利沃夫的女儿梅丽炸毁了当地邮局，造成两名无辜平民死亡。她因此而因杀人罪名遭到通缉，也将家人置于受公众指责的舆论之中。一定程度上利沃夫父亲的过世与梅丽的行为有很大关系。战争让瑞典佬一家背井离乡逃亡到美国，同样因为战争，这个家庭再次处于崩溃之中。

正是由于经历过战争的切肤之痛，推己及人，普宁更关心的是如何避免整个人类的命运，对普宁来说，"恍惚不定是这个世界"，而他"正有责任来整顿这种局面"。① 所以当哈根博士离职前委婉地告诉他将面临失业的窘境时，普宁却在思考如何利用授课的课程反思灾难。② 普宁在个人职业前途未卜的情况下，一心思考着如何通过自己的课堂向学生们传达反对战争、反对极权的思想。在这一看似滑稽的场景中，普宁的表现恰恰是最震撼人心的：一个经历过苦难的知识分子以自己的行动表达着对人类灾难的严肃反思。

学界小说通过同情深受战争创伤折磨群体、敬畏生命本身等方式，表现知识分子的反战人文精神。祖克曼明白莱斯·法利是造成科尔曼教授车祸的原因，但是当他听着法利讲述自己的参战经历后，他明白造成这一系列悲剧的罪魁祸首是战争。是战争改变了法利的生活，造成他人性的扭曲。因此，当内森发现他的踪迹后，最终决定放弃控告法利，不把他交诸

① 纳博科夫．普宁［M］．梅绍武，译．上海：上海译文出版社，1981：7.
② 纳博科夫．普宁［M］．梅绍武，译．上海：上海译文出版社，1981：180.

法律接受审判。在内森内心的道德法庭上，他明白如果说科尔曼教授是死于战争"机器"的疯狂行为的话，战争"机器"法利却是更直接、受伤更重的战争受害者，他所受到的伤害本身远远大于他曾经犯下的过失，也远远超过了普通个体心理承受的范围，且这种内心创伤永远无法愈合。在这场伤害案中，真正的凶手——将法利培养成杀人机器，并将他送往战场的政府却会永远置身事外，对个体的创伤作壁上观。祖克曼以内心宣判法利无罪的方式，表达了对个体无比的同情，以及对战争的控诉。

赛姆勒对黑人小偷的情感同样如此。赛姆勒和儿子埃森都是曾经上过战场的人，赛姆勒无法忘怀自己曾经杀死的士兵，而埃森却像法利一样因为战争经历变得疯狂。正直的赛姆勒在目睹黑人扒手公交车上的偷窃行为后，向警察举报，却没人理会，他反而遭到小偷跟踪及恐吓，但他并没有想用极端的手段对付扒手。而埃森在抓住扒手时，却对他痛下狠手，几乎置其于死地。赛姆勒极力劝阻埃森不要再殴打黑人扒手，因为在他的内心深处，战场上他打死敌军的行为之恶劣并不亚于偷窃。战争的经历让他深刻地意识到，与生命相比，其他的都是可以谅解的。作家通过对战争幸存者赛姆勒与埃森两代人的不同经历，从不同角度书写了战争对个体的戕害，无论是赛姆勒不断回到战场的创伤记忆，还是埃森疯狂地对待他人的非人道举动，都是战争在个体身上打下的烙印。

学者作家还借学术界的语境委婉地表达学者对极权思想的反思。无论是"二战"还是战后一些国家，极权政治造成的恶果甚至比战争更可怕。个体在极权时代思想被禁锢、自由受限制等状况都不利于现代社会的发展。正如米沃什在《被禁锢的头脑》题记中说的那样，"百分之百有理的人，一定是个凶残可怕的人、一个老盗贼、一个最大的恶棍"①，而这种人注定会成为人们反抗消灭的对象。学界小说中，某些学术界现象影射了极权的危害。在《小世界》中金费舍尔是文学评论界泰斗，洛奇以他身体及精神的萎

---

① 切斯瓦夫·米沃什. 被禁锢的头脑[M]. 乌兰，易丽君，译. 桂林：广西师范大学出版社，2013：题记.

靡不振形象地暗指学术界的不景气状况，与缺乏生机的极权社会如出一辙。柏斯"如果大家都同意你的观点，其结果会怎么样"①的问题，是对学术界可能出现的场景的预设，又何尝不是极权社会强制要求人们保持思想高度统一的写照？金费舍尔领悟到"至关重要的不是真理而是差异"②，进而重获生机。洛奇谈论的是学术，又未尝不能理解为一种政治观点：在现代多元化世界中，承认差异、尊重差异才能有出路，和而不同的世界才是更有生机活力的世界。

反思种族问题同样表现出作家的人文关怀。歧视黑人，或反犹主义等种族问题不仅是属于个人的，还是属于国家政策的范畴。

黑人种族歧视问题。20世纪二三十年代直到六七十年代，黑人民族在争取本民族社会地位的斗争中走过了艰苦历程。休斯以诗歌讴歌黑人民族，理查德·赖特、拉尔夫·艾里森、托妮·莫里森等则通过小说反映黑人歧视造成的悲剧人生。20世纪末期美国黑人取得了前所未有的社会地位，然而社会种族歧视的消失还有待时日。黑人民族的民族自信心是消除社会种族壁垒的关键。

《人性的污秽》中，科尔曼·西尔克青年时代因为黑人身份而饱受歧视，他通过冒险更改民族身份而重新建构其一个自我，取得受人尊敬的社会身份。临近退休，因为"幽灵事件"他被黑人学生指控为种族歧视，黯然离开自己生活了一辈子的学院。在科尔曼及两名未曾正面出场的黑人学生身上，其实暴露的都是对自身民族的不自信。几十年前，在种族歧视严重的社会背景中，科尔曼为求自保而更改民族身份，他是以抹去身份标签的方式逃避种族歧视，从而获取个人地位。在种族歧视看似消失的现代，两名黑人学生以强调自己民族身份的方式，试图维护自己的社会地位。无论是逃避身份，或是强调身份，他们对自我的认知都依赖于他人为其制定的标准。在族裔身份的怪圈中，他们对自我身份的定位都没有从"人"本身出

---

① ［英］戴维·洛奇. 小世界［M］. 罗贻荣，译. 重庆：重庆出版社，1992：515.
② ［英］戴维·洛奇. 小世界［M］. 罗贻荣，译. 重庆：重庆出版社，1992：516.

发来考虑自我的存在。从民族自信心角度来看，科尔曼、黑人学生与莫里森笔下渴望有一双"最蓝的眼睛"的秀拉并无本质区别。

被美国文化同化的犹太民族。犹太民族在进入美国主流社会后，为了适应生存，许多人刻意抛弃本民族语言、宗教、文化，毫无保留地接受美国文化。而这种单向趋同的行为并未达到相应效果。《欲望教授》中拼命寻求身份认同的凯普什，"祖克曼"系列中极力想摆脱家庭束缚的内森，《再见吧，哥伦布》中整容的布兰达，《狂热者艾利》中的小镇居民，《美国牧歌》中的利沃夫一家，《湖畔女郎》中试图隐瞒自己犹太人身份的利文等人，都以不同方式寻求美国主流文化认同。然而，与生俱来的民族性及其所代表的传统、道德、习俗等却是他们永远无法摆脱的。在对待本民族问题上，他们外在的排斥与其内在无法割舍的联系是造成他们内心痛苦的根源。

在美国，种族问题可以算作20世纪最大的问题之一。学者作家在作品中反映的黑人问题、犹太人问题等，都旨在强调在一个多元化的现代社会，树立民族自信心比单方面接受主流文化更重要。

＊　　　＊　　　＊

反思战争、反对极权、倡导民族自信心是学者作家介入公共生活的重要方式。不同风格的学者作家以不同的书写方式表达了作家对战争、对种族问题的反思，通过书写个体或种族的创伤记忆，表现战争对个体身心的摧残，作家们有力地控诉了战争的罪恶，通过关注种族问题，反思了少数族裔的生存境遇。尽管学者作家们不再像前辈们一样活跃在政治舞台上，不再以领袖的身份出现在公众视野中，但并不意味着他们放弃了自己作为知识分子的责任。通过书写战争及大屠杀数十年后个体对此依然无法忘却的痛苦记忆，学者作家意在叙述战争对个体造成的创伤之深、之重，表达了反战的人文思想。在后现代世界总体比较和平、局部战争不断的背景下，学界小说的现实意义是毋庸置疑的。

第五章　英美学界小说(1945—2000)的文学特色

在战后文坛异常繁荣、严肃文学遭到冷遇的大众文化语境下，学界小说能够长踞文坛数十年而不衰，一方面是由于其叙事内容满足了大众希望了解学术界或知识分子生活的阅读需求；另一方面，其独特的叙事方式也是很重要的因素。

在叙事内容上，学界小说体现出学术性与艺术性并举的特色。学术性是学者的特色，然而在大众文化市场上一味地卖弄才学只会让自己失去读者。学者们充分发挥语言的作用，它可以建构起保持着日常生活真实性的虚构世界，又具有创造多义性的功能。借助语言，学界小说将精英文化与大众文化巧妙地融合在一起。

形式上的创新与继承传统相结合也是学界小说很重要的特色。多数学者作家是熟谙各种文学思潮的批评家，因此，他们对传统及创新手法的认识和运用意识更强。在内容已定的前提下，选择什么样的叙事手段才能适应新的文化语境，是所有学者作家在创作过程中都会考虑的问题。学界小说中的互文性、元小说、反讽等特色都体现出了学者作家重视传统又注重创新的特点。

第一节　学界小说的学者特色

一、学术性

引经据典最突出地表现了学界小说学术性的特色。不过，和早期学者作家们的引经据典不同，战后学界小说中的引用加入了后现代特色，即通过戏拟、戏仿等形式将经典巧妙地融合于作品中，既可以让具备一定文学修养的读者体会其中妙处，也不会影响一般读者的阅读理解。譬如，戴维·洛奇作品中对艾略特、康拉德、克尔恺郭尔、盖斯凯尔夫人等作品的引用，菲利普·罗斯对卡夫卡、契诃夫等作品的戏仿或研读，丹·布朗作品中对但丁《神曲》的另一种解释，拜厄特作品对丁尼生作品的戏拟等，这些引用以服务于小说人物身份(多为文学课教授)、符合情节发展为宗旨。但是无疑，阅读这些作品时，那些希望更多了解文学经典的读者的阅读兴趣会被激发。

以小说本身阐述文艺理论，是学界小说将学术性与文学性巧妙融合的另一表现。20世纪是西方文艺理论争相上演的时代，每种理论都有其合理之处，学者作家将个人文学创作通过不同方式与文艺理论结合起来。一方面是在作品中体现出文艺理论对其创作的影响；另一方面则借助作品人物对文艺理论做出阐释。因而使其作品具有了双重功能：文学性与学术性。

作为作家的学者与小说人物学者之间的勾连。学者作家群体中，有许多作家都是活跃在文坛和文艺批评界的双栖学者。弗拉斯米尔·纳博科夫的《堂·吉诃德讲稿》(*Lectures on Don Quixote*, 1983)、《文学讲稿》(*Lectures on Literature*, 1980)为学习者提供了文学批评的范例。马尔科姆·布雷德伯里是著名的东英吉利大学创造性写作硕士课程的主持人，从这个写作班走出了石黑一雄等著名作家。他的学术著作《现代英国小说1878—2001》(*The Modern British Novel 1878-2001*, 2004)以综合性、折中性和包容性为特点，是英国小说研究者不可错过的工具书。

戴维·洛奇的"文学评论著作《小说的语言：对英国小说的评论和字面分析》于1960年出版后，立即成为当代小说评论名著。《现代写作的模式》(1977)和《结构主义的应用》(1981)相继问世后，在评论界也被认为是当代文学理论的重要入门书"①，他所编撰的《二十世纪文学评论》及专著《小

---

① 葛林. 戴维·洛奇《二十世纪文学评论》后记[M]//戴维·洛奇. 二十世纪文学评论. 上海：上海译文出版社，1993：583-584.

说的艺术》在许多大学被作为英国文学学习者的教材。

A. S. 拜厄特也是著名的文学评论家，她发表的有关艾丽丝·默多克的论著影响较大。

而菲利普·罗斯与其他作家的对话录《行话》(*Shop Talk*：*A Writer and His Colleagues and Their Work*，2001)中向读者揭示了诸多鲜为人知的事件和思维方式，对读者理解犹太作家的作品有极大启迪。

这样就不难理解，为什么这些作家笔下的学者们大多是像他们一样的英语系教授了。对他们来说，叙述一个自己更加熟悉的世界较之虚构一个陌生世界要方便得多。在这些作品中那些教授们身上可以看到他们自己或同事的影子，就如肖瓦尔特所说，她自己就曾以不同面貌出现在这些学者作家的作品中①。

作家与文艺评论家的双重身份通过他们的作品凸显出来。在《洛丽塔》《黑王子》《小世界》《隐之书》等作品中都体现出文艺批评家以作品本身阐述文艺理论及其个人文学观的特色。《洛丽塔》自问世起就是一部倍受争议的作品，读者更多关注其伦理问题，而忽视了其中的美学价值，如作家本人在后记中谈到的，"只有在虚构作品能给我带来我直截地称之为美学幸福的东西时，它才是存在的；那是一种多少总能连接上与艺术(好奇、敦厚、善良、陶醉)为伴的其他生存状态的感觉"②。故事本身的独特性及叙述中观察入微的描写都是作家力图超越常识、挑战固有文学观念的表现，就像有研究者说的那样，"他不遗余力地要炸毁压制真正艺术产生的常识之城"③。对纳博科夫来说，他的作品是给有素养的读者看的，只有他们才能够看到作品的美学价值。

《黑王子》中作家布拉德利的小说完成了，但他也因病死于狱中。他的

① ［美］伊莱恩·肖瓦尔特．学院大厦——学界小说及其不满［M］．吴燕莛，译．上海：上海三联书店，2012：3.

② ［美］纳博科夫．洛丽塔［M］．主万，译．上海：上海译文出版社，2005：500.

③ 赵君．艺术彼在世界里的审美狂喜——纳博科夫小说美学思想探幽［D］．广州：暨南大学，2006：26.

小说是何意思？朋友、仇敌都从不同角度对其小说做出意义不同的解读，借助这一小说情节，默多克形象地注解了罗兰·巴特"作者已死"的理论，即"一件事一经叙述……作者就会步入他自己的死亡，写作也就开始了"①。还有对原型批评理论的形象解释亦通过小说情节表现出来：布拉德利和朱莉安在皇家剧场观看的《玫瑰骑士》就是他们爱情故事的原型。而故事后记由四个不同人物撰写，这种模式无疑是接受美学和读者反应理论的最好注解。

而《小世界》中，戴维·洛奇则在作品中处处渗透了作为一个文艺理论家的专业特点。作品人物英语教授莫里斯·扎普在研讨会上就"阐释的不可能性"发表的一番演讲无异于给普通读者上了一堂普及文学理论常识的课。洛奇还直接在作品中设置"批评的功用"讨论会的情节，借作品中与会学者们相互辩论的发言，既介绍了不同角度出发的文艺理论，又借学界权威金费舍尔的顿悟提示读者，"在实际批评领域里至关重要的不是真理而是差异。如果大家都同意你的观点，他们肯定会步你的后尘，那么你便再也不能从中得到乐趣"②。A. S. 拜厄特的《隐之书》则以两封意外发现的书信为线索，揭开了一个文学家被掩盖的情史。海恩斯的《发表与死亡》中人类学家格雷高利被一步步地骗入古老祭祀仪式，他苏醒过来时的哈哈大笑是对当代学者们极力建构的古代仪式的嘲弄。这两部作品都是以直观方式很好地解释了新历史主义的理论观点。而菲利普·罗斯的"凯普什系列"中文学教授凯普什对契诃夫不同作品的分析为文学研究者们提供了非常具体的范本。

而许多作家作品的不确定性因素也是对不确定性这一后现代特色的直接展示。如前所述，无论是《洛丽塔》《黑王子》《换位》不确定的结尾，还是《隐之书》《达·芬奇密码》中颠覆既有结论的叙述，都是从文学角度出发解释了不确定性的概念。

---

① 罗兰·巴特. 作者的死亡[M]//罗兰·巴特. 罗兰·巴特随笔选. 怀宇，译. 天津：百花文艺出版社，2005：295.
② [英]戴维·洛奇. 小世界[M]. 罗贻荣，译. 重庆：重庆出版社，1992：516.

　　除了文艺理论，学者作家们也将各自的专业特点表现在学界小说中。纳博科夫蝴蝶研究专家的身份表现为作品细节上对蝴蝶色彩习性的细致摹拟。《洛丽塔》中，不少研究者都注意到作家笔下的洛丽塔就如一只化身美丽蝴蝶的小仙女，作家对其皮肤、眼睛、睫毛等色彩，对其动作的描述等，都能感受到一个科学工作者细致入微的观察；哲学教授艾丽丝·默多克通过文学作品传达作为一位哲学家的人生思考与其哲学思想，她的作品也因此被人们称为哲理小说；A. S. 拜厄特在《大闪蝶尤金尼娅》中，对蝴蝶色彩的描述、对蚂蚁世界的观察日志可以作为大众了解蝴蝶、蚂蚁的科普文，而她所摹写的维多利亚特色诗歌几乎能够以假乱真；丹·布朗作品中跌宕起伏的情节是以符号学专家、古典文学教授或艺术史教授的分析为线索展开的，虚构的情节与专业的解读交织在一起，凸显了作家作为符号学和文学教师的专业特色。有研究者（Bowen，1990；Eggert，1998）指出，安妮塔·布鲁克纳艺术史教授的专业特色以照片、形象等方式表现在文学作品中。

　　这些作家将各自的专业知识与文学有机地结合起来，文学性、科学性交相辉映，读者在欣赏文学作品的过程中，普及了相关知识。学者作家在这方面的尝试无疑是其他作家难以比拟的。

　　二、批判性

　　揭露批判学界种种怪现状是学界小说吸引读者的重要特色。英国小说讽刺的文学传统在学界小说这里得到了极好的继承和发扬。自战后英国较早的学者作家金斯利·艾米斯开始，揭露批判学院教师、机构的种种丑陋现象就成为学界小说的重要题材。如前所述，学界小说反映学术界不为外界所知的学术霸权、学术剽窃、争权夺利等现象与学者理性身份之间的脱节，是对学者理性的反思，也是对个体人性的拷问与批判。

　　美国学者作家在这方面主要将笔触集中于书写学者个体，这与美国文化更强调个性的特点相符。本书中所涉及的几位美国学者作家着重通过学者个人行为，反映学者群体乃至所有个体面临的生存困境。如索尔·贝娄的《赫索格》《洪堡的礼物》及《赛勒姆先生的行星》、纳博科夫的《普宁》《塞·奈特的生活》、菲利普·罗斯的"祖克曼系列""凯普什系列"等多以某一位学者为中心，连贯起作品线索，讲述学者本人或他生活中出现的学者及普通人的生活。

批判实用主义盛行、人文精神凋落的社会现实也是学界小说的主要内容之一。从 20 世纪 50 年代"愤怒的一代"到 20 世纪末期的学界小说中，通过知识分子的个体遭遇，表达了人文学者对社会现状的批判。50 年代像吉姆、兰姆利这样的人文学科大学生毕业后无法在社会生存的状况固然是大学教育大众化的后果，但实用主义泛滥、人文精神匮乏、反智主义思想盛行是造成他们无法在社会生活的根源。

学界小说中，20 世纪 60 年代像霍华德一类在社会运动中异常活跃的历史人物不过是学院知识分子的一个缩影。七八十年代，为了取得教职不得不从事与自己完全不相干生产活动的罗玢·彭罗斯们的生存状况是社会经济滑坡时期，政府首先削减教育支出政策对人文知识分子生活造成的直接影响。而人文精神凋落的更直接表现在于知识分子群体内部的堕落。克里米纳博士、拉维尔斯坦等人苦心经营的师生关系网是为了更便捷地捞取个人利益；科克之流无疑是社会动荡时期知识分子中的投机者。

批判法西斯暴行及冷战时期频发的局部战争对普通人造成的巨大伤害。学者作家通过书写战争幸存者、流亡者以及反战者的生活，反映战争造成的个体精神创伤以及家庭悲剧，控诉了战争的罪恶。

学界小说的批判性还表现在对人类科技理性的反思上。学界小说除了反讽地表现学者在个人生活方面运用理性满足个体欲望外，还对科技理性进行了反思。一方面，通过人物迅捷的时空转换与通信交流肯定了工具理性给生活带来的种种便捷。飞机让学者们参加遍布世界各地的学术研讨会成为可能；电话、视频等让瞬时交流变得十分容易。另一方面，滥用科技理性是造成 20 世纪两次世界大战巨大灾难的重要原因。反思人类科技理性，为人类和谐发展寻找出路，是众多学界小说试图传达的信息。此外，许多学界小说通过作品中书写的神秘现象也从另一角度思考了理性的局限，即：理性不一定能够解决人类面临的所有问题。詹姆斯在没有任何辅助工具的情况下，是如何救出查尔斯的(《大海啊，大海》)？真的是恶咒导致了约翰·哈里森的死亡吗(《发表与死亡》)？灵魂是否可能是一种有质量的物质？意念是否能产生巨大的力量(失落的秘符)？学界小说通过作品中这些无法解释的神秘现象质疑理性的力量。

三、开放性

学界小说的开放性首先表现为作品内容与风格的变化。战后数十年，西方社会的经济繁荣改变了人们的思想观念及行为方式。技术进步、物质文化富足为个体消费提供了必要条件。文学作品成为大众消费的一种商品，考虑大众文化趣味、满足大众文化需求也成为文学创作中必须要考虑的因素。大众文学趣味更趋于内向化，即更关注私人生活以及个人的经历。情感快乐与改变个体差别的梦想、直接的身体刺激与审美快感、欲望等都大受欢迎。① 面对这种变化，学者作家注重吸收大众文化的精髓，将学院派精英文化中巧妙地融入通俗大众成分，凸显大众文化通俗、狂欢化叙事的特色，从形式上打破精英文化与大众文化的界限。通过书写学者日常生活中遭遇的种种尴尬，表现学者作为普通人的一面，这样，作品中呈现的精英阶层与普通大众的分野自然消失。

学界小说的开放性还体现为思想观念更为包容。战前曾经被社会伦理道德规范所不容的一些行为逐渐为大家所接受。譬如在对待女性问题上，如前所述，戴维·洛奇的作品几乎可以看作其女性观的发展史。

对待同性恋的包容态度。由于涉及传统的家庭婚姻、道德伦理问题，同性恋题材一直处于文学作品的敏感边缘地带。学界小说中较多写到同性恋的作家恰是以谈论人性之善为中心的艾丽丝·默多克。20 世纪 50 年代发表的《钟》中的迈克·米德与尼克、70 年代《黑王子》中的弗朗西斯、90

---

① 费瑟斯通. 消费文化与后现代主义[M]. 刘精明，译. 南京：译林出版社，2000：18.

年代《杰克逊的困境》中的欧文都是男同性恋。迈克与尼克是多年前的恋人，却囿于传统道德观而被迫分手。重逢后因多种原因双方都压抑自己的感情，迈克因为被人知道是同性恋而失去一次次的工作机会，即便是在偏僻的樱柏园也遭遇同样的命运，两人的生活以尼克自杀、迈克要远走他乡而黯淡收场；弗朗西斯生活潦倒但富于爱心，情愿照顾生病的普丽西娜；欧文的男性朋友知道他是同性恋，仍然喜欢与他来往。作品中通过描写周围人在了解他们的性取向后对待他们态度的变化，表现不同时代对同性恋的接受度。同时，从作品可以看出，即便是在 20 世纪 50 年代同性恋群体还为社会所排斥的时期，学者也对他们寄予了深深的同情。

多样化的学者形象。由于学界小说作家本人就是学者，熟悉学者生活及学者本人，因此学界小说中的学者形象较之其他小说更真实、更多样化，突破了之前校园小说学者形象模式化的窠臼。早期校园小说中男教授心不在焉、女教授神经质的形象一度影响了大众对教授形象的认知。战后学者作家笔下的学者人物形象更加多样化：男教师风度翩翩，令人心仪；女教师美貌动人，引人注目。性格风趣幽默者有之，古板怪僻者有之。学术上无论是学富五车的博学者，还是初出茅庐、跃跃欲试的青年学子，都会为了在学术界争得话语权，努力发表学术成果。他们像普通人一样得面对人生烦恼：为意外怀孕担心，为衰老死亡忧惧烦恼。学界小说这种更客观真实反映学者生活的特点，也是它受到读者青睐的重要原因。

第二节　学界小说的叙事特色

学界小说家常被文学评论者们划归于后现代作家之列。后现代是一个过于宽泛的词语。在不同的理论家那里，后现代具有不同的意义。哈桑将其视为一种新的美学构成，利奥塔将其解释为一种状况，詹姆逊认为是文化因素，哈琴指出它是一系列借助戏仿模式呈现自我意识的艺术运动，鲍曼解释为一种伦理或者政治的规则，波德里亚则认为后现代是一个我们已经到达历史终结的时期，伊格尔顿说后现代是一种幻象。因此，要给后现代下一个确切的定义是十分困难的。不过，无论哪一种解释，有些特点却是共同的，包括碎片化、多元化、不确定性等。在文学领域，这些特点成为决定一部作品是否属于后现代主义文学的一个标准。大多数学界小说正是由于具有这些特征而被归于后现代之列。不过，和其他后现代主义文学作品相比，学界小说的叙事特色还有其独特之处。

一、互文性

互文性(intertextuality)是 20 世纪后期西方文学理论中的一个重要理论概念。这个始于语言学家索绪尔的词语，经巴赫金、克里斯蒂娃、罗兰·巴特提出阐释并确立，后来热奈特、布鲁姆、德里达等人又对其给出不同的阐释和补充。朱莉娅·克里斯蒂娃以"互文性"概念取代主体间性概念，用以阐释巴赫金的对话理论："任何文本的建构都是引言的镶嵌组合；任何文本都是对其他文本的吸收与转化。"①之后，罗兰·巴特在自己的"作者已死"的理论框架下提出，"文本是由各种引证组成的编织物"②。作者在写作中的主体性和创造性都消失在互文性中，读者在其中发挥着重要作用。写作是对话滑稽模仿和争执的结果，"读者是构成写作的所有引证部分得以驻足的空间"③。而热奈特认为互文性指"两个或若干个文本之间的互现关系，从本相上最经常地表现为一文本在另一文本中的实际出现"④。其表现形式有引语实践、借鉴、寓意形式等几种。在布鲁姆那里，互文性是势均力敌强者之间的斗争，"是强者诗人们对前驱的盲目性转化成应用

① 朱莉娅·克里斯蒂娃.词语、对话和小说[J].祝克懿，宋姝锦，译.当代修辞学，2012(4)：33-48.
② 罗兰·巴特.罗兰·巴特随笔选[M].怀宇，译.天津：百花文艺出版社，2005：299.
③ 罗兰·巴特.罗兰·巴特随笔选[M].怀宇，译.天津：百花文艺出版社，2005：301.
④ 热奈特.热奈特论文集[M].史忠义，译.天津：百花文艺出版社，2000：69.

在他们自己作品中的修正比"①。在德里达看来，文学就是一个符号文本对另一个符号文本的模仿。两文本之间的关系是平等的位移，文学的本质即它的文本性，也即互文性。互文性的表现手法多种多样，包括戏仿、戏拟、引用等。

学者作家无疑是运用互文性的高手。为什么作家会在自己的作品中指涉另一部或多部作品？洛奇借作品人物之口指出，"在过去两三个世纪里，小说作品的数目大得惊人，生活方方面面的可能性差不多全被写光了"②。这种议论实际是小说家对自我运用互文性的一种调侃。正如洛奇在《小说的艺术》中所阐述的，"互文性是英语小说的根基，而在时间坐标的另一端，小说家们倾向于利用而不是抵制它，他们任意重塑文学中的旧神话和早期作品，来再现当代生活，或者为再现当代生活添加共鸣"③。洛奇本人就毫不讳言自己作品对其他作品的指涉，在谈到《小世界》的创作时，他认为"亚瑟王和圆桌骑士的故事是一个多么奇妙而又紧凑的叙述结构"④，他之所以选择罗曼司作为《小世界》的副标题就在于罗曼司这种文学样式中蕴涵的丰富张力。

戏仿戏拟文学经典仍然是学界小说最常用的互文手法。《大英博物馆在倒塌》是洛奇互文性最突出的作品，随处可见互文。戏仿康拉德的句子以产生滑稽效果；每章开头直接引用格雷厄姆·格林、海明威、亨利·詹姆斯等作家的句子；校园酒会一场是对艾米斯的戏仿；对好友马尔科姆·布雷德伯里的仿作；最后一章一长段没有任何标点的内心独白一看就可知是对《尤利西斯》的模仿等。戏仿产生的滑稽感与主人公对个人生存困境的焦虑感之间形成的反差，消解了滑稽，更加凸显出作品中淡淡的伤感。

---

① 哈罗德·布鲁姆. 影响的焦虑[M]. 徐文博, 译. 北京：生活·读书·新知三联书店, 1989：9.

② 戴维·洛奇. 大英博物馆在倒塌[M]. 张楠, 译. 上海：上海译文出版社, 2010：139.

③ 戴维·洛奇. 小说的艺术[M]. 王峻岩, 译. 北京：作家出版社, 1998：110.

④ 戴维·洛奇. 小世界[M]. 罗贻荣, 译. 重庆：重庆出版社, 1992：导言6.

在其他作品中洛奇也出色地运用了互文手法。如对艾略特、叶芝等人的诗歌作品的戏仿为作品增添了浓厚的学术气息，《小世界》中柏斯戏拟叶芝诗歌创作赞美安吉丽娜的短诗，一再出现的斯宾塞诗歌《仙后》与作品人物之间相映成趣，《好工作》中对盖斯凯尔夫人作品《南方与北方》的参照等。洛奇充分发挥自己文学教授的特长，将互文发挥得淋漓尽致。他自己也承认这些戏仿，"无疑也是应对美国评论家哈罗德·布鲁姆所称的'影响的焦虑'的一种方式"①。

默多克《黑王子》中的布拉德利与纳博科夫《洛丽塔》中的亨伯特的叙事模式如出一辙；情节上，布拉德利与蕾切尔朱利安母女的关系对应于亨伯特与黑兹太太洛丽塔母女；布拉德利与朱利安观看《玫瑰传奇》一节暗合了他们其后的命运。

菲利普·罗斯同样是运用互文性的高手。《乳房》对卡夫卡《变形记》的戏仿，男性身体变女性乳房的滑稽感与现代人的痛苦相互纠缠，喋喋不休的自白诉说着后现代社会个体对自身命运的忧惧。《欲望教授》中对契诃夫作品的研究论文是对自身欲望的深层剖析。《美国牧歌》中，"牧歌"这一标题与作品内容的脱节产生的反差增加了作品的悲剧感。而亨伯特讲述的他与少年时代恋人阿娜贝尔的回忆不免让人想到但丁与贝雅特丽采的故事。

《初涉人世》中鲁斯·韦思的经历无疑就是现代版的欧也妮·葛朗台故事。《小世界》的副标题"一部学者罗曼司"、《隐之书》的副标题"一部罗曼司"等作品标题所显示的互文效果的巧妙之处自不待言。

不过，学者作家的突破点在于其戏仿或引用的范围已经超过了文学文本，扩大到了歌曲、非文学文本、电影等领域。《大英博物馆在倒塌》中，题目 *British Museum Is Falling Down* 借用了 *London Bridge Is Falling Down* 这首儿歌；主人公亚当·爱坡比戏仿广告词编写出与其心情相契合的不同广告词；《换位》中大量使用非文学文本，如新闻、小广告、公文；《治疗》中

———————

① 戴维·洛奇.大英博物馆在倒塌[M].张楠，译.上海：上海译文出版社，2010：后记.

对克尔凯郭尔哲学著作进行直接引用。

《大海啊，大海》《好与善》中詹姆斯及杜肯救人时出现的洞穴意象，很容易让人想到柏拉图《理想国》中那走出黑暗洞穴的智者。《人性的污秽》中讲授古希腊文学的科尔曼教授对《伊利亚特》中阿喀琉斯的文学分析，几乎就是他个人悲剧的预演。同样的互文手法还出现在《黑暗中的笑声》中，欧比纳斯在电影院内观看的多部电影是对他人生几个重要阶段的预演。这些互文服务于作品需要，并推动着剧情的发展。

学界小说中互文性的创新之处还在于学者作家对自我文本的指涉。互文手法的确是文学创作中常用的手法，作家们仍然不免被指缺乏创造性而为人诟病。学者作家通过在同一文本中植入自己另一文本以影射主文本的形式将互文性向前推进。《钟》中在朵拉到达樱柏园的第一天，鲍尔讲述的有关中世纪沉入湖底的钟与少女的传说曾经引起朵拉的恐惧，之后樱柏园内诸多人物命运发展与这个传说之间存在着巧合。《隐之书》中罗兰、莫德与兰蒙特、艾许之间存在着相似与不同。还有学者指出《隐之书》中这两对人物分别指涉丁尼生、居维叶、卡莱尔及罗伯特·伯郎宁、罗斯蒂、狄金森从而引起了读者的阅读兴趣①；《大闪蝶尤金尼娅》中威廉观察记录的蚂蚁王国的生活与布雷德利庄园人类生活互相指涉；《发表与死亡》中人类学家格雷高利研究的古代祭祀仪式与他一步步地堕入他人为他设计的陷阱，并最终莫名地成为谎言合谋者的巧合；《夏洛克在行动》(*Operation Shylock*，1993)对自己之前作品的指涉等。如洛奇所说，"文本互涉不是，或不一定只是作为文体的装饰性补充，相反，它有时是构思和写作中的一个决定性因素"②。正是通过这种对自我文本的指涉，作家突出了自己意图表现的主题。

萨莫瓦约在其专著《互文性研究》中总结，"互文性是形成文学创作的主要原则"，"不管作者以什么样的态度(伤感、玩味、轻率)来对待已经说

---

① Braun-Jackson, Sally J. Allusion in A. S. Byatt's Fiction[D]. St. John's: Memorial University of Newfoundland, 2006.

② 戴维·洛奇. 小说的艺术[M]. 王峻岩，译. 北京：作家出版社，1998：114.

过的话，对这些话的引用、重写、改写和歪曲只能进一步阐明文本所产生的共同而连续的作用"。① 学者作家在互文性运用上的突破与创新更加凸显了作品的学者特色。

二、元小说

"元小说(Metafiction)"，亦有人译作"超小说"，给它的最常见定义是"有关小说的小说，是关注小说的虚构身份及其创作过程的小说"②。这个术语出现时间并不长，美国小说威廉·盖斯(William H. Gass, 1924—2017)1970年在自己的一篇论文中使用了"Metafiction"这一词，而被认为是最早使用这一术语的批评家。不过，运用元小说的做法却与小说本身历史一样长，甚至更久远。帕特里夏·沃(Patricia Waugh)认为，"元小说是所有小说与生俱来的一种趋势或作用"③，"这一术语用来指称那些有意识地、系统地关注自己作为虚构作品的地位，以呈现虚构与真实关系的虚构作品"④。不难看出，常见定义与沃的定义都提到了元小说最普通的共性，即"创作小说，同时又说明这部小说的创作"⑤，以及元小说的特点，如作者的有意识写作(self-conscious writing)、文本的不确定性(indeterminacy/uncertainty)等。这些特点在学界小说中表现得也十分突出。

学界小说的元小说特点首先体现为有意识写作。作为学院派作家，学者作家对文学批评术语及分析手段大多十分熟悉，他们可以很容易地写出一篇小说评论。因此，从创作层面讲，学者作家都是自觉意识很强的小说

---

① [法]萨莫瓦约.互文性研究[M].邵炜，译.天津：天津人民出版社，2002：135.

② 戴维·洛奇.小说的艺术[M].王峻岩，译.北京：作家出版社，1998：230.

③ Waugh, Patricia. *Metafiction—The Theory and Practice of Self-conscious Fiction* [M]. London：The Taylor & Francis E-Library，2001：5.

④ Waugh, Patricia. *Metafiction—The Theory and Practice of Self-conscious Fiction* [M]. London：The Taylor & Francis E-Library，2001：2.

⑤ Waugh, Patricia. *Metafiction—The Theory and Practice of Self-conscious Fiction* [M]. London：The Taylor & Francis E-Library，2001：6.

家。换言之,一部小说选择使用什么结构、题材、语言,甚至小说发行后其目标读者群体定位等问题,在小说构思过程中都是作家考虑的重要因素。如前文所提到的,学界小说中诸多以罗曼司命名作品、暴露学者学术生活、欲望书写、身体写作等,即作家结合读者接受反应理论,针对读者趣味而开展的有意识写作。

有意识写作的特色还体现为小说本身就展示了作者创作的过程,小说结束时也即意味着创作的完成。普通读者对作品经常会问的问题是:小说是如何创作出来的?尽管后现代文学常被认为是现代主义文学的反动,事实上后现代文学吸收了现代文学的诸多表现手法。有意识写作的作家即借鉴了自动写作的手法,以看似随意的叙事讲述一篇作品的创作过程。贝娄的《拉维尔斯坦》、布鲁克纳的《看着我》、罗斯的《人性的污秽》《美国牧歌》《遗产》《夏洛克在行动》,默多克的《黑王子》、纳博科夫的《塞·标特的真实生活》等都是这类作品。作品中的"我"或叙述者与作者本人之间虚构与真实的游移,"我"对故事真实性的一再强调都在向读者宣称呈现在他们面前的虚构作品不过是真实世界的一隅。而小说结尾时"我"声称将开始写这本书时,又再次将读者带进作品创作的循环中。

学界小说元小说特色的另一点体现为不确定性。20世纪物理学家海森堡的不确定原理(uncertainty principle)认为"观察的每个过程都会造成重要的干扰"[1],进而影响测量数据的准确性。这一理论对文学艺术最大的影响在于它颠覆了人们以往的认知,让人们认识到客观世界的不确定性,引导人们以变化的眼光看世界。具体到文学作品,当作家在宣称"我"即作者本人时,虚构与现实之间存在的差异导致读者怀疑其叙事的可靠性。然而,"小说"这一文体的悖论性在于,虚构是其最重要的特点。当读者追问可靠性时,无疑会掉入作者有意设计的陷阱中。

纳博科夫、默多克等都是运用不确定性的高手。《洛丽塔》中亨伯特与

①　Cited from: Waugh, Patricia. *Metafiction—The Theory and Practice of Self-conscious Fiction*[M]. London: The Taylor & Francis E-Library, 2001: 3.

少女洛丽塔之间不伦之爱故事的真实性值得怀疑。叙述的不连续性导致故事支离破碎，整个故事就只是叙事者亨伯特不间断的个人独白。一方面，他一面之辞的可靠性无法保证，但同时又找不到其他更可靠的证据；另一方面，亨伯特本人的叙述前后矛盾，更让人怀疑其故事的真实性。《微暗的火》是体现纳博科夫不确定性的代表作。无论是诗人谢德，还是金波德，身份的不确定性、诗作的不确定性、诠释的不确定性，使作品的意义可以有许多种不同的阐释。

默多克《黑王子》中主人公以叙事者的身份出现在前言中，他声称"我将按照我当时的判断来衡量人们，虽然这些判断不充分，甚至也许是不公正的，但绝不是日后在智慧的启迪下才形成的看法"①。默多克作品的不确定性不仅体现在人物身份及叙述的不确定上，还从作品名称上体现出这一特点。如《黑王子》《被砍掉的头》《沙堡》《非官方玫瑰》等，这些名称与实际内容之间的联系在哪里，读者对其猜测多种多样，每一种意思似乎都有一定道理，但每一种解释又值得推敲。

贝娄将不确定性的方法运用于《拉尔维斯坦》中。拉尔维斯坦（Ravelstein）这一名字本身就暗示出主人公的复杂性、矛盾性。叙述者启克（Chick）以传记作者的身份进入拉尔维斯坦的生活，开始了解这一学界名流方方面面的生活，以便能为他写出一部传记。启克决定以零碎的方式（piecemeal method）为拉尔维斯坦写传记，而这种方式也正是贝娄写作这一小说的方式。

除此之外，学界小说的开放式结局使作品的不确定性更强。无论是《洛丽塔》《黑王子》还是《普宁》《玛丽》，几种可能的结局并置，因为当事人各执一辞，真相无法判断，主人公命运会走向何方，这种开放式结局留给读者无限想象空间。卡林内斯库对这类作品的评价十分中肯："每一个措辞都会取消此前的所有句子……限定和修正不停地夹杂其间；刚刚才说过的马上就会被否认，然后又会被重复，如此等等。由于叙事者的犹豫不

---

① ［英］艾丽丝·默多克. 黑王子［M］. 萧安溥，李郊，译. 南京：译林出版社，2008：3.

决和自觉的前后不一致(部分是由于遗忘、混淆和不能分辨'事实'与虚构),不可消解的不确定的感觉不断被加强。"①学界小说通过有意识写作与不确定性特色,直接以作品直观诠释后现代社会无中心无权威的特点。

三、反讽

尽管文学理论中的"反讽(irony)"一词"直到 1502 年才在英语中出现,而且直到 18 世纪初叶它才被广泛使用"②,但文学中运用反讽则由来已久。从反讽概念的发展来看,反讽最初出现在口头语言中,柏拉图的苏格拉底话语的最大特色就是反讽。

随着时代的发展,学者们对于反讽的思考扩大到了不同层面。哲学层面的反讽表现为个体存在与世界的关系;美学层面,艺术家以超然态度在作品中将自己的反讽意识表现出来。而文学作品中的反讽也不再局限于语言的运用,而是全面渗透到作品各个层面。反讽在西方文学中有多么重要? D. C. 米克(D. C. Muecke)曾戏谑地说,最简单的办法就是开列一张大著作家兼反讽家的名单,那么西方文学史上几乎所有的大家都可列入其中。而要想列出非反讽的作家,则几乎是不可能的。③ 在不同历史时期的文学作品中,文学创作赋予了反讽不同的内涵,反讽亦在文学作品中凸显出其重要性。反讽并非一种简单的现象,因而无法给它下一准确定义。修辞学上,"反讽(Irony)意味着说反话(Saying what is contrary to what is meant)"④,或言在此而意在彼。反讽的含义远不止于此,但这一定义至少有一点说明了反讽的实质,即反讽意味着表象与事实的对照。正因为反讽的这一特点更符合知识分子的语言习惯,它尤其受到学者作家的喜爱。

反讽地讲述学术界盛事可以看作学界小说最大的看点,对学者自身生

---

① 卡林内斯库. 现代性的五副面孔[M]. 顾爱彬,李瑞华,译. 北京:商务印书馆,2002:332.

② D. C. 米克. 论反讽[M]. 周发祥,译. 北京:昆仑出版社,1992:22.

③ D. C. 米克. 论反讽[M]. 周发祥,译. 北京:昆仑出版社,1992:3-4.

④ Colebrook, Claire. *Irony*[M]. London:Routledge, 2004:2.

活的嘲笑，通过书写自身真实经历，言说讽刺之事。"文学可以描绘反讽场面。它所使用的语言极易处理人们的话语、思想、感情和信念，因而也极易处理人们的话语与思想之间、信念与事实之间的差别，而这种差别，正是反讽活动的天地。"①反讽地书写学术界，一方面满足了读者关于未知学术世界的好奇心；另一方面，作为学者的作家在讽刺性地书写自身所处小世界的过程中，同样饱含着身为学人的酸楚。

在《克里米纳博士》中，对布克奖获奖之前盛大场面的描写，不啻是对文学界盛事的巨大讽刺：应当是颁奖仪式主角的人——即将获奖的作家们偏处一隅，且相互之间满含戒心与仇恨，全无公众聚焦时的豁达；聚光灯下受到关注的是与学界无关的政界商界人士。"他们唯一像作者的地方是他们都绷着脸，一脸恼怒，且很显然彼此都十分厌恶"②，仅仅一句话就将讽刺的矛头指向了所有文学盛事中的参加者。《洪堡的礼物》中洪堡挖苦道，"普利策奖是发给那些乳臭未干的小崽子的，不过是对那些招摇撞骗、不学无术之辈虚张声势的宣传而已。与其说得奖，倒不如说是为普利策充当活广告"③，西特林认同他这一观点，同时又沾沾自喜自己两度获得该奖项而受到总统接见。借西特林心理与行动的反差达到反讽目的。《普宁》中"拿不出成果的教员靠写点文章评论他们比较丰产的同事们的著作成功地作为'生产'"④；"校园三部曲"中，学术研讨会上学者们有着难以抑制的欲望动机。学者行为与动机的脱节，其中的反讽性不言自喻。

身体反讽（Body Irony）是学者作家共同的选择。身体是人借以认识世界的物质实体，就是人本身，身体是"我们诸多身份，如性别、阶层、性态、种族、伦理及宗教相结合的场所"⑤。文学中的身体即承载了诸多个体

①　D.C.米克.论反讽[M].周发祥，译.北京：昆仑出版社，1992：10.

②　Bradbury, Malcolm. *Doctor Criminal*[M]. London：Secker & Warburg, 1992：7.

③　[美]索尔·贝娄.洪堡的礼物[M].蒲隆，译.石家庄：河北教育出版社，2001：16.

④　[美]纳博科夫.普宁[M].梅绍武，译.上海：上海译文出版社，1981：147.

⑤　Richardson, Niall & Locks, Adam. *Body Studies*[M]. New York：Routledge, 2014：iv.

精神诉求的功能，具有表达自我、渲泄欲望、权力控制等多重意义。学者作家的"身体反讽"，即以表面通俗的身体写作，如性及与性相关的性欲、性快感等，表达一个学者对现代社会个体生存境遇的严肃思考，也是学界小说重要的特色。无论是纳博科夫在《洛丽塔》中以想象的方式表现中年知识分子被压抑的、隐秘的个人情欲，戴维·洛奇的《小世界》中一群男女学者在学术研讨会上的身体狂欢，还是菲利普·罗斯在《再见，哥伦布》《波特诺伊的怨诉》《垂死的肉身》等系列作品中借各种性行为表现犹太民族对宗教传统、种族歧视等的挑战与反叛，身体写作的目的与表象的脱节是学界小说身体写作的最大特点。

　　运用"身体反讽"最具代表性的作家是菲利普·罗斯。罗斯因作品中大胆的身体书写而被有些评论家定性为"色情作家"，身体反讽也是其最重要的特色。但他的作品中，身体写作却与色情相去甚远，他的笔下看似狂欢的身体始终与心理痛苦挣扎纠结在一处。在罗斯笔下，从青少年到老年，处于人生不同阶段的个体都以不同方式极力地追逐身体的快感体验，以满足不同的心理需求。然而他们的感性身体却始终是与理性脱节的身体，二者之间因而构成强烈的反差与对照。从《再见，哥伦布》(Goodbye, Columbus，1962)中青年尼尔借与布兰达的性行为挑战她及其家庭所代表的犹太上层社会、《波特诺伊的怨诉》(Portnoy's Complaint，1969)中的少年波特诺伊以自慰发泄父母的严厉管教、《遗产——一个真实的故事》(Patrimony—A True Story，1991)中作家在见证父亲走向死亡的过程中领悟生命的真谛、《萨巴斯的剧院》(Sabbath's Theatre，1995)中挥之不去的死亡对萨巴斯生活方式的影响，直至《凡人》中的"他"，以不断地寻找激情抗拒死亡的阴影等。在罗斯表面通俗的身体叙事背后隐藏着对个体生命存在的严肃思考，"身体反讽"几乎贯穿其所有作品。

　　其他作家也不乏身体反讽的写作。《小世界》中与乔伊·辛普森的激情是史沃娄驱散死亡恐惧的力量；误传的死亡信息让他感悟到生命的脆弱，并进而成为满足身体欲望的借口。《杜宾的生活》中杜宾与芬妮的交往加深了他对衰老的认知。《失落的秘符》中将整个身体都纹身的扎伽利一面渴望以身体的献祭实现永生，一面以献祭本身折磨父亲作为向父亲报仇的方式。《达芬奇密码》中以身体苦修为途径的天主教工会修士，为了得到圣杯，以虔诚之名大开杀戒。以及前文中提到的美丽的尤金尼娅与其丑陋行径、身体残缺的莫琳与其高贵精神等都形成巨大的反差。"反讽若兼具伤感效果和喜剧效果，就更能打动人，更能给人以深刻印象。"①在多样的身体反讽书写中，学者作家表达着对人性、人情的深刻思考。学者作家的笔锋更多地指向自身，通过批判知识分子自身暴露出的人性弱点，反思整个人类的存在状态。

*　　　*　　　*

在大众文化市场异常繁荣、读者选择多样化的语境中，凭借其作品特有的学术性、批判性及开放性等学者特色，以及互文性、有意识写作、不确定性及身体反讽写作等叙事特色，学者作家在大众文化与精英文化间找到了契合点，为文坛奉献出了一部部佳作。

---

① D. C. 米克. 论反讽［M］. 周发祥，译. 北京：昆仑出版社，1992：50.

结语 走向未来——学界小说与人文学科的价值

战后文坛上繁荣起来的学界小说有力地反驳了雅各比的观点。在初版《最后的知识分子》中，雅各比认为"知识分子经历的改变所带来的一个起码的后果未被注意，这个后果正产生巨大的危害：这就是造成了公共文化的贫困"①。不过，在该书 2000 年版的序言中，雅各比认识到自己当初的武断，"在 1987 年《最后的知识分子》一书出版的时候，我并没有预料到，我关于公共知识分子消逝的立论很快就变得可疑。当时的我既没能预见到学院派公共知识分子的迅即扩张对政治与文化生活的丰富影响；也无法想象出新的专业知识分子群体会从内部来颠覆既定的权威体制"②。毫无疑问，学界小说就是对雅各比这一认识的最好诠释。学者作家借助文学作品介入公共生活，适应大众文化潮流，打破精英文化与大众文化的界限，一改西方现代主义文学的风格，以通俗晓畅的语言书写知识分子生活。在文学经典遭到市场冷遇的文化语境下，学者作家通过创新来传播文学经典、延续文化传统，闯出了一条别样的道路。

从文学介入公共生活的角度来说，战后学界小说倡导积极的价值观。学界小说通过书写个体创伤记忆，反思战争造成的人为灾难对个体生命及心灵的摧残。通过书写个体在欲望与理智之间的徘徊与抗争，反思人性的

---

① 雅各比.最后的知识分子[M].洪洁，译.南京：江苏人民出版社，2002：前言.

② 许纪霖.公共性与公共知识分子[M]//拉塞尔·雅各比.回归公共生活.成庆，译.南京：江苏人民出版社，2003：1.

弱点。通过普通人在自由与责任之间的抉择、善与恶之间的取舍，颂扬人性之善、道德之美。通过书写有争议的伦理道德婚姻问题，学界小说提出了一些更具包容性的问题，如同性恋问题、不婚同居问题，其中体现出学者的人文关怀。这些问题及小说传达的观念可能引起的大众讨论，从对现代社会个体人文关怀的角度来说，是有其积极意义的。从学术界自身出发，学界小说针对学术界本身毫不留情地揭露与批判，一定程度上可以促进学术界的良性发展。

从文学自身的发展看，学界小说无论在叙事内容，还是形式上都发挥了承上启下的作用。第一，学界小说以其自身独特性在文坛赢得了相应地位。在后现代文化市场上，严肃文学遭到冷遇的情况下，学者作家根据读者接受反应，将严肃文学与通俗文学巧妙地结合在一起，使学界小说受到读者的欢迎。而其独特的叙事技巧也为后现代文学的发展贡献了一份力量。第二，学界小说在传承传播文学经典过程中发挥着重要作用。学者作家通过小说内容上对经典文学作品的互文、戏仿、戏拟、引用等，故事发展与经典的解读紧密结合等，会激发读者进一步阅读相关经典的兴趣。在文学市场上，每一部学界小说的畅销总会带动另一部或多部经典的销路，一定程度上扩大了文学经典的读者群。第三，学界小说与传统课堂文学教学对经典的不同解读，拓宽了读者的思路，在文学阐释与创作中起到的启发作用是不可估量的。此外，将文艺理论与小说内容相结合，或将文艺观点与科学知识融于故事情节中的叙事模式，无疑还让作品发挥了普及理论及科学知识的作用，也可以说，学界小说让文学具有了超出虚构作品本身的意义。

后现代社会，当一些人文学者哀叹严肃文学失去了市场、社会人文精神缺失的时候，学者作家通过对传统的继承与创新，将严肃文学与通俗文学相结合，对整个社会人文素养的提高作出了自己的贡献。

从社会功用角度看，学界小说的价值还存在于作品对社会问题的思考方面。安·兰德指出，"如果缺少了思想的不断奔涌以及产生这些思想的警觉而又独立的心灵，那种文化也就不复存在了；如果没有了生命的哲学，没有了构想和阐明这一哲学的知识分子，文化也就不复存在了。一个没有了智识阶层的国家就好比一个没有了头脑的身体"①。学界小说通过展示人文学科学者生活，揭示人文学科遭遇冷遇的现状，表达了人文学者对社会人文精神缺失造成危害的忧思。艾米斯、韦恩等人作品中，人文学科大学生毕业后无力谋生、人文学者为了生计参与毫不相干的生产活动等，是实用主义思想盛行、人文学科衰微、人文学者没有出路的社会思想的最直观反映。吉姆的幸运来自他终于摆脱了学院生活，而兰姆利物质条件的改观在于他最终还是放弃了自己作为一个人文学者内心的精神诉求，他们的"幸运"恰恰是社会的不幸，暴露了一个人文精神遭到践踏、反智主义盛行的畸形社会。学者作家通过这一书写，实则表达了对人文精神丧失的畸形社会现状的深深忧虑。当一个国家实用主义思想盛行之时，就意味着反智主义观念的泛滥。对知识分子所拥有的能力与地位的轻视，只会导致国家更大的灾难。

借文学艺术经典隐喻科技时代人文素养的重要性。雅斯贝尔斯认为，人文学科在教育上的价值在于，"它们允诺了一种对人类历史实质的领悟，一种对传统的参与，一种对人类潜能之广阔性的认识"②。工具理性时代科技的进步使人类的生活更加舒适幸福，但当科技被邪恶所利用时，世界将处于更大的威胁中。在此背景下，丹·布朗选择研究艺术史、精通符号学的人文科学教授作为其几部小说主人公的意义是不言而喻的：没有人文科学的缜密思考和渊博的知识，科技根本无法将其作用完全发挥出来。在《数字城堡》《地狱》《达·芬奇密码》中都有一个代表着理性的科技精英出现在人文学者身边，他们可以为兰登解决科技方面的难题，但是最困难也最关键的环节却是人文学者解开了重重谜团。作为一名人文学者，他们在面对遭到邪恶势力威胁的世界时，以自己的勇气和智慧介入生活，勇敢担当起拯救世界的重任。深厚的学术造诣就是他们的所有装备，在后现代动

---

① [美]安·兰德. 致新知识分子[M]. 冯涛，译. 北京：新星出版社，2005：6.

② [德]卡尔·雅斯贝尔斯. 大学之理念[M]. 邱立波，译. 上海：上海世纪出版集团，2007：59.

荡不安的社会中，学者们以自己的行动化解危机，保证了世界的和谐。同时，作家还通过将文学经典如但丁、弥尔顿等人的作品，置于新的语境中，以不同寻常的方式诠释作品，从而赋予经典更多的意义。世纪之交出现的学界小说还通过对现代社会高度发达的科技威胁人类生存的书写，倡导科技与人文联手是社会良性发展的保证。

　　作为一个文类，学界小说或许只能在文坛占据一隅之地，但学者作家通过细心观察和内省，将他们接收的时代信息通过作品表达出来，并将他们对人情人性思考的相关理念传递给读者，承担起一个人文知识分子在社会发展中必当承担的责任。这种责任感将引领着学者作家们坚定地走向未来！

参 考 文 献

作品类

[1] Amis, Kingsley. *Lucky Jim*[M]. London: Vicktor Gollancz, 1954.

[2] Bellow, Saul. *Herzog*[M]. New York: Viking Press, 1964.

[3] Bellow, Saul. *Humboldt's Gift*[M]. New York: Viking Press, 1975.

[4] Bellow, Saul. *More Die of Heartbreak*[M]. New York: William Morrow, 1987.

[5] Bellow, Saul. *Mr. Sammler's Planet*[M]. New York: Viking Press, 1970.

[6] Bellow, Saul. *Ravelstein*[M]. New York: Viking Penguin Books, 2000.

[7] Bellow, Saul. *The Dean's December*[M]. New York: Harper & Row, 1982.

[8] Bradbury, Malcolm. *Doctor Criminale*[M]. London: Secker & Warburg, 1992.

[9] Bradbury, Malcolm. *The History Man*[M]. London: Secker & Warburg, 1975.

[10] Brookner, Anita. *A Friend From England*[M]. New York: Pantheon Books, 1987.

[11] Brookner, Anita. *A Misalliance*[M]. London: Grafton Books, 1986.

[12] Brookner, Anita. *A Start in Life*[M]. London: Grafton Books, 1985

[13] Brookner, Anita. *Family and Friends*[M]. New York: Pantheon Books, 1986.

[14] Brookner, Anita. *Hotel Du Lac*[M]. New York: Random House, Inc.,

1985.

[15] Brookner, Anita. *Look at Me*[M]. New York: Vintage Books, 1997.

[16] Brookner, Anita. *The Bay of Angels*[M]. A. M. Heath & Co. Ltd, 2002.

[17] Brown, Dan. *Angels & Demons*[M]. New York: Pocket Books, 2000.

[18] Brown, Dan. *Deception Point*[M]. New York: Pocket Books, 2001

[19] Brown, Dan. *Digital Fortress*[M]. New York: St. Martin's Press, 1998.

[20] Brown, Dan. *Inferno*[M]. New York: Doubleday, 2013.

[21] Brown, Dan. *The Da Vinci Code*[M]. New York: Doubleday, 2003.

[22] Brown, Dan. *The Lost Symbol*[M]. New York: Doubleday, 2009.

[23] Byatt, A. S. *Angels and Insects*[M]. London: Chatto & Windus, 1992.

[24] Byatt, A. S. *Possession: A Romance* [M]. London: Chatto & Windus, 1990.

[25] Hynes, James. *Publish and Perish*[M]. New York: Picador, 1997.

[26] Lodge, David. *Author, Author*[M]. London: Secker & Warburg, 2004.

[27] Lodge, David. *Changing Places*[M]. London: Secker & Warburg, 1975.

[28] Lodge, David. *Deaf Sentence*[M]. London: Harvill Secker, 2008.

[29] Lodge, David. *How Far Can You Go?* [M]. Middlesex: Penguin Books Ltd., 1981.

[30] Lodge, David. *Nice Work*[M]. London: Secker & Warburg, 1988.

[31] Lodge, David. *Paradise News*[M]. London: Secker & Warburg, 1991.

[32] Lodge, David. *Secret Thoughts*[M]. London: Harvill Secker, 2011.

[33] Lodge, David. *Small World—An Academic Romance*[M]. London: Secker & Warburg, 1984.

[34] Lodge, David. *The British Museum Is Falling Down* [M]. London: Macgibbon, 1965.

[35] Lodge, David. *Therapy*[M]. London: Secker & Warburg, 1995.

[36] Malamud, Bernard. *Dubin's Lives* [M]. New York: Farrar, Straus & Giroux, 1979.

[37] Malamud, Bernard. *The Magic Barrel*［M］. Farrar, Straus and Giroux, 1958.

[38] Murdoch, Iris. *Jackson's Dilemma*［M］. New York: Penguin Group, 1995.

[39] Murdoch, Iris. *Sandcastle*［M］. London: Chatto & Windus, 1957.

[40] Murdoch, Iris. *The Bell*［M］. New York: Penguin Book, 1958.

[41] Murdoch, Iris. *The Italian Girl*［M］. London: Chatto & Windus, 1964.

[42] Murdoch, Iris. *The Nice and the Good*［M］. New York: Penguin Book, 1968.

[43] Murdoch, Iris. *The Sea, The Sea*［M］. London: Chatto & Windus, 1978.

[44] Murdoch, Iris. *The Severed Head*［M］. London: Chatto & Windus, 1961.

[45] Murdoch, Iris. *Under the Net*［M］. London: Chatto & Windus, 1954.

[46] Murdoch, Iris. *Unofficial Rose*［M］. London: Chatto & Windus, 1962.

[47] Nabokov, Vladimir. *Laughter in the Dark*［M］. New York: The Bobbs-Merrill Company, 1932.

[48] Nabokov, Vladimir. *Lolita*［M］. London: Olympia Press, 1955.

[49] Nabokov, Vladimir. *Pnin*［M］. London: Heinemann, 1957.

[50] Nabokov, Vladimir. *The Real Life of Sebastian Knight*［M］. New York: New Directions Publishing, 1941.

[51] Roth, Philip. *Breast*［M］. Boston: Houghton Mifflin, 1972.

[52] Roth, Philip. *Everyman*［M］. Boston: Houghton Mifflin, 2006.

[53] Roth, Philip. *Exit Ghost*［M］. Boston: Houghton Mifflin, 2007.

[54] Roth, Philip. *Goodbye, Columbus*［M］. London: Vintage Books, 1959.

[55] Roth, Philip. *Indignation*［M］. New York: Penguin Group, 2008.

[56] Roth, Philip. *My Life as a Man*［M］. New York: Holt, Rinehart and Winston, 1974.

[57] Roth, Philip. *Operation Shylock*［M］. New York: Vintage Books, 1993.

［58］Roth, Philip. *Patrimony*: *A True Story*［M］. New York: Simon Schuster, 1991.

［59］Roth, Philip. *Portnoy's Complaint*［M］. New York: Random House, 1969.

［60］Roth, Philip. *Sabbath's Theater*［M］. London: Jonathan Cape, 1995.

［61］Roth, Philip. *Shop Talk*［M］. Boston: Houghton Mifflin, 2001.

［62］Roth, Philip. *The American Pastoral*［M］. Boston: Houghton Mifflin, 1997.

［63］Roth, Philip. *The Anatomy Lesson*［M］. New York: Farrar, Straus & Giroux, 1983.

［64］Roth, Philip. *The Counter Life*［M］. New York: Farrar Straus Giroux, 1987.

［65］Roth, Philip. *The Dying Animal*［M］. Boston: Houghton Mifflin, 2001.

［66］Roth, Philip. *The Ghost Writer*［M］. New York: Farrar, Straus & Giroux, 1979.

［67］Roth, Philip. *The Human Stain*［M］. Boston: Houghton Mifflin, 2000.

［68］Roth, Philip. *The Professor of Desire*［M］. New York: Farrar, Straus & Giroux, 1977.

［69］Roth, Philip. *Zuckerman Unbound*［M］. New York: Farrar, Straus & Giroux, 1981.

［70］Snow, C. P. *The Masters*［M］. London: Macmillan Publishers, 1951.

［71］Wain, John. *Hurry On Down*［M］. New York: Penguin Book, 1960.

［72］Wain, John. *Strike the Father Dead*［M］. London: World Books, 1963.

［73］［美］伯纳德·马拉默德. 杜宾的生活［M］. 杨仁敬, 杨凌雁, 译. 南京: 译林出版社, 1998.

［74］［美］伯纳德·马拉默德. 魔桶［M］. 吕俊, 侯向群, 译. 南京: 译林出版社, 2001.

［75］［美］丹·布朗. 达·芬奇密码［M］. 朱振武, 等译. 上海: 上海人民

出版社，2013.

[76]［美］丹·布朗．地狱［M］．路旦俊，王晓东，译．北京：人民文学出版社，2013.

[77]［美］丹·布朗．骗局［M］．朱振武，等译．北京：人民文学出版社，2009.

[78]［美］丹·布朗．失落的秘符［M］．朱振武，等译．北京：人民文学出版社，2009.

[79]［美］丹·布朗．数字城堡［M］．朱振武，等译．北京：人民文学出版社，2005.

[80]［美］丹·布朗．天使与魔鬼［M］．朱振武，等译．北京：人民文学出版社，2005.

[81]［美］菲利普·罗斯．被释放的祖克曼［M］．郭国良，译．上海：上海译文出版社，2013.

[82]［美］菲利普·罗斯．凡人［M］．彭伦，译．北京：人民文学出版社，2009.

[83]［美］菲利普·罗斯．鬼作家［M］．董乐山，译．上海：上海译文出版社，2011.

[84]［美］菲利普·罗斯．解剖课［M］．郭国良，高思飞，译．上海：上海译文出版社，2013.

[85]［美］菲利普·罗斯．美国牧歌［M］．罗小云，译．南京：译林出版社，2011.

[86]［美］菲利普·罗斯．人性的污秽［M］．刘珠还，译．南京：译林出版社，2011.

[87]［美］菲利普·罗斯．退场的鬼魂［M］．姜向明，译．上海：上海译文出版社，2011.

[88]［美］菲利普·罗斯．我嫁给了共产党人［M］．魏立红，译．南京：译林出版社，2011.

[89]［美］菲利普·罗斯．我作为男人的一生［M］．周国珍，等译．长沙：

湖南文艺出版社，1992.

[90][美]菲利普·罗斯.遗产：一个真实的故事[M].彭伦，译.上海：上海译文出版社，2006.

[91][美]菲利普·罗斯.垂死的肉身[M].吴其尧，译.上海：上海译文出版社，2010.

[92][美]菲利普·罗斯.乳房[M].姜向明，译.上海：上海译文出版社，2010

[93][美]菲利普·罗斯.欲望教授[M].张廷佺，译.上海：上海译文出版社，2011.

[94][美]菲利普·罗斯.再见，哥伦布[M].俞理明，张迪，译.北京：人民文学出版社，2009.

[95][美]霍桑.霍桑小说全集·范肖[M].胡允桓，译.合肥：安徽文艺出版社，2000.

[96][美]纳博科夫.洛丽塔[M].主万，译.上海：上海译文出版社，2005.

[97][美]纳博科夫.黑暗中的笑声[M].龚文庠，陈东飙，译.长春：时代文艺出版社，1998.

[98][美]纳博科夫.普宁[M].梅绍武，译.上海：上海译文出版社，1981.

[99][美]纳博科夫.塞·奈特的真实生活[M].王家湘，席亚兵，译.长春：时代文艺出版社，1998.

[100][美]纳博科夫.微暗的火[M].梅绍武，译.长春：时代文艺出版社，1999.

[101][美]索尔·贝娄.更多的人死于心碎[M].姚暨荣，林珍珍，译.石家庄：河北教育出版社，2001.

[102][美]索尔·贝娄.口没遮拦的人[M].郭建中，王丽亚，等译.石家庄：河北教育出版社，2001.

[103][美]索尔·贝娄.赛姆勒先生的行星[M].汤永宽，主万，译.石

家庄：河北教育出版社，2001.

[104] [美]索尔·贝娄. 院长的十二月[M]. 陈永国，赵英男，译. 石家庄：河北教育出版社，2001.

[105] [美]索尔·贝娄. 赫索格[M]. 宋兆霖，译. 石家庄：河北教育出版社，2001.

[106] [美]索尔·贝娄. 洪堡的礼物[M]. 蒲隆，译. 石家庄：河北教育出版社，2001.

[107] [英]A. S. 拜厄特. 天使与昆虫[M]. 杨向荣，译. 海口：南海出版公司，2012.

[108] [英]A. S. 拜厄特. 隐之书[M]. 于冬梅，等译. 海口：南海出版公司，2008.

[109] [英]C. P. 斯诺. 院长[M]. 张健，等译. 北京：人民文学出版社，2007.

[110] [英]艾丽丝·默多克. 独角兽[M]. 邱艺鸿，译. 南京：译林出版社，2000.

[111] [英]艾丽丝·默多克. 意大利女郎[M]. 荣毅，杨月，译. 沈阳：春风文艺出版社，1988.

[112] [英]艾丽丝·默多克. 大海啊，大海[M]孟军，等译. 南京：译林出版社，2004.

[113] [英]艾丽丝·默多克. 黑王子[M]. 萧安溥，李郊，译. 南京：译林出版社，2008.

[114] [英]艾丽丝·默多克. 沙堡[M]. 王家湘，译. 北京：外国文学出版社，1985.

[115] [英]安妮塔·布鲁克纳. 天使湾[M]. 王一多，庄雪，译. 海口：南海出版公司，2015.

[116] [英]戴维·洛奇. 大英博物馆在倒塌[M]. 张楠，译. 上海：上海译文出版社，2010.

[117] [英]戴维·洛奇. 天堂消息[M]. 李力，译. 北京：作家出版社，

1998.

[118][英]戴维·洛奇. 好工作[M]. 蒲隆, 译. 上海：上海译文出版社, 2007.

[119][英]戴维·洛奇. 换位[M]. 罗贻荣, 译. 北京：作家出版社, 1997.

[120][英]戴维·洛奇. 失聪宣判[M]. 刘国枝, 郑庆庆, 译. 上海：上海译文出版社, 2011.

[121][英]戴维·洛奇. 小世界[M]. 罗贻荣, 译. 重庆：重庆出版社, 1992.

[122][英]戴维·洛奇. 治疗[M]. 罗贻荣, 译. 南京：译林出版社, 2002.

[123][英]戴维·洛奇. 作者, 作者[M]. 张冲, 张琼, 译. 上海：上海译文出版社, 2007.

[124][英]丹尼尔·笛福. 鲁滨逊漂流记[M]. 徐霞村, 梁遇春, 译. 北京：人民文学出版社, 1997.

[125][英]金斯莱·艾米斯. 幸运的吉姆[M]. 谭里, 译. 长沙：湖南人民出版社, 1983.

[126][英]马尔科姆·布雷德伯里. 历史人[M]. 程淑娟, 译. 北京：新星出版社, 2012.

[127][英]约翰·韦恩. 打死父亲[M]. 刘凯芳, 译. 福州：海峡文艺出版社, 1985.

[128][英]约翰·韦恩. 每况愈下[M]. 吴宜豪, 译. 南京：译林出版社, 2009.

[129]乔治·艾略特. 米德尔马契[M]. 项星耀, 译. 北京：人民文学出版社, 1987.

[130]切斯瓦夫·米沃什. 被禁锢的头脑[M]. 乌兰, 易丽君, 译. 桂林：广西师范大学出版社, 2013.

著作类

［1］Allen, G. *Intertextuality*［M］. 2nd Edition. New York: Routledge, 2011.

［2］Bauman, Zygmunt, & Vecchi, Benedetto. *Identity*［M］. Cambridge: Polity Press, 2004.

［3］Bloom, Harold (Eds.). *Philip Roth*［M］. Philadelphia: Chelsea House Publishers, 2003.

［4］Booth, Wayne C. *A Rhetoric of Irony*［M］. Chicago: The University of Chicago Press, 1974.

［5］Bradbury, Malcolm. *The Modern British Novel 1878-2001*［M］. Beijing: Foreign Language Teaching and Research Press, 2005.

［6］Caruth, Cathy. *Unclaimed Experience: Trauma, Narrative, and History*［M］. London: The Johns Hopkins University Press, 1996.

［7］Colebrook, Claire. *Irony*［M］. London: Routledge, 2004.

［8］Connell, Raewyn. *Gender in World Perspective*［M］. Cornwall: Polity Press, 2009.

［9］Foucault. *Power*［M］. Faubion, J. D. (Ed.). Hurley, R. & Others (Tr.). New York: New Press, 2001.

［10］Fuchs, B. *Romance*［M］. New York: Routledge, 2004.

［11］Gartner, Lloyd P. *History of the Jews in the Modern Times*［M］. New York: Oxford University, 2001.

［12］Gramsci, Antonio. *The Prison Notebooks: Selections*［M］. Hoare, Quentin, & Smith, Geoffrey Nowell (Tr.). London: The Electric Book Company Ltd., 1999.

［13］Haffenden, J. *Novelists in Interview*［M］. London: Methuen & Co. Ltd., 1985.

［14］Hergenhahn, B. H. *Introduction to the History of Psychology*［M］. New York: Wadsworth Publishing Co., 2000.

［15］Hutcheon, Linda. *A Poetics of Postmodernism*［M］. New York: The Taylor & Francis E-Library, 2004.

［16］Sheskin, Ira M., & Arnold, Dashefsky. United States Jewish Population, 2021［M］//Dashefsky, Arnold, & Sheskin, Ira M. (Eds.). *The American Jewish Year Book, 2021, Volume 121.* Cham, SUI: Springer, 2021: 207-297.

［17］Iser, Wolfgang. *The Implied Reader*［M］. London: The Johns Hopkins University Press, 1974.

［18］Jaspers, Karl. *The Idea of University*［M］. Translated by Reiche, H. A. T. & Vanderschmidt, H. F. Boston: Beacon Press, 1959.

［19］Lyons, J. O. *The College Novel in America*［M］. Carbondale: Southern Illinois University Press, 1962.

［20］Martin, Raymond & John Barresi. *Personal Identity*［M］. Oxford: Blackwell Publishing Ltd, 2003.

［21］Proctor, M. R. *The English University Novel*［M］. California: University of California Press, 1957.

［22］Reynolds, Jill. *The Single Woman*［M］. New York: Routledge, 2008.

［23］Richardson, Niall & Locks, Adam. *Body Studies*［M］. New York: Routledge, 2014.

［24］Sanders, Andrew. *The Short Oxford History of English*［M］. Oxford: Oxford University Press, 2000.

［25］Satre, Paul. *Imaginary*［M］. Abingdon: Routledge, 2004.

［26］Shostak, Debra. *Roth and Gender*［M］//Parrish, Timothy (Ed.). *The Cambridge Companion to Philip Roth*. Cambridge: Cambridge University Press, 2007.

［27］Steveker, L. *Identity and Cultural Memory in the Fiction of A. S. Byatt—Knitting the Net of Culture*［M］. New York: Palgrave Macmillan, 2009.

［28］Stewart, W. A. C. *Higher Education in Postwar Britain*［M］. London:

Macmillan Press, 1989.

[29] Travers, Martin. *European Literature from Romanticism to Postmodernism* [M]. London：Continuum, 2001.

[30] Waugh, Patricia. *Metafiction——The Theory and Practice of Self-conscious Fiction*[M]. London：The Taylor & Francis e-Library, 2001.

[31] William, C. J. F. *What Is Identity?* [M]. New York：Oxford University Press, 1989.

[32] Womack, Kenneth. *Postwar Academic Fiction* [M]. New York：Palgrave, 2002.

[33] [丹麦]克尔凯郭尔. 论反讽概念[M]. 汤晨溪, 译. 北京：中国社会科学出版社, 2005.

[34] [德]H. R. 尧斯, [美]R. C. 霍拉勃. 接受美学与接受理论[M]. 金元浦, 周宁, 译. 沈阳：辽宁人民出版社, 1987.

[35] [德]汉斯-格奥尔格·加达默尔. 真理与方法[M]. 洪汉鼎, 译. 上海：上海译文出版社, 1999.

[36] [德]卡尔·雅斯贝尔斯. 大学之理念[M]. 邱立波, 译. 上海：上海世纪出版集团, 2007.

[37] [德]马丁·海德格尔. 存在与时间[M]. 陈嘉映, 王庆节, 译. 北京：生活·读书·新知三联书店, 1987.

[38] [德]施勒格尔. 雅典娜神殿断片集[M]. 李伯杰, 译. 北京：生活·读书·新知三联书店, 2003.

[39] [德]沃尔夫冈·伊瑟尔. 阅读活动——审美反应理论[M]. 金元浦, 周宁, 译. 北京：中国社会科学出版社, 1991.

[40] [俄]尼古拉·别尔嘉耶夫. 人的奴役与自由[M]. 徐黎明, 译. 贵阳：贵州人民出版社, 1994.

[41] [法]阿尔贝·加缪. 西西弗的神话[M]. 杜小真, 译. 北京：生活·读书·新知三联书店, 1987.

[42] [法]班达. 知识分子的背叛[M]. 佘碧平, 译. 上海：上海人民出版

社，2005.

[43]［法］卢梭. 社会契约论［M］. 何兆武，译. 北京：商务印书馆，2003.

[44]［法］罗兰·巴特. 作者的死亡［M］//罗兰·巴特随笔选. 怀宇，译. 天津：百花文艺出版社，2005.

[45]［法］梅洛·庞蒂. 知觉现象学［M］. 姜志辉，译. 北京：商务印书馆，2001.

[46]［法］皮埃尔·布尔迪厄. 男性统治［M］. 刘晖，译. 深圳：海天出版社，2002.

[47]［法］萨莫瓦约. 互文性研究［M］. 邵炜，译. 天津：天津人民出版社，2002.

[48]［法］萨特. 存在与虚无［M］. 陈宣良，等译. 北京：生活·读书·新知三联书店，2007.

[49]［法］萨特. 什么是文学?［M］//萨特文论. 施康强，译. 北京：人民文学出版社，2005.

[50]［法］萨特. 存在主义是一种人道主义［M］. 周煦良，译. 上海：上海译文出版社，1988.

[51]［法］雅克·勒戈夫. 中世纪的知识分子［M］. 张弘，译. 卫茂平，校. 北京：商务印书馆，1996.

[52]［古希腊］柏拉图. 理想国［M］. 郭斌和，张竹明，译. 北京：商务印书馆，1986.

[53]［加］查尔斯·泰勒. 自我的根源：现代认同的形成［M］. 韩震，等译. 南京：译林出版社，2001.

[54]［美］安·兰德. 致新知识分子［M］. 冯涛，译. 北京：新星出版社，2005.

[55]［美］C. 赖特·米尔斯. 白领——美国的中产阶级［M］. 杨小东，等译. 杭州：浙江人民出版社，1987.

[56]［美］E. 希尔斯. 论传统［M］. 傅铿，吕乐，译. 上海：上海人民出版

社，1991.

[57][美]W.C.布斯．小说修辞学[M]．华明，等译．北京：北京大学出版社，1987.

[58][美]阿尔文·古尔德纳．新阶级与知识分子的未来[M]．杜维真，罗永生，等译．北京：人民文学出版社，2001.

[59][美]波斯纳．公共知识分子：衰落之研究[M]．徐昕，译．北京：中国政法大学出版社，2002.

[60][美]博格斯．知识分子与现代性的危机[M]．李俊，蔡海榕，译．南京：江苏人民出版社，2002.

[61][美]戴维·罗伯兹．英国史：1688年至今[M]．鲁光桓，译．广州：中山大学出版社，1990.

[62][美]丹尼尔·贝尔．资本主义文化矛盾[M]．赵一凡，蒲隆，任晓晋，译．北京：生活·读者·新知三联书店，1989.

[63][美]德里克·博克．走出象牙塔：现代大学的社会责任[M]．徐小洲，陈军，译．杭州：浙江教育出版社，2001.

[64][美]多诺万．女权主义的知识分子传统[M]．赵育春，译．南京：江苏人民出版社，2002.

[65][美]费什．读者反应批评：理论与实践[M]．文楚安，译．北京：中国社会科学出版社，1998.

[66][美]拉塞尔·雅各比．最后的知识分子[M]．洪洁，译．南京：江苏人民出版社，2002.

[67][美]里拉．当知识分子遇到政治[M]．邓晓菁，王笑红，译．北京：新星出版社，2010.

[68][美]刘易斯·科赛．理念人[M]．郭方，等译．北京：中央编译出版社，2001.

[69][美]诺尔曼·布朗．生与死的对抗[M]．冯川，伍厚恺，译．贵阳：贵州人民出版社，2009.

[70][美]萨义德．知识分子论[M]．单德兴，译．北京：生活·读书·新

知三联书店，2002.

[71]［美］亚伯拉罕·弗莱克斯纳. 现代大学论［M］. 徐辉，陈晓菲，译.
杭州：浙江教育出版社，2001.

[72]［美］伊莱恩·肖瓦尔特. 学院大厦——学界小说及其不满［M］. 吴燕
莛，译. 上海：上海三联书店，2012.

[73]［英］凯里. 知识分子与大众：文学知识界的傲慢与偏见，1880—
1939［M］. 吴庆宏，译. 南京：译林出版社，2008.

[74]［英］桑德斯. 牛津简明英国文学史［M］. 高万隆，等译. 北京：人民
文学出版社，2000.

[75]［英］伊格尔顿. 历史中的政治、哲学、爱欲［M］. 马海良，译. 北
京：中国社会科学出版社，1999.

[76]D. C. 米克. 论反讽［M］. 周发祥，译. 北京：昆仑出版社，1992.

[77]巴赫金. 陀思妥耶夫斯基诗学问题［M］. 白春仁，顾亚铃，译. 北京：
生活·读书·新知三联书店，1988.

[78]鲍曼. 自由［M］. 杨光，等译. 长春：吉林人民出版社，2005.

[79]柏拉图. 斐多［M］. 杨绛，译. 沈阳：辽宁人民出版社，2000.

[80]陈连丰. 艾丽丝·默多克哲理小说中的萨特存在主义思想研究［D］.
上海：上海外国语大学，2012.

[81]陈世丹. 关注现实与历史之真实的美国后现代主义小说［M］. 厦门：
厦门大学出版社，2012.

[82]陈学飞. 美国高等教育发展史［M］. 成都：四川大学出版社，1989.

[83]程倩. 历史的叙述与叙述的历史——拜厄特《隐之书》之历史性的多维
研究［M］. 北京：人民文学出版社，2007.

[84]大卫·勒布雷东. 人类身体史和现代性［M］. 王圆圆，译. 上海：上
海文艺出版社，2010.

[85]戴维·洛奇. 小说的艺术［M］. 王峻岩，译. 北京：作家出版社，
1998.

[86]笛卡尔. 第一哲学沉思集［M］. 庞景仁，译. 北京：商务印书馆，

1986.

[87] 范岭梅. 善之路——艾丽斯·默多克小说的伦理学阐释[M]. 北京：中国社会科学出版社，2010.

[88] 费瑟斯通. 消费文化与后现代主义[M]. 刘精明，译. 南京：译林出版社，2000.

[89] 弗洛伊德. 弗洛伊德文集——超越快乐原则[M]. 杨韵刚，译. 车文博，主编. 长春：长春出版社，2004.

[90] 弗洛伊德. 弗洛伊德文集——精神分析导论[M]. 张爱卿，译. 车文博，主编. 长春：长春出版社，2004.

[91] 福柯. 性经验史（增订版）[M]. 佘碧平，译. 上海：上海人民出版社，2002.

[92] 哈罗德·布鲁姆. 影响的焦虑[M]. 徐文博，译. 北京：生活·读书·新知三联书店，1989.

[93] 何伟文. 艾丽丝·默多克小说研究[M]. 上海：上海外语教育出版社，2012.

[94] 蒋翃遐. 戴维·洛奇"校园小说"的空间化叙事研究[M]. 北京：中国社会科学出版社，2012.

[95] 金冰. 维多利亚时代与后现代历史想象[M]. 北京：北京大学出版社，2010.

[96] 卡林内斯库. 现代性的五副面孔[M]. 顾爱彬，李瑞华，译. 北京：商务印书馆，2002.

[97] 卡西尔. 人论[M]. 甘阳，译. 上海：上海译文出版社，2004.

[98] 康德. 实用人类学[M]. 邓晓芒，译. 上海：上海人民出版社，2005.

[99] 克林斯·布鲁克斯. 反讽——一种结构原则[C]//赵毅衡，编选. "新批评"文集. 北京：中国社会科学出版社，1988.

[100] 李莉. 20 世纪美国学院派作家研究[M]. 天津：南开大学出版社，2013.

[101] 李新云. 艾丽丝·默多克小说中的后现代伦理道德观研究[D]. 青

岛：山东大学，2011．

[102]利奥塔．后现代性与公正游戏[M]．谈瀛洲，译．上海：上海人民出版社，1997．

[103]刘洪一．走向文化诗学·美国犹太小说研究[M]．北京：北京大学出版社，2002．

[104]刘佳林．纳博科夫的诗性世界[M]．上海：上海人民出版社，2012．

[105]刘晓华．失落与回归：默多克小说中人的本质问题[D]．天津：南开大学，2010．

[106]罗兰·巴特．罗兰·巴特随笔选[M]．怀宇，译．天津：百花文艺出版社，2005．

[107]罗小云．超越后现代[M]．北京：北京大学出版社，2012．

[108]马爱华，等．英国学院派小说研究[M]．哈尔滨：黑龙江教育出版社，2011．

[109]马凌．后现代主义学院派小说家[M]．天津：天津人民出版社，2004．

[110]尼采．查拉图斯特拉如是说[M]．孙周兴，译．上海：上海人民出版社，2009．

[111]欧荣，等．"双重意识"——英国作家戴维·洛奇研究[M]．上海：复旦大学出版社，2011．

[112]齐格蒙·鲍曼．立法者与阐释者[M]．洪涛，译．上海：上海人民出版社，2000．

[113]齐格蒙特·鲍曼．后现代性及其缺撼[M]．郇建立，李静韬，译．上海：学林出版社，2002．

[114]齐格蒙特·鲍曼．生活在碎片之中——论后现代道德[M]．郁建兴，等译．上海：学林出版社，2002．

[115]钱满素．美国当代小说家论[M]．北京：中国社会科学院出版社，1984．

[116]热奈特．热奈特论文集[M]．史忠义，译．天津：百花文艺出版社，

2000.

[117]芮渝萍. 美国成长小说研究[M]. 北京：中国社会科学出版社，2004.

[118]斯特龙伯格. 西方现代思想史[M]. 刘北成，赵国新，译. 北京：中央编译出版社，2004.

[119]宋艳芳. 当代英国学院派小说研究[M]. 苏州：苏州大学出版社，2006.

[120]苏珊·桑塔格. 疾病的隐喻[M]. 程巍，译. 上海：上海译文出版社，2003.

[121]涂尔干. 实用主义与社会学[M]. 渠东，译. 上海：上海人民出版社，2000.

[122]汪小玲. 纳博科夫小说艺术研究[M]. 上海：上海外语教育出版社，2008.

[123]王安. 空间叙事理论视域中的纳博科夫小说研究[M]. 成都：四川大学出版社，2013.

[124]王瑾. 互文性[M]. 桂林：广西师范大学出版社，2005.

[125]王菊丽. 对话中的建构之旅：戴维·洛奇校园小说的建构模式研究[M]. 北京：北京大学出版社，2008.

[126]王青松. 纳博科夫小说：追逐人生的主题[M]. 上海：东方出版中心，2010.

[127]王岳川. 现象学与解释学文论[M]. 济南：山东教育出版社，1999：143.

[128]王增进. 后现代与知识分子社会位置[M]. 北京：中国社会科学出版社，2003.

[129]王祖友. 美国后现代派小说的后人道主义研究[M]. 北京：国防工业出版社，2012.

[130]魏啸飞. 美国犹太文学与犹太特性[M]. 桂林：广西师范大学出版社，2009.

[131]徐明莺. 艾丽丝·默多克小说中女性自我身份的解构与重构[D]. 上

海：上海外国语大学，2013.

[132]许纪霖．公共性与公共知识分子[M]//拉塞尔·雅各比．回归公共生活．成庆，译．南京：江苏人民出版社，2003.

[133]许健．自由的存在，存在的信念——艾丽丝·默多克哲学思想的类存在主义研究[M]．广州：暨南大学出版社，2010.

[134]杨仁敬．美国后现代派小说论[M]．青岛：青岛出版社，2004.

[135]叶舒宪．文学与治疗[M]．北京：社会科学文献出版社，1999.

[136]雨果．论文学[M]．柳鸣九，译．上海：上海译文出版社，1980.

[137]岳国法．类型修辞与伦理叙事：艾丽丝·默多克小说研究[M]．哈尔滨：黑龙江人民出版社，2008.

[138]詹姆逊．文化转向：后现代论文选[M]．胡亚敏，等译．北京：中国社会科学出版社，2000.

[139]詹姆逊．詹姆逊文集第3卷·文化研究和政治意识[M]．王逢振，主编．北京：中国人民大学出版社，2004.

[140]张荣升，等．小说家的批评和批评家的小说[M]．哈尔滨：黑龙江大学出版社，2013.

[141]赵君．后现代文艺转型期纳博科夫小说美学思想研究[M]．广州：世界图书出版公司，2014.

[142]赵毅衡．"新批评"文集[M]．北京：中国社会科学出版社，1988.

[143]郑也夫．知识分子研究[M]．北京：中国青年出版社，2004.

[144]朱立元．接受美学导论[M]．合肥：安徽教育出版社，2004.

论文类

[1]Kroll, Adler, & Elizabeth, Allison. National Faith：Heritage Culture and English Identity from Tennyson to Byatt[D]. Los Angeles：University of California, 2004.

[2]Anderson, D. P. The Ivory Shtetl：The University and the Postwar Jewish Imagination[D]. Cleveland：Case Western Reserve University, 2012.

［3］Arizti Martin, Barbara. Metafiction in "Changing Places"［D］. Zaragoza: Universidad de Zaragoza, 1994.

［4］Belok, Michael V. Social Attitude Towards the Professor in Novels［J］. *Journal of Educational Sociology*, 1961, 34(9): 404-408.

［5］Belok, Michael Victor. The College Professor in the Novel 1940-1957［D］. Los Angeles: University of Southern California, 1958.

［6］Borrus, Bruce Joseph. Thoughts Informed Against Me: The Fiction of Saul Bellow［D］. Washington: University of Washington, 1978.

［7］Bowen, Deborah. Mimesis, Magic, Manipulation: A Study of the Photograph in Contemporary British and Canadian Novels［D］. Ottawa: University of Ottawa, 1990.

［8］Brook, Susan Mary. Writing Culture: British Literature and Cultural Theory in the Fifies［D］. Durham: Duke University, 2000.

［9］Copper,R. The Language of Philosophy, Religion, and Art in the Writings of Iris Murdoch［D］. Montreal: McGill University, 1987.

［10］Eggert, Cynthia. E. "I Prefer the Stately Dance of Reason": Anita Brookner's Explorations of Literature, Art and Life［D］. New Jersey: Drew University, 1998.

［11］Foley, Betty M. Iris Murdoch's Use of Works of Art as Analogies of Moral Themes［D］. Detroit: Wayne State University, 1979.

［12］Fullerty, M. H. G. The British and American Academic Novel The Professorromane: The Comic Campus, the Tragic Self［D］. Washington D. C. : The George Washington University, 2008.

［13］Gabauer, C. L. Campus Politics and the College Novel［D］. New York: University of Rochester, 2005.

［14］Gasiorek, A. B. P. A Crisis of Metanarratives: Realism and Innovation in the Contemporary English Novel［D］. Montreal: McGill University, 1990.

［15］Ho, Melanie. Useful Fiction: Why Universities Need Middlebrow Literature

[D]. Los Angeles: University of California, 2008.

[16] Hogan, Jerry Bruce. The Problem of Identity in the Fiction of Philip Roth[D]. Tempe: Arizona State University, 1979.

[17] Hogan, Monika I. Touching Whiteness: Race, Grief, and Ethical Contact in Contemporary U. S. Ethnic Novel[D]. Amherst: University of Massachusetts Amherst, 2005.

[18] Holberg, J. L. Searching for Mary Garth: The Figure of the Writing Woman in Charlotte Bronte, Elizabeth Barrett Browning, E. M. Delafield, Barbara Pym, and Anita Brookner[D]. Washington: The University of Washington, 1997.

[19] Isler, A. The Self in the Moral Philosophy of Iris Murdoch[D]. Chapel Hill: The University of North Carolina, 1991.

[20] Jeffrey, William. The Rise of Academic Novel[J]. *American Literary History*, 2012(24): 561-589

[21] Johnson, R. Neill. Mainstream and Margins in the Postwar British Comic Novel[D]. State College: The Pennsylvania State University, 1998.

[22] Jr. B. D. B. Academic Questions: The Problems of Realism and the Form of Ambivalence in Barth, Lurie, and Bradbury[D]. Denver: University of Denver, 2003.

[23] Keulks, G. W. Father and Son: Kingsley Amis, Martin Amis, and the British Novel Since 1950[D]. Lexington: The University of Kentucky, 1999.

[24] Kuzma, Faye. Negotiated Identities in Three Novels by Saul Bellow[D]. Athens: Ohio University, 1990.

[25] Lita, A. E. "Seeing" Human Goodness—Iris Murdoch: A Contemporary Inquiry into the Moral Self[D]. Bowling Green: Bowling Green State University, 2003.

[26] Macdonald, Dwight. A Theory of Mass Culture[J]. *Diogenes*, 1953(1).

[27] MacLeod, M. S. Apocalyptic Metafiction in Four British Novels [D]. Ontario: Lakehead University, 1993.

[28] Malak, A. A. Demons and Angels: The Development of the Power Figure in Iris Murdoch's Fiction [D]. Edmonton: The University of Alberta, 1983.

[29] McCall, C. L. The Solipsistic Narrator in Iris Murdoch [D]. Orangeberg: University of South Carolina, 1990.

[30] McClellan, A. K. Mind Over Mother: Gender, Education, and Culture in Twentieth Century British Women's Fiction [D]. Cincinnati: The University of Cincinnati, 2001.

[31] Mote, S. S. Patriarchy and Power: The Fate of Women in Selected Novels by Iris Murdoch [D]. Texas: Lamar University-Beaumont, 1994.

[32] Murphy, Arin. Reconstructing the Past in the Academic Novel: The Concept of Nostalgia in Thatcher Britain [D]. Montreal: Concordia University, 2000.

[33] Ommundsen, Wenche. Self-conscious Fiction and Literary Theory: David Lodge, B. S. Johnson, and John Fowles [D]. Melbourne: University of Melbourne, 1985.

[34] Parrish, Timothy L. Ralph Ellison: The Invisible Man in Philip Roth's 'The Human Stain' [J]. *Contemporary Literature*, 2004, 45(3): 421-459

[35] Piehler, L. F. Creating A Woman's Space: Spatial Composition and Female Development in Victorian Art and Three Victorian Novels [D]. Madison: Drew University, 2001.

[36] Rho, Heongyun. Alienation of Intellectuals in Saul Bellow's Later Novels [D]. Buffalo: University of New York, 1999.

[37] Richer, Carol French. Continuation and Innovation in the Contemporary British Novel: The Reflexive Fiction of Margaret Drabble, Iris Murdoch,

and John Fowles[D]. West Lafagette: Purdue University, 1985.

[38] Rothberg, Michael. Documenting Barbarism: Memory, Culture, and Modernity After the "Final Solution" [D]. New York: The City University of New York, 1995.

[39] Sally J. Braun-Jackson. Allusion in A. S. Byatt's Fiction[D]. Ottawa: Memorial University of Newfoundland.

[40] Sant, Thomas Doyle. David Lodge: Narrative Values[D]. Los Angeles: University of California, 2005.

[41] Shostak, Debra. Return to the Breast: The Body, the Masculine Subject, and Philip Roth[J]. *Twentieth Century Literature*, 1999, 45(3): 317-335.

[42] Stricker, Frank. American Professors in the Progressive Era: Incomes, Aspirations, and Professionalism[J]. *Journal of Interdisciplinary History*, 1988(Autumn), 19(2): 231-257.

[43] Taylor, D. M. The Discourse of Interracial and Multicultural Identity in 19th and 20th Century American Literature[D]. Indiana: Indiana University of Pennsylvania, 2007.

[44] Taylor, Natalie. Mapping Mystic Spaces in the Self and Its Stories: Reading(Through) the Gaps in Ernest Buckler's *The Mountain and the Valley*, Alice Munro's *Lives of Girls and Women*, Peter Ackroyd's *The House of Doctor Dee*, Adele Wiseman's *Crackpot*, and A. S. Byatt's *Possession* [D]. Ottawa: The University of Ottawa, 2006.

[45] Turner, J. Murdoch VS. Freud: A Freudian Look at an Anti-Freudian [D]. Columbia: University of South Carolina, 1990.

[46] Verrone, Patricia Barber. The Image of the Professor in American Academic Fiction 1980-1997[D]. South Orange: Seton Hall University, 1999.

[47] Li, Wenxin. David Lodge's Fiction of Negotiation: Re-mapping the Condition of England[D]. West Lafayette: Purdue University, 1997.

［48］车凤成．为被承认而斗争——贝娄作品主题分析［D］．长春：东北师范大学，2011.

［49］陈广兴．身体的变形与戏仿：论菲利普·罗斯的《乳房》［J］．国外文学，2009（2）：98-104.

［50］程海萍．菲利普·罗斯男性书写中的多元话语［J］．江西社会科学，2014（6）：97-102.

［51］戴娜．伦理批评视域下的《历史人》研究［D］．烟台：鲁东大学，2013.

［52］段春梅．《天使与魔鬼》的后现代主义叙事艺术［D］．石家庄：河北师范大学，2010.

［53］方媛．论丹·布朗"罗伯特·兰登"三部曲中的圣经原型［D］．广州：暨南大学，2013.

［54］高迪迪．家庭伦理与丛林生存法则的冲突——以索尔·贝娄早期小说为例［D］．长春：东北师范大学，2011.

［55］何伟文．解读《独角兽》：在偶然世界里对真和善的求索［J］．外国文学研究，2005（1）：45-51.

［56］洪春梅．菲利普·罗斯小说创伤叙事研究［D］．天津：天津师范大学，2014.

［57］胡潇霖．《湖滨饭店》的文类分析：一部女性成长小说［D］．长春：吉林大学，2014.

［58］籍晓红．行走在理想与现实之间——索尔·贝娄中后期五部小说对后工业社会人类生存困境的揭示［D］．杭州：浙江大学，2009.

［59］纪琳．论索尔·贝娄女性观的演进［D］．上海：上海外国语大学，2014.

［60］江静．论戴维·洛奇小说中的知识分子形象［D］．济南：山东师范大学，2010.

［61］姜玲．乌托邦的失却与复得——知识分子视角下戴维·洛奇校园三部曲研究［D］．烟台：鲁东大学，2009.

［62］姜振华．神圣的污秽——斯宾诺莎订制的镜片看情色作家菲利普·罗

斯[D]. 武汉：武汉大学，2011.

[63] 金万锋. 菲利普·罗斯后期小说越界书写研究[D]. 长春：东北师范大学，2012.

[64] 敬南菲. 出路，还是幻象：从《应许之地》《店员》《美国牧歌》看犹太人的美国梦寻[D]. 上海：上海外国语大学，2010.

[65] 冷亚. 论阿妮塔·布鲁克纳小说中的孤独[D]. 中国地质大学(北京)，2013.

[66] 李静. 战后英国校园小说中的人物模式[D]. 烟台：鲁东大学，2008.

[67] 李雪. 戴维·洛奇重要小说中三种现代写作方式研究[D]. 上海：上海外国语大学，2008.

[68] 李莹. 主流社会的边缘人——贝娄笔下知识分子形象分析[D]. 哈尔滨：黑龙江大学，2008.

[69] 刘冶琼. 从隐喻的角度解析《天使与魔鬼》的宗教符号[D]. 武汉：武汉理工大学，2013.

[70] 罗贻荣. 戴维·洛奇对话小说理论与创伤实践[D]. 天津：天津师范大学，2009.

[71] 马海燕. 从《天使湾》看布鲁克纳的女性独立观[J]. 黑龙江教育学院学报，2007(6).

[72] 孟宪华. 菲利普·罗斯后期小说中犹太人生存状态研究[D]. 北京：中央民族大学，2011.

[73] 亓芹芹. 论戴维·洛奇校园小说中知识分子的身份危机[D]. 济南：山东师范大学，2013.

[74] 曲佩慧. 寻找真我——菲利普·罗斯小说中的身份问题[D]. 长春：吉林大学，2013.

[75] 申劲松. 后大屠杀意识中的犹太维系与普世化反思——菲利普·罗斯"朱克曼系列小说"研究[D]. 重庆：西南大学，2013.

[76] 滕学明. 论安妮塔·布鲁克纳小说的后现代现实主义风格[D]. 上海：上海外国语大学，2008.

[77]汪汉利．索尔·贝娄小说的文化渊源[D]．天津：天津师范大学，2008．

[78]王菊丽．结构与解构的悖论性对话——戴维·洛奇校园小说的建构模式研究[D]．郑州：河南大学，2005．

[79]王守仁，何宁．构建单身知识女性的世界——论布鲁克纳的小说创作[J]．当代外国文学，2003(4)：33-39

[80]王真真．体裁批评理论下的战后英国校园小说[D]．烟台：鲁东大学，2008．

[81]魏啸飞．美国犹太小说中的犹太精神[D]．北京：中国社会科学院，2001．

[82]文圣．索尔·贝娄与菲利普·罗斯大屠杀小说中的记忆政治研究[D]．北京：北京外国语大学，2013．

[83]吴桂金．在荒诞世界中挣扎：索尔·贝娄小说中知识分子形象分析[D]．济南：山东师范大学，2006．

[84]许原雪．纳博科夫小说中男性视阈下女性形象的建构[D]．上海：上海外国语大学，2012．

[85]闫玉刚．论反讽概念的历史流变与阐释维度[J]．石家庄学院学报，2005(1)：88-92．

[86]杨飞．知识分子的妥协——《赫索格》中赫索格的个案分析[D]．长沙：中南大学，2011．

[87]伊洁．战后英国学院小说的现实主义发展轨迹：以三部代表作为例[D]．烟台：鲁东大学，2014．

[88]张军．当代美国犹太文学对美国民族认同的构建[J]．河北学刊，2014(11)．

[89]张生庭，张真．自我身份的悖论——菲利普·罗斯创作中的身份问题探究[J]．外语教学，2012(7)．

[90]张甜．贝娄城市小说研究[D]．武汉：华中师范大学，2012．

[91]张岩．英雄·异化·文学——西方文学中的英雄母题及其流变研

究[D]．上海：华东师范大学，2008.

[92]张艳蕊．戴维·洛奇天主教小说的宗教意识[D]．济南：山东大学，2010.

[93]赵君．艺术彼在世界里的审美狂喜——纳博科夫小说美学思想探幽[D]．广州：暨南大学，2006.

[94]朱莉娅·克里斯蒂娃．词语、对话和小说[J]．祝克懿，宋姝锦，译．当代修辞学，2012(4)：33-48.

[95]朱晓．精神荒原与知识分子祛魅——生态批评视域中的《历史人物》[D]．烟台：鲁东大学，2012.

[96]朱长泉．后现代通俗小说中的悖论[D]．宁波：宁波大学，2008.

[97]祝平．乌云后的亮光——索尔·贝娄小说(1944—1975)的伦理指向[D]．上海：上海外国语大学，2006.

[98]邹智勇．论当代美国犹太文学的犹太性及其形而上性[J]．外国文学研究，2001(4)：37-40.

后　记

本书是在本人博士论文的基础上修改而成。自 2016 年博士毕业，不觉已数载，其间家中琐事，加之个人工作调动等诸多事情，使本书的出版一推再推。即将付梓之际，内心颇多感想。

感谢我的导师涂险峰教授！珞珈山美好的求学时光是我此生最幸福的三年，导师对学术的热爱与严谨是引导和支持着我前行的动力。感谢答辩小组聂珍钊、刘久明、朱宾忠、任晓晋和汪树东教授的中肯意见和建议，衷心感谢至今仍然不知姓名的三位匿名评审专家的书面意见！

感谢南宁师范大学为本书出版提供资助！感谢南宁师范大学外国语学院的领导和老师们在本书出版过程中提供的种种支持与帮助！尽管来南宁时间不长，但你们的关心与包容帮助我在最短的时间里适应了异乡的工作和生活，让我感受到了南国的热情与温暖。

感谢武汉大学出版社编辑罗晓华老师！罗老师全程负责本书的出版，本书自签订合同到出版，她总会及时就相关问题与我沟通，为本书的按期出版付出了辛勤的劳动。

学界小说以书写知识分子生活为主，尤其着墨于在大学工作的知识分子们，或许是由于他们的生活圈子总体而言比较狭窄，小说中所书写的内容不过是"茶盏中的风暴"，故而大学者们不屑于关注他们。在高校工作多年的我，在阅读英美学界小说的过程中，深刻感受到半个世纪以来学界小说内容与形式上所发生的变化，这一变化既反映了英美高等教育的发展历程，也是对战后数十年英美知识分子生活的最好诠释。从某种程度上，英美学界小说所书写的现象，或许也可与我国正在经历深刻变革的高等教育形成参照。

　　因个人学识所限，本书对学界小说的理解和诠释难免有不当之处，期待读者批评指正。

2023 年 6 月于广西南宁